# 묵향 20
### 묵향의 귀환
## 흔들리는 무림맹

## 묵향 20
**묵향의 귀환**

초판 1쇄 발행일 · 2007년 06월 22일
초판 4쇄 발행일 · 2020년 12월 30일

지은이 · 전동조
펴낸이 · 유용열
기　획 · 김병준
편　집 · 김민태, 김은희, 유지원
펴낸곳 · 도서출판 스카이미디어

주소 · 서울시 동대문구 용두동 234-35번지 대명빌딩 201호
전화 · (02)922-7466
팩스 · (02)924-4633
E-mail · skymedia62@hanmail.net
출판등록 · 제6-711호

Copyright ⓒ 전동조 2020

값 9,000원

ISBN · 978-89-92133-25-8  04810
ISBN · 978-89-92133-00-5  (세트)

※ 온라인상의 불법 복제물의 유포나 공유는 저작자의 재산권을 침해하는
　중대한 범죄 행위로 관련법에 의거해 처벌 대상이 됩니다.
※ 작가와의 협의에 의하여 인지는 생략합니다.
※ 잘못된 책은 본사나 구입하신 서점에서 교환해 드립니다.

DARK STORY SERIES II

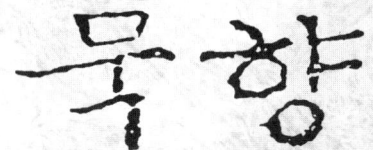

묵향의 귀환

전동조 장편 판타지 소설

20 흔들리는 부림맹

## 차례
## 흔들리는 무림맹

양양성의 밤 ·················································7

수라도제의 야무진 꿈 ·································18

진팔의 수난 ···············································28

추혈광마(追血狂魔) ····································58

종남파의 멸문 ············································84

벽곡단 한 알의 의미 ································105

10년간 봉문하라 ······································123

얻는 것도 잃는 것도 없다 ·························144

### 차례
## 흔들리는 무림맹

공동파로 가는 길 ·················166

흑살마왕 장인걸 ·················178

흔들리는 무림맹 ·················191

운이 좋았다 ·····················205

남양에 던진 미끼 ················218

덫에 걸린 옥대진 ················236

네가 죽어야 내가 산다 ············253

북쪽이 심상치 않다 ··············282

## 양양성의 밤


 전략적인 요충지에 세워진 양양성인 만큼 그 성벽은 대단히 높았다. 높은 지점에서 아래를 내려다보자면 유리함도 있겠지만, 지금처럼 어둑할 때는 접근하고 있는 자들이 아군인지 적군인지 인식하기가 곤란하기도 하다. 성문 위 망루에서 경계를 서던 병사들은 1백여 기에 달하는 인마가 양양성으로 접근해 오자 바짝 경계하며 외쳤다.
 "누구냐?"
 "황룡문에서 지원차 왔소!"
 황룡문이라는 문파는 잘 모르지만, 어찌 되었건 무림의 문파 이름인 듯했기에 병사는 아래쪽을 향해 공손하게 외쳤다.
 "자, 잠시만 기다리십시오."
 성문 위에서 파수를 보던 병사들 중 한 명이 다급히 무림인을 부르기 위해 달려갔다. 한눈에 척 보기에도 상대가 금나라 병사들이 아닌 것 같기는 했지만, 그래도 성문을 열어 주려면 그들의 정체를 정확히 확인할 필요가 있었기 때문이다. 그렇기에 군문에 몸담은 장교가 아닌 무림인을 찾아 달려간 것이다.

 잠시 후, 경공술을 발휘하며 몇몇 무림인들이 달려왔다. 곧이어 그들은 황룡문의 복색을 하고 있는 무사들 앞에 서 있는 황룡무제를 발견하고 놀라는 표정이 역력했다.

 "어서 문을 열어 주도록 하시오. 그리고 자네는 태상문주님께 황룡문주께서 도착하셨다고 전하게나."

 빠르게 지시를 내린 한 무인이 뒤에 서 있던 무사가 황룡문주의 도착을 전하기 위해 몸을 날린 순간, 그 또한 성문이 열리기를 기다리지 않고 성벽 아래로 몸을 날렸다. 몸을 몇 바퀴나 회전시키는 화려한 몸놀림을 선보이며 착지한 그는 그대로 허리를 깊숙이 조아리며 포권했다.

 "무림말학 이청중이 황룡문주님을 뵙습니다."

 그 모습을 본 황룡무제는 상대의 매끄러운 신법에 칭찬을 아끼지 않았다.

 "허어, 대진검 소협의 신법만으로도 서문세가의 저력을 능히 짐작할 수 있겠군."

 황룡문주 같은 대단한 인물이 자신의 명호를 알고 있다는 것이 매우 기쁜 듯 이청중은 활짝 웃으며 말했다.

 "원로에 여기까지 오시느라 얼마나 수고가 많으셨습니까? 자, 안으로 드시지요. 이미 기별을 넣었으니 태상문주님께서 기다리고 계실 겁니다."

그러면서 이청중은 이제야 서서히 열리고 있는 성문 안쪽을 가리켰다. 황룡무제는 흡족한 듯 미소를 지으며 고개를 끄덕였다.
"그러세나."
앞장서서 길을 인도하는 이청중의 뒤를 따라 양양성 내로 들어선 묵향은 황룡무제에게 슬며시 말했다.
"이제 여기서 헤어져야겠군."
"아니, 숙소도 정하지 않으셨을 텐데, 어디 가실 곳이 있으십니까? 여기에 집결한 무사들을 이끄시는 분은 수라도제 어르신입니다. 저는 지금 그분을 뵈러 갈 건데, 노야께서도 함께 가시도록 하시죠."
"아닐세. 수라도제는 다음에 만나기로 하지. 그 전에 만나 볼 사람이 있어."
"노야께서 그렇게까지 말씀하시니 어쩔 수가 없군요. 그럼 다음에 뵙도록 하겠습니다."
황룡무제아 헤어진 묵향은 곧바로 만통음제를 찾기 시작했다. 만통음제를 찾는 것은 생각보다 그렇게 어렵지 않았다. 처음에는 개방의 거지들을 족쳐 만통음제의 위치를 알려 했으나 굳이 그럴 필요가 없었다. 만통음제가 이곳에 와서 매일 밤 금을 탔는지, 개방의 거지를 찾아 두리번거리는 묵향의 귀에 지나가는 행인들의 목소리가 들려왔던 것이다.
"허어, 오늘은 아직 금음이 들려오지 않는군."
"조금 기다려야 할 걸세. 아직 해가 진 지 얼마 지나지 않았잖은가."
"그런가? 나는 그 금음을 들을 때마다 느끼는 건데, 마치 신선이 타는 소리가 아닌가 하는 생각이 든다네. 자네는 그렇게 안 느꼈는가?"

"맞아, 천상의 음률이지."

그 외에 어쩌구저쩌구 하는 소리를 들어 보니 만통음제가 타는 금음에 대한 대화임에 틀림없었다. 묵향은 그들에게 금음이 들려오는 방향을 물은 뒤 그곳으로 달려갔다. 그리고 그 근처에 도착한 묵향은 가만히 눈을 감고 만통음제가 뿜어내고 있는 존재감을 찾기 시작했다.

사람마다 뿜어내는 기의 성질은 조금씩 다르다. 더군다나 내공을 연성한 무인이라면 각자 익힌 무공의 성질에 따라 그 차이는 더욱 커지기 시작한다. 물론 절정의 무공을 익힌 자들이라면 몸속에 자신의 기운을 갈무리하여 숨기기에 그것을 포착하기는 아주 힘들어진다. 더군다나 묵향이 찾고 있는 상대는 반박귀진의 경지에 들어서 있는 만통음제였다. 하지만 그가 아무리 뛰어난 고수라 해도 묵향보다는 급이 떨어지지 않는가. 동급만 되어도 찾아내기 힘들겠지만 묵향은 만통음제에 비해 한 차원 높은 고수였다.

잠시 후 눈을 뜬 묵향의 입가에는 만통음제의 기를 찾았는지 부드러운 미소가 걸려 있었다.

수라도제와 황룡무제는 거의 친분이 없는 사이였다. 같은 정파 무림 소속이라는 점만 빼면 문파 간의 교류도 없었고, 또 서로를 필요로 하는 입장도 아니었다. 수라도제가 봤을 때 황룡문은 이제 막 꽃망울을 터뜨리기 시작한 신흥 방파일 뿐이었고, 큰 야망이 없는 황룡무제의 입장에서는 구태여 멀리 떨어져 있는 서문세가라는 거대 방파와 친분을 맺기 위해 노력할 이유가 없었다.

그렇기에 두 사람의 만남은 지극히 의례적인 것이 될 수밖에 없었다. 간단하게 수인사를 나눈 두 사람은 잠시 양양성의 정세에 대한 토론을 나눈 뒤 헤어졌다.

황룡무제가 돌아간 후, 수라도제는 흐뭇한 미소를 지으며 밤하늘로 시선을 돌렸다. 새벽이 되면 칠흑과도 같은 어둠도 떠오르는 태양에 흩어져 버리듯, 욱일승천하는 듯하던 금의 성세(盛世)도 이제 그 끝이 멀지 않은 듯 느껴졌다. 수라도제가 그렇게 생각하는 것도 무리가 아니었다. 현 무림 최강의 고수들 가운데 무려 네 명이나 이곳 양양성에 와 있는 것이다. 거기에다가 뒤에서 지원하고 있는 무림맹주와 옥화무제까지 합하면 여섯 명이 된다.

미쳐 버린 만사불황과 은거 중인 곤륜무황을 제외한다면 현 무림의 모든 초고수들이 금과의 전쟁에 뛰어든 것이다. 이렇게 되면 무림의 다른 고수들도 조만간에 금과의 전쟁에 뛰어들 것은 명약관화한 사실이었다. 그렇게 하는 것이 대세를 따라가는 것이니 말이다.

그런 무인들을 총괄 지휘하게 될 사람이 누구인가. 바로 수라도제 자신이 아니던가. 그렇게 되면 자신은 엄청난 명예를 얻게 될 것이고, 모든 무림인들의 존경을 한 몸에 받게 될 것이 분명했다.

그랬기에 수라도제는 밤하늘을 바라보며 흐뭇한 미소를 짓고 있는 것이다.

"허헛, 참. 현천검제가 죽은 것이 너무나도 안타까운 일이로구먼. 화산파가 건재했었다면 큰 힘이 되어 줬을 것인데……."

바로 이때, 문밖에서 경비 무사의 조심스러운 목소리가 들려왔다. 한밤중에 태상문주의 휴식을 방해한 것이 죄송한 듯 그 목소리는 매우 낮았다.

"태상문주님. 태상문주님을 뵙기를 청하는 자들이 있습니다. 어찌 처리하면 되겠습니까?"

황룡무제를 만난 뒤 무림에서의 높아진 자신의 위상에 흐뭇해하던 수라도제는 갑작스러운 경비 무사의 말에 그 흥이 깨지자 짜증이 밀려왔다. 그렇기에 수하에게 질문을 던지는 수라도제의 음성은 중후하기는 했으나 언짢은 기색이 역력했다.

"누군데 그러느냐?"

"예, 매화검 옥대진 소협과 그분의 친구들입니다."

"옥대진이라고?"

수라도제의 안색이 조금 더 찌푸려들었다. 그가 자신을 찾아올 이유가 없는 것이다. 수라도제가 기억하고 있는 옥대진이라는 녀석은 제법 뛰어난 후기지수라고 칭해지는 놈이었다. 그리고 그가 지니고 있는 배경 또한 화려했다. 아마도 자신의 배경을 믿고 까부는 모양인데, 감히 노부가 누군 줄 알고……

"내일 날이 밝으면 찾아오라 일러라."

그러자 문밖에서 경비 무사가 아닌 다른 젊은이의 다급한 목소리가 들려왔다.

"수라도제 대협! 마교에 대한 일입니다. 제발 저희들을 만나 주시기를 청합니다."

마교라는 말에 수라도제의 눈썹이 꿈틀했다. 지금은 어쩔 수 없이 동맹을 맺고 있으나 그는 평생 동안 마교와 싸워 온 사람이 아닌가. 결코 마교와 감정이 좋을 수가 없었다. 마교에 대한 급한 일이라는 말에 옥대진에 대한 불쾌함도 잊을 만큼 마교에 대한 원한이 큰 수라도제였다.

"뭣이, 마교라고? 들라고 해라."

"예."

곧이어 문이 열리며 젊은이들이 우루루 들어왔다. 모두 다 옥대진과 같은 7룡4봉에 꼽히는 젊은이들이었다. 각 대문파의 신진기수라 말해도 충분한 7룡4봉이 한꺼번에 자신을 찾아오자 수라도제는 흥미를 느끼며 질문을 던졌다.

"마교에 대한 일이라고? 그래, 무슨 일인데 그러느냐."

"저희들은 방금 전에 황룡무제 대협과 함께 양양성에 도착했습니다."

"그런데?"

수라도제의 질문에 대답을 하는 옥대진은 마음이 조급한지 입술이 바싹 말라 있었다.

"저희 일행 중에는 마교 교주도 포함되어 있었습니다."

"뭣이!"

그 말은 정말이지 수라도제의 예상을 한참 벗어난 것이었기에 아무리 노회한 그라도 놀라지 않을 수 없었다.

"그, 그 말이 사실이냐? 정말 마교 교주가 양양성에 들어왔단 말이냐?"

"어느 안전이라고 거짓을 아뢰겠습니까?"

"허어, 참."

혀를 차는 수라도제의 마음은 불쾌감으로 가득 차 있었다. 이곳 양양성에 배치된 모든 정파의 고수들을 지휘하는 것은 바로 자신이 아닌가. 아무리 상대가 마교 교주라 해도 그 사실을 알고 있다면 이곳에 도착한 즉시 자신을 찾아오거나, 적어도 자신이 도착했다는 전갈이라도 보내 주는 것이 예의였다.

그런데 마교 교주 놈은 자신이 거느리고 온 세력이 얼마나 대단하다고 이토록 정파 무인들을 총괄하는 자신을 업신여긴단 말인가. 설마 자신의 세력이 더 크니 나보고 알아서 인사하러 오라는 뜻인가? 수라도제로서는 분통이 터질 수밖에 없는 일이었다.

하지만 그것도 잠시, 수라도제는 마음을 바꿨다. 자신이 좀 더 대범하게 보이는 것이 좋겠다는 생각이 들었기 때문이다. 어쨌거나 이곳에서 정파 무림인들을 총괄하는 것은 자신이니까 말이다. 언짢은 기분은 여전했지만 그렇다고 동맹 상대인 마교도들을 모른 척할 수는 없는 노릇이었다.

"총관을 불러라! 빨리."

잠시 후 총관이 헐레벌떡 도착했다. 자다가 일어났는지 차림새가 영 말이 아니었지만, 그는 공손하게 고개를 조아리며 수라도제에게 말했다.

"무슨 일로 속하를 급히 찾으셨습니까? 태상문주님."

"마교도들이 도착했다고 한다. 특히 교주까지 온 모양이니 그들에게 최대한 좋은 거처를 마련해 주도록 해라. 지금은 동맹자의 입장인 만큼 지원을 아끼지 말도록!"

"예, 태상문주님."

총관이 밖으로 뛰어나가려고 할 때, 옥대진이 그것이 아니라는 듯 고개를 저으며 급하게 입을 열었다.

"그게 아닙니다, 수라도제 대협. 마교의 정예 세력들이 도착한 것이 아니라 교주 한 명만 저희들과 같이 동행한 것입니다."

"뭐?"

그 말에 수라도제는 자신의 귀를 의심했다. 이놈이 지금 제정신이라는 말인가? 물론 옥대진 한 놈이 와서 이따위 헛소리를 했다면 반쯤 죽여 놨겠지만, 여럿의 동료들과 함께 와 있었다. 그리고 그들의 표정을 보니 옥대진의 말은 사실인 듯했다.

"호위하는 무사들도 없이 말이냐?"

"그렇습니다, 교주 단 한 명뿐입니다."

수라도제는 도무지 이해할 수가 없었다. 어떻게 교주 혼자 이곳에 오겠는가. 거대 세력의 수장인 교주라면 몇십 명의 호위 무사들을 거느리고 움직이는 것이 당연하다. 그가 움직인 곳이 마교의 세력권 내라고 하더라도 믿기기 힘든 일인데, 이곳은 얼마 전까지 원수같이 지냈던 정파의 핵심 전력이 모여 있는 곳이 아닌가? 그렇기에 수라도제는 다시 한 번 옥대진을 바라보며 믿기지 않는다는 듯 물었다.

"자네 지금 노부에게 농을 하자는 것인가?"

"어찌 제가 감히 수라도제 대협께 허언을 아뢸 수 있다는 말씀이십니까? 저희와 함께 도착한 황룡무제 대협께 여쭤 보십시오. 제 말이 거짓인지."

그 말에 수라도제는 속으로 감탄하지 않을 수 없었다. 도대체 간덩이가 얼마나 큰 자이기에 이토록 대범한 행동을 한단 말인가. 그리고 그가 그런 행동을 할 수 있는 것도 자신이 지닌 무공에 대한 절대적인 자신감이 있기 때문일 것이다.

"무림역사상 최초로 탈마(脫魔)를 이룩한 자라더니 과연 명불허

전(名不虛傳)이로다. 강호에 그 누가 있어서 이토록 대범한 행동을 할 수 있다는 말인가?"

"그것이 아닙니다, 수라도제 대협."

"뭣이 말이냐?"

"저희들이 수라도제 대협을 이렇게 한밤중에 찾아뵌 것은 한 가지 드릴 말씀이 있기 때문입니다. 교주는 양반(襄攀) 인근에서 저희들과 합류했습니다. 그런데 저희들과 합류한 후, 교주는 외부와 그 어떤 연락도 주고받지 않았습니다. 만약 누군가가 교주와 연락하기 위해 접근해 왔었다면 먼저 황룡무제 대협의 눈에 띄지 않았겠습니까? 그분의 이목을 속이며 접근할 수 있는 고수의 수가 결코 많은 것이 아닐 테니 말입니다."

이리저리 말이 늘어지는 것 같았기에 수라도제는 단도직입적으로 물었다.

"흠, 그래서 자네가 노부에게 하고 싶은 말이 뭔가?"

"이 기회에 그자를 제거하는 것이 좋지 않겠습니까?"

그 말에 수라도제의 안색이 확 일그러졌다.

"뭣이? 그런 망발을 노부에게 하다니, 네놈이 제정신이라는 말이냐? 그가 단신으로 이곳에 온 것은 그만큼 무림맹을 신뢰한다는 것을 과시하는 행동이 아니더냐. 그런 그에게 위해를 가한다면 무림맹의 위신이 어떻게 되겠느냐?"

수라도제의 질책에도 불구하고 옥대진은 전혀 기죽지 않고 침착하게 자신의 생각을 이야기했다.

"그래서 제가 말씀드리지 않았습니까? 단신으로 왔다고 말입니다. 이곳에서 그를 없앤다고 하더라도 이쪽과 무관하다면서 시치

미를 뚝 떼면 그만입니다. 안 그렇습니까?"

　물론 그럴지도 모른다. 수라도제의 머릿속은 그게 과연 가능한지에 맞춰져서 빠르게 움직이기 시작했다. 마교도들이 말하는 탈마급의 고수라면, 정파에서 말하는 현경급의 고수라는 말이 된다. 현경이라는 경지의 무예를 지닌 자와 단 한 번도 겨뤄 본 적이 없었기에 화경급 고수보다는 월등하게 강할 것이라는 것만 예측할 수 있을 뿐, 그게 어느 정도인지 도무지 짐작할 수가 없다는 것이 문제였다.

　하지만 그가 아무리 강하다고 해도 이곳에는 지금 화경급 고수만 네 명이 집결해 있는 것이다. 그 외에 신검합일급 정도의 고수들까지 합한다면 그 수는 엄청나게 늘어난다. 뭔가 그럴듯한 이유를 붙여 그를 적당한 곳으로 꾀어낸 후 포위하여 공격한다면 충분히 없앨 수도 있을 것이다.

　수라도제가 아무 말 없이 가만히 앉아 있자, 다급해진 옥대진은 마교 교주를 신랄하게 헐뜯기 시작했다. 그리고 금이라는 적이 사라졌을 때, 결국 마교와 정파는 또다시 대결하지 않을 수 없는 구도가 된다. 기왕 그렇게 될 것이 확실한데 이 기회를 빌려 사파의 최강자를 이곳에서 없애 버린다면 정도 무림은 찬란한 미래를 보장받을 수 있지 않겠느냐 하는 말도 덧붙였다.

　거기에다가 옥대진 외에 다른 후기지수들도 앞 다투어 교주에 대한 악담을 늘어놓기 시작했다. 여기까지 오면서 직접 당한 것이 있는 만큼 그들의 말은 다분히 감정이 서려 있는 것이었다. 그리고 그들의 말이, 과연 교주를 없애는 것이 가능한가를 따지고 있는 수라도제의 마음을 조금이나마 움직인 것 또한 사실이었다.

## 수라도제의 야무진 꿈

설취는 사부님께 드리기 위해 차를 나르던 중이었다. 이때, 갑자기 묵향이 내실 쪽으로 들어서는 것이 보였다. 그것을 보고 설취는 너무나도 깜짝 놀라서 쟁반을 떨어뜨리고 말았다.

와장창!

사숙을 만나면 꼭 물어볼 말이 있었다. 하지만 갑자기 그 당사자가 나타나다 보니 설취는 너무 놀라서 정신이 하나도 없었다. 물어보고 싶었던 질문이 머릿속을 뱅뱅 돌고 있었지만, 막상 말을 어떻게 꺼내야 할지 알 수가 없었다.

이때 안쪽에서 사부의 중후한 목소리가 나지막하게 들려왔다.

"무슨 일이냐?"

그 목소리에 설취는 화들짝 정신을 차리고는 다소곳이 대답했다.

"묵향 사숙께서 오셨습니다."

그 말이 떨어지기가 무섭게 문이 부서지듯 벌컥 열리며 만통음제가 달려 나왔다. 묵향의 모습을 발견한 만통음제는 얼마나 반가운지 묵향의 손을 덥석 잡은 뒤 놓을 생각을 하지 않았다.

"자네가 왔구먼. 어서 들어오게. 동생을 여기서 만날 수 있을 거라고는 생각지도 못했거늘……. 허허, 너무나도 반갑구먼."

마음속 깊이 우러나는 만통음제의 환대가 묵향으로 하여금 미소 짓게 했다.

한참 동안 묵향에 대한 반가움을 표시하던 만통음제는 고개를 뒤로 돌려 아직까지도 창백한 얼굴로 서 있는 설취를 향해 지시했다.

"취아는 빨리 가서 좋은 술을 구해 오너라. 오늘 같은 날 마시지 않는다면 언제 마신다는 말이냐."

"예."

그날 묵향과 만통음제는 밤새도록 술잔을 나누며 악기를 연주했다. 오랜 시간 지음(知音)을 찾아 외로이 떠돌던 금음(琴音)은 그날 오랜만에 피리 소리를 만나 아름다운 화음을 이루며 밤하늘로 퍼져 나갔다.

그날 밤, 사저에의 연정에 괴로워하며 우울한 표정으로 밤하늘의 별을 세고 있던 진팔의 귀에 금음이 들려왔다. 그런데 지금껏 들어왔던 것과 달리 애절함보다는 기쁨과 즐거움으로 가득 차 있음을 느끼고 진팔은 이상하게 생각하지 않을 수 없었다.

"다른 사람이 타는 건가?"

진팔이 그렇게 느낄 정도로 지금까지 들어왔던 만통음제의 금음과 그 느낌부터가 달랐다. 하지만 진팔이 아무리 생각해도 이토록 아름다운 음률을 낼 수 있는 사람은 만통음제 외에는 없었다. 그런데 바로 그때, 금음을 휘감아 돌며 아름다운 피리 소리가 울려 퍼지기 시작했다. 그 두 가지 음은 절묘하게 어울리며 진팔의 마음을 뒤흔들었다.

"어엇! 저 피리 소리……. 저게 만통음제 어르신이 그토록 찾고 계시던 친구 분이신 모양이구나. 정말 잘 어울리는군. 어떤 분이신지 정말 궁금하네. 무림명숙이실 게 분명한데 말이야."

진팔은 어느 고인이 있어 이렇게 아름다운 피리 소리를 낼 수 있는지 상상해 보았다. 분명 티끌 한 점 없는 고아한 풍모의 고인일 것이다. 하지만 그런 상념도 잠시, 진팔은 곧 아름다운 선율에 흠뻑 젖어 들어갔다.

다음 날 아침이 되자 만통음제는 수라도제를 만나러 갔다. 수라도제가 긴히 할 말이 있다는 전갈을 보내 왔기 때문이다. 만통음제가 나간 후, 딱히 할 일도 없었던 묵향은 악기 손질로 시간을 보내고 있었다. 묵향이 섬세한 비단 천으로 피리를 닦고 있을 때 조심스럽게 문을 두드리는 소리가 들려왔다.

똑똑.
"기침하셨습니까? 사숙님."
설취의 다소곳한 음성이었다.
"들어오너라."
설취는 방금 만든 향긋한 내음의 차를 가지고 들어왔다.

"입맛에 맞으실지 모르겠습니다."
"노부는 그런 거 따지지 않으니 걱정 말거라."
잠시 차를 마시던 묵향은 설취를 지그시 바라봤다. 차를 건넸으면 나가는 것이 순서일 텐데, 나가지 않고 미적거리며 앉아 있다. 묵향이 가만히 그녀의 눈치를 보니 뭔가 자신에게 말을 하고 싶은데 하지 못하는 듯했다.
"무슨 일인데 그러느냐? 형님이 안 계실 때 찾아온 것을 보니 내게 뭔가 할 말이 있는 듯한데."
"저…, 한 가지……."
"그래, 말해 보거라."
잠시 망설이던 설취는 이윽고 결심이 섰는지 조심스러운 어조로 물었다.
"혹시 과거 사숙께서 천양에 있는 천일루(泉溢樓)에 가 보신 적이 있는지요."
워낙 뜬금없는 질문이리 묵향은 고개를 갸웃하며 대답했다. 사실 묵향이 천일루에 간 게 몇십 년 전인데 그걸 기억하고 있겠는가.
"천일루라……. 글쎄, 가 봤는지 안 가 봤는지 기억에 없는걸."
"천일루에서 무산오웅(巫山五雄)이라 불리던 무당파의 다섯 고수를 베신 적이 있으신지요?"
그곳이 천일루인지는 기억나지 않지만, 무당파의 다섯 고수를 벤 기억은 있었다. 그것 때문에 무당파에 찾아가서 무력 시위까지 별인 적이 있었고, 또 며칠 전에 무당파에 찾아갔을 때 무당파의 전대 장문인과 함께 얘기까지 나눴으니 그 사건이 기억나지 않을 리 없었다.

묵향은 놀랍다는 듯 되물었다.

"어떻게 그 사실을 알고 있느냐? 혹시 너도 그곳에 있었느냐?"

설취의 안색이 순식간에 하얗게 질려 버렸다.

'사실이었구나. 그때 그 사람이 사숙이었어.'

"흠, 그곳에 있었던 모양이군. 노부조차 잊어버렸을 정도로 아주 오래전에 있었던 일인데, 그걸 기억하는 사람이 있을 줄은 정말 생각조차 못 해 봤구나."

"소녀가 무림에 나와서 처음 본 일이었는데 어찌 잊을 수 있었겠습니까?"

"혹여 노부가 그때 네게 못할 짓을 했던 게냐?"

"아, 아닙니다. 사숙."

화들짝 놀라며 세차게 고개를 젓는 설취였지만, 묵향이 가만히 바라보니 아무래도 느낌상 뭔가 있는 것 같았다. 묵향은 속으로 '젠장, 뭔가 있기는 있군' 하고 생각했지만, 구태여 물어보고 싶은 생각까지는 없었다.

"더 이상 할 말이 없다면 그만 나가 보거라. 차는 잘 마시마."

"예."

설취가 나가고 난 후 묵향은 가볍게 한숨을 내쉬며 중얼거렸다.

"젠장, 저 아이가 무산오웅하고 관계가 있었나? 뭐, 그래도 어쩔 수 없는 일이지. 하지만 그들의 복수를 한답시고 주제 파악도 못 하고 칼을 뽑아 들면 어떻게 하지? 형님이 아끼는 제자인데 죽일 수도 없고. 거참, 일이 재미없게 꼬이는군."

묵향이 혀를 끌끌 차고 있던 그 시간, 수라도제는 만통음제와 패력검제 그리고 어제저녁 도착한 황룡무제와 함께 양양성 내에 마련된 자그마한 밀실에서 담소를 나누고 있었다. 황룡무제를 소개하며 잠시 가벼운 대화를 나눈 후, 수라도제는 정색을 하며 그들을 아침 일찍 이곳으로 청한 이유를 밝혔다.
"어제 황룡문주와 함께 마교 교주가 도착했소."
그 말에 패력검제의 눈썹이 격동하는 그의 내면을 반영하듯 꿈틀했다. 하지만 그뿐이었다. 그 외에 다른 사람들은 그 어떤 반응도 보이지 않았다. 사실 황룡무제야 그와 함께 왔으니 알 것이 분명했고, 또 다른 한 명인 만통음제는 어제 밤늦게까지 묵향과 술잔을 나눴으니 수라도제의 말이 하나도 놀라울 것이 없었던 것이다.
"노부가 그대들을 청한 것은 이 기회를 빌려 그를 없애는 것이 어떤지 물어보기 위함이오. 그는 마교가 배출한 최고의 고수라는 칭호를 받고 있고, 그가 교주가 된 이래로 마교의 위세가 날로 상승하고 있음이 사실이지 않소이까. 지금 그는 간 크게도 단 한 명의 호위 무사도 거느리지 않고 이곳에 와 있소."
여기에는 정파 무림의 핵심 전력이 자리 잡고 있지 않은가. 화경에 이르는 고수 네 명으로만 그를 상대해야 한다면 조금 힘이 모자랄지도 모르지만 각 문파가 자랑하는 신검합일급에 이르는 쟁쟁한 고수들까지 몽땅 다 동원한다면 충분히 교주를 때려잡고도 남음이 있을 것이다.
하지만 이때, 수라도제로서는 상상도 해 보지 못한 사태가 벌어졌다. 만통음제가 얼굴 가득 노기를 드러내며 으르렁거렸던 것이다.

"아침 일찍부터 노부를 불러내더니 겨우 그따위 망발이나 하려고 한 것이오? 노부는 그런 치졸한 일에 끼지 않겠소. 아니, 만약 노부의 의제(義弟)를 건드리려 하는 자가 있다면 노부가 직접 그놈의 멱줄을 따 버릴 것이니 그리 아시오!"

만통음제는 벌떡 일어서더니 신경질적으로 문을 열고 나가 버렸다. 그리고 그 자리에 남은 셋은 한동안 기가 막혀서 말도 할 수 없을 지경이었다. 설마 만통음제가 마교 교주의 의형일 것이라고는 그 누구도 짐작조차 할 수 없었기 때문이다.

아직까지 수라도제가 만통음제가 던진 충격에서 벗어나지 못하고 있을 때 패력검제가 천천히 입을 열었다.

"저도 거기에는 반대입니다."

"아니, 어떻게 자네까지 그럴 수 있는가? 자네의 사문은 마교와 크나큰 은원 관계를 맺고 있음을 노부가 잘 아는데……."

그 말에 패력검제는 손을 내저으며 낮지만 힘 있는 어조로 말했다.

"아무리 그렇다고 해도 그를 암습하는 데 동참해야 한다는 이유가 될 수는 없습니다. 오늘 수라도제 어르신께 크게 실망했습니다."

황룡무제도 옆에서 고개를 끄덕거리더니 힘 있게 말했다.

"그 의견에 저도 전적으로 찬성입니다. 이쪽을 믿고 단신으로 온 동맹자에게 취할 행동은 절대로 아니지요. 방금 전에 하신 어르신의 말씀, 못 들은 것으로 하겠습니다."

다른 둘도 벌레 씹은 듯한 표정으로 밖으로 나가 버린 후, 수라도제는 그 자리에 멍청하게 앉아 있을 수밖에 없었다.

"허어, 어찌 이런 일이 있을 수가……."

수라도제로서는 황당스럽기 그지없었다. 지금 그는 마교 교주를 때려잡을 수 있는 최고의 기회를 잡았다고 볼 수 있었다. 아무리 그의 무공이 강하다고 하지만, 그는 혼자가 아닌가. 물론 정의를 추구하는 정파 무림인으로서 연수 합공으로 습격을 한다는 것이 수라도제로서도 마음에 걸리지 않는 것은 아니지만 이것도 다 무림 정의를 위한 것이 아닌가.

"나쁜 녀석들! 오냐, 네놈들이 자기 손을 더럽히기 싫다면 노부 혼자서라도 해 주마. 여기 네놈들 말고 고수가 한 명도 없는 줄 아느냐?"

수라도제의 입에서는 다분히 감정적인 어조가 흘러나올 수밖에 없었다. 수라도제는 크게 소리쳐 모든 무사들을 모으라고 외치려고 했다. 하지만 차마 그렇게 하지는 못했다. 왜냐하면 수라도제의 마음속에서 그래 봐야 불가능하다는 소리가 들려왔기 때문이다.

탈마급 고수 한 명도 감당이 불가능할 시경인데, 거기에 만통음제까지 가세한다면 그들을 없앤다는 것은 거의 불가능에 가깝다. 물론, 그들이 정면 대결을 해 온다면 엄청난 희생을 치르기는 하겠지만 그들을 없앨 수 있을 것이다. 하지만 처음부터 도망치려고 작정한다면 막을 방도가 없는 것이다.

"허허~, 참. 이런 일이 있을 거라고는 생각도 못한 노부의 실수로다. 화경까지 올라간 자들이라서 자신이 지닌 무공에 대한 자만심이 크다는 것을 간과한 노부의 실수야. 아직까지 세상의 쓴맛을 적게 본 그 녀석들의 입장에서 합공은 받아들이기 힘든 것이었겠지. 거기에다가 그 늙은 것이 교주 놈과 의형제지간이라는 사실을 몰랐던 것은 너무나도 뼈아프구먼……."
 수라도제는 묵향이 이들과 조금씩의 인연을 맺고 있었다는 사실을 알지 못했다. 그렇기에 그들의 행동을 이해하기 힘들었던 것이다. 이때, 차츰 이성을 회복하기 시작하고 있는 수라도제의 머릿속을 스치고 지나가는 생각이 있었다. 그것이 떠오르는 순간 그의 머릿속은 흡사 찬물이라도 들이킨 듯 차갑게 식어 버렸다.
 "그나저나 이 일을 어찌한다? 그 늙은 것이 교주에게 이 일을 일러바친다면 일이 아주 고약하게 꼬이게 생겼는데?"

 아침 일찍 수라도제의 호출을 받고 나갔던 의형이 투덜거리며 돌아오는 것을 보고 묵향은 고개를 갸웃거리며 질문을 던졌다. 만통음제가 이렇듯 화를 낼 이유가 없었기 때문이다.
 "아침부터 왜 그렇게 심기가 상하셨습니까?"
 "아, 동생, 내 말 좀 들어 보게나. 내가 화가 안 나게 생겼는지."
 그러면서 그는 아침에 있었던 일을 묵향에게 이야기했다. 그 말을 다 들은 묵향이 통쾌하다는 듯 크게 웃음을 터뜨리자 만통음제는 표정을 굳히며 다급하게 말했다.
 "그렇게 웃고 있을 시간이 없네. 지금 빨리 짐을 챙겨서 이곳을 뜨는 게 좋을 듯하이. 안 그런가?"
 다급한 만통음제의 심정과는 달리 묵향은 웃음을 터뜨리며 느긋한 어조로 말했다.
 "하하핫! 과연 수라도제. 아마도 이 좋은 기회를 놓치기는 싫었겠죠. 형님까지 합세한다면 운 좋으면 성공할 수 있을지도 모르니까 말입니다."

"그건 또 무슨 말인가?"

"과거 한중길 교주에게 이런 식으로 한 번 당해 본 적이 있는 소제입니다. 그런 것도 생각하지 않고 여기에 온 줄 아십니까? 만약 여기에 형님이 안 계셨다면 저는 부교주들 중에서 한두 명을 데려왔을 겁니다. 하지만 여기에 형님이 계시다는 것을 알고 혼자 온 거죠. 4대 1로도 승산이 있을까 말까 한 일이 3대 2가 되면 가능이나 하겠습니까? 그러니 걱정하실 필요 없습니다."

"그거야 그렇지만……. 하지만 이곳에는 정파의 수많은 고수들이 모여 있다네. 그들을 모두 동원한다면."

묵향은 싱긋 미소 지으며 만통음제의 말을 막았다.

"정면 대결이라면 모르지만 도망치려고만 들면 그런 놈들은 아무런 보탬이 되지 않습니다. 그리고 이 근처에는 제 수하들도 와 있습니다. 그런 만큼 머릿수로 밀어붙이는 것 따위는 하나도 걱정할 것이 없습니다."

그 말에 만통음제의 안색에도 조금씩 여유가 생기기 시작했다.

"그, 그런가?"

"자, 그런 쓸데없는 걱정은 그만 하시고 양양성이나 좀 구경시켜 주십시오. 주위의 경관이 십만대산만큼은 아니었지만 그래도 제법 수려하더군요."

## 진팔의 수난

언제나 그러하듯 진팔은 아침에 일어나 수련을 시작했다. 그렇게 하는 것이 하루라도 빨리 자신이 목적하는 경지에 도달하는 길임을 잘 알기 때문이다. 그리고 그런 진팔의 모습을 소연은 흐뭇한 시선으로 바라보고 있었다. 약간씩의 조언은 해 줄 수 있을지도 모르지만, 결정적인 부분은 자신이 직접 깨달아야만 하는 것이다. 그렇기에 이것이 얼마나 걸릴지 아무도 알지 못한다. 순간이 될 수도 있고, 영원이 될 수도 있는 것이다.

이때, 저 먼 곳에서 중후한 목소리가 들려왔다.

"내가 소개해 주고 싶은 녀석은 저 녀석일세."

그 목소리가 만통음제의 것임을 진팔은 재빨리 알아챘다. 아마도 만통음제는 자신의 지음이 이곳으로 찾아오자, 진팔을 소개해 주려고 이곳에 온 모양이었다. 진팔 또한 그의 지음이 누구인지 너무나도 궁금했다. 만통음제처럼 선풍도골형의 고아한 신선 같은 모습일까? 아니면 패력검제처럼 이웃집 아저씨같이 소탈한 모습일까?

진팔이 그것을 확인하기 위해 재빨리 그곳으로 고개를 획 돌렸을 때, 그의 눈은 묵향의 눈과 정면으로 부딪쳤다.

'끄어어억! 아니 저 인간이 여기에 왜 있는 거야?'

순간 진팔은 달아나고 싶다는 생각을 했다. 하지만 그것은 생각일 뿐, 그의 몸은 의지와 상관없이 재빨리 묵향이 있는 곳으로 움직이고 있었다.

"오랜만에 뵙습니다."

'쓰벌, 설마 만통음제의 지음이 교주일 줄이야.'

진팔은 나름대로 머리를 굴려 '천마신교의 지존이시여' 하는 말은 사용하지 않고 깍듯이 인사를 건넸다. 이곳은 수많은 정파인들이 밀집된 장소였다. 그런데 이곳에서 마교 교주 운운한다면 큰 소란이 일어날 수도 있었다. 어쩌면 교주는 자신의 정체를 숨기고 이곳에 와 있을 수도 있었다. 그렇기에 그는 그런 말을 뺀 것이다.

교주가 공개적으로 이곳에 도착했다는 사실을 아직까지 모르고 있었던 진팔이 나름대로 세심하게 배려하여 인사를 건넸건만 상대로부터는 아무런 대꾸도 없었다. 진팔이 살짝 눈을 들어 바라보니 교주의 시선은 자신이 아닌 다른 곳을 향해 고정되어 있었다. 도대체 피도 눈물도 없는 극악무도한 마두라고는 상상도 할 수 없을 정도로 따뜻한 눈길을 보내며 말이다. 진팔이 묵향을 따라 재빨리 고개를 돌렸을 때, 그곳에는 소연이 서 있는 게 보였다.

'삼사저와 면식이 있었나? 그런데 저 눈길이 아무래도……'

진팔이 그렇게 생각할 정도인데, 그걸 만통음제가 눈치 채지 못할 리가 없었다. 만통음제는 짐짓 음흉스런 미소를 지으며 슬며시 어기전성을 보내왔다.

《역시 동생의 눈도 보통이 아니구먼. 여태껏 옆에서 지켜봐서 아는데 상당히 괜찮은 아이지. 동생도 혼자인 것으로 아는데, 이 우형이 월하노인(月下老人)이 되어 줄까?》

묵향의 안색이 확 일그러졌다. 월하노인이라니…, 그건 바로 중매쟁이를 일컫는 말이 아닌가? 자신이 소연을 바라보는 눈길 하나만 보고 그런 말을 하는 것을 보고, 묵향은 자신의 표정 관리가 얼마나 엉망이었는지 깨달을 수 있었다.

이때, 모두가 자신을 바라보고 있자 소연도 진팔이 있는 쪽으로 재빨리 달려왔다. 만통음제가 그의 여제자인 설취와 함께 와 있는 것이다. 만통음제가 무림에서 차지하고 있는 위치를 고려했을 때, 최고의 예우를 해드려야 하는 것이다. 그렇기에 소연은 만통음제의 옆에 서 있는 젊은이, 그러니까 묵향에게까지 관심을 보낼 형편이 아니었다.

"어서 오십시오, 만통음제 대협."

깍듯이 인사를 건네는 소연을 향해 만통음제는 흐뭇한 표정으로 말을 걸었다.

"차라도 한잔 얻어 마실 수 있겠느냐?"

그 말에 소연은 화사한 미소를 보내며 대답했다.

"물론입니다, 만통음제 대협."

일단 만통음제에게 인사를 한 후에야 소연은 묵향을 바라보게 되었다. 그런 소연에게 묵향은 싸늘하면서도 거만한 표정으로 묵묵히 서 있었다. 그의 얼굴을 보며 소연은 어딘가 낯이 익은 것 같아 고개를 갸웃했다. 하지만 그녀는 아무리 기억을 떠올려 봐도 상대를 어디서 봤는지 기억해 내기 힘들었다.

그녀가 기억하고 있는 양부(養父)는 언제나 그녀에게 다정다감한 사람이었다. 똑같은 사람이라도 표정을 달리하면 전혀 딴사람처럼 보이듯, 저기 딱딱한 표정으로 앉아 있는 묵향을 보며 자애로운 양부를 기억한다는 것은 너무나도 힘든 일이었다.

거기에다가 지금 소연은 한가하게 기억을 떠올리고 있을 시간 여유가 없었다. 만통음제가 차를 한잔 달라고 하지 않는가. 소연은 다소곳이 고개를 조아리며 말했다.

"이쪽으로 오시지요."

소연이 안내한 곳은 연무장 인근에 있는 작은 정자였다. 매일 진팔이 이곳에서 수련을 하고 있었기에, 그녀는 사제가 잠시 휴식을 취할 때 차를 가져다주기 위해 간단한 취사 도구를 가져다 둔 것이다.

작은 화로에 불을 붙여 물을 끓이고, 찻잔을 준비했다. 그런데 잠시 소연의 이마가 살짝 찌푸려졌다. 찻잔이 사제와 자신만을 위해 준비해 둔 두 개밖에 없었기 때문이다. 그렇다면 이 둘을 누구누구에게 권해야 할까? 그녀는 다시 한 번 정자 안을 살펴봤다. 낯선 젊은이와 설취, 그 둘 중에 누가 배분이 높은지 지금 당장 추측해 내야만 했다.

아무리 설취의 무공이 소연보다 떨어진다고 하지만, 그녀의 사부는 만통음제였다. 그렇기에 그녀의 위치는 강호에서 대단히 높다고 볼 수 있었다. 그녀는 사부 덕분에 웬만한 문파의 장로급에 상응하는 정도의 배분을 지니게 되는 것이다. 하지만 만의 하나라는 것이 있다. 만약에 저 젊은이 쪽이 배분이 높다면? 저 젊은이에게서 풍겨 나오는 위엄은 분명 범인이 지닐 만한 것이 아니었다.

차가 다 준비되자 소연은 찻잔을 직접 권하는 대신 만통음제가 앉은 자리 앞에 놓았다. 그리고 두 번째 찻잔은 설취와 그 젊은이의 사이에 놓았다. 그런 다음 살짝 고개를 숙이며 말했다.

"워낙 경황 중에 준비한 것이라 입맛에 맞으실지 모르겠습니다."
"아닐세, 아주 향이 좋구먼."
"감사합니다, 대협."

만통음제가 찻잔을 들자, 그 옆에 앉아 있던 젊은이도 찻잔을 들었다. 그것을 보고 소연은 놀라움을 감추기 어려웠다. 놀랍게도 젊은이의 배분은 거대 문파의 장로급을 상회함이 분명했던 것이다. 혹시나 했던 것이 맞기는 했지만, 그렇다고 그녀의 놀라움이 줄어든 것은 아니었다. 그만큼 이례적인 일이었기 때문이다.

그런 그 둘을 만통음제는 힐끔힐끔 관찰하고 있었다. 처음에는 묵향이 소연에게 꽤나 마음이 있는 듯 행동하는 것 같았는데…, 지금 보니 그게 아니었다. 하는 행동이 너무나도 싸늘하면서도 딱딱하지 않은가.

'허, 동생도 겉보기와 달리 쑥스러움이 많구먼. 자고로 미인은 용기 있는 자가 차지한다고 했는데, 아무래도 이 우형이 나서야겠어. 흐흐흐.'

만통음제는 소연의 표정을 자세히 관찰하며 묵향을 소개했다.

"아참, 내 정신 좀 보게나. 소개가 늦었구먼. 이쪽은 내 의제일세."

그 말에 진팔은 놀라움을 감추기 어려웠다. 진팔은 저 극악무도한 마두가 만통음제라는 거목의 의제라는 사실을 도저히 믿을 수가 없었다.

'도대체 저놈이 무슨 짓을 한 거지? 맞아, 만통음제 어르신은 속고 계신 거야. 그게 틀림없어. 어르신께서는 저놈이 마두라는 사실을 모르고 계실 거야. 이 일을 어떻게 하지? 살짝 알려 드려야 하나, 말아야 하나……'

그리고 소연은 소연대로 의제라는 말이 감추고 있는 뜻을 곱씹고는 경악하는 중이었다. 그 말은 곧 저 젊은이의 무공 또한 평범한 수준이 아님을 드러내는 것이나 진배없는 것이 아닌가.

'또다시 반로환동(返老還童)의 고수라는 말인가? 정말이지 무림은 너무나도 넓구나. 큰일이 터지자 저런 숨은 고수들이 계속 등장하는 것을 보면 말이야.'

소연은 살짝 눈을 들어 다시 한 번 그 젊은이를 힐끔 훔쳐봤다. 진체직으로 봤을 때 체격은 호리호리한 편이었다. 그리고 타인을 압도하는 저 기도(氣道)만 아니라면, 저잣거리를 다니다 보면 하루에도 수십 번은 만날 수 있는 그런 얼굴일 정도로 평범한 인상이었다. 그래서 그런지 눈에 익다는 느낌을 지우기가 힘들었지만 말이다.

"처음 뵙겠습니다, 천지문의 소연이라고 합니다."

공공연히 만통음제가 소연에게 자신을 소개하자 묵향은 내심 격동을 감추기 어려웠기에 슬쩍 고개를 돌려 외면했다. 아마도 그 모습이 소연에게는 강인한 자의 거만함으로 비춰졌을 것이다.

이때, 만통음제가 덧붙여서 설명했다.

"허헛, 노부의 동생은 무림에 마교 교주로 알려져 있다네. 어쩌면 자네들은 천지문도들인 만큼 이미 동생을 알고 있을지도 모르겠구먼."

그 말을 듣고 진팔은 더욱 경악했다. 어떻게 저자가 마두라는 사실을 알고 의동생을 삼을 수 있다는 말인가. 만통음제가 제정신인가?

진팔이 경악하고 있는 만큼, 소연 또한 그 눈이 더 이상 커질 수 없을 정도로 동그래졌다. 하지만 잠시의 그 경악감이 지나간 후, 소연은 자신의 결례를 의식하고는 다소곳이 말했다.

"교주님께서 천지문에 많은 은혜를 베푸신 점 너무나도 감사드립니다."

"그것은 진양 문주와 한중길 교주와의 일이었으니 본좌에게 감사할 필요는 없다."

자신의 감정을 숨기다 보니 오히려 묵향의 말투는 그 어느 때보다 딱딱해져 있었다. 소연에게 말을 걸고 싶었지만 아무래도 자신의 목소리에 감정이 묻어나올 듯했기에, 묵향은 진팔에게 말을 걸었다.

"그러고 보니 그때 봤을 때에 비해 진일보했구먼. 아주 빠른 성취야. 여기서 싸우면서 뭔가 느낀 게 있는 모양이지?"

"예, 작은 깨달음을 얻었습니다."

진팔의 겸손한 대답에 만통음제는 살짝 고개를 저으며 말했다.

"작은 깨달음이라……. 절정으로 들어가는 초입을 작다고는 볼 수 없지. 그렇지 않은가? 동생."

"물론이죠. 무림에 수많은 고수들이 있지만 초식의 틀을 깬 존재가 얼마나 있겠습니까? 이제 그 지고한 경지에 첫발을 들여 놓았으니 축하할 일임에 틀림없지요."

그 말에 진팔은 어리둥절한 표정으로 되물었다. 이런 검론은 듣기도 처음이었기 때문이다. 그럴 수밖에 없는 것이 천지문이라는 문파에서 배출한 최고 고수가 신도합일급이니, 그 위 경지에 대한 지식은 전무한 상태였던 것이다.

"예? 지고한 경지의 첫발이라니요?"

"초식의 틀을 완전히 깼을 때, 화경이 열린다는 말이야. 자네의 경우는 이제 걸음마 단계라고 볼 수 있지. 기존 초식을 물 흐르듯 연계하여 사용할 수 있게 되었을 때, 그를 보고 사람들은 무기와 하나가 되었다고 부르지. 바로 신도합일을 말함이야. 그런데 아무리 완벽한 도법이라고 하더라도 사람이 만든 것인 이상 완벽하다고는 볼 수 없거든. 그것을 깨닫고 자신을 둘러싸고 있는 초식의 벽을 허물었을 때, 세인들이 말하는 화경에 들었다고 할 수 있지. 그리고 초식을 허무는 것의 완성형을 현경이라고 말하는데, 의식과 무의식이 완벽한 조화를 이뤘을 때 가능한 것이야."

현경에 대한 얘기는 만통음제도 처음 듣는 말인지라 잠시 묵향이 한 말을 곱씹으며 되새기고 있었다. 그가 가야 할 다음 단계가 바로 현경이니 말이다. 만통음제가 뭔가 묵향에게 말을 걸려고 하는 순간, 묵향이 먼저 진팔을 향해 입을 열었다.

"자네가 첫발을 들인 기념으로 한 수 지도해 주지."

그 말에 진팔의 입이 기쁨으로 쭉 찢어졌다.

'흐흐흐, 이런 횡재가 있나. 어제 내가 무슨 꿈을 꿨더라?'

교주의 제의를 받은 진팔은 해묵은 감정이 어느샌가 증발해 버리는 자신을 느꼈다. 과거 그 때문에 지독한 고생을 한 것도, 또 지금껏 쌓여 있던 감정도 모두 다 사라졌다. 무림최고수가 한 수 가르쳐 주겠다는 데야 사양할 이유가 없겠지만, 진팔은 상대의 제의를 믿을 수가 없었다.

"예? 정말이십니까?"

"물론이지. 대신 천지문의 무공을 본좌한테 알려 줘야 해. 자네가 가장 자신 있게 사용하는 도법과 신법을 말이지."

'이런 젠장, 어쩐지 너무 조건이 좋다고 생각했어.'

그 말에 진팔은 곤혹스러운 표정으로 대꾸했다.

"제의는 감사드립니다만, 대인(大人)께서도 잘 알고 계시겠지만 원래 무공이라는 것이 문외불출(門外不出)이라 가르쳐 드릴 수가 없습니다."

해묵은 원한이 사라지고, 교주에 대한 따스하기 그지없는 호의감이 싹트고 있어서 그런지 진팔의 입에서 '대인'이라는 극존칭의 단어가 서슴없이 흘러나왔다.

묵향은 진팔의 대답에 기분이 상한 듯 퉁명스럽게 말했다.

"문외불출 좋아하고 앉아 있네. 본좌가 그딴 쓰레기 같은 도법이 필요해서 네 녀석한테 이런 제안을 하고 있는 줄 알아? 네가 익히고 있는 무공만으로 어느 정도 수준의 비무가 가능한지 내가 직접 보여 주려는 거야. 아마 네놈은 상상도 해 본 적이 없는 세계일걸? 어때, 생각할 시간을 딱 1각(15분) 주마. 결정하거라."

옆에서 지켜보고 있던 만통음제가 끼어들었다. 과연 천지문의 도법이 묵향의 손을 거쳐 어떤 모양으로 거듭나게 될 것인지 그 역시도 궁금하기 짝이 없었던 것이다.

"이보게 소형제, 한 번 해 보지 그러는가? 이런 기회는 평생을 통틀어 단 한 번도 찾기 어려운 기연임을 자네도 잘 알지 않은가?"

쓰레기 같은 도법이라는 말에 울컥하고 있던 진팔이었지만, 만통음제의 말을 듣고 보니 과연 일리가 있는지라 그는 난처한 얼굴로 소연을 바라보며 동의를 구했다. 그녀가 허락만 해 준다면 이런 좋은 기회를 놓치고 싶지 않았던 것이다.

진팔의 시선을 받은 소연은 잠시 궁리하더니 천천히 고개를 끄덕였다. 사실 타인에게 본문의 무공을 무단으로 가르쳐 준다는 것은 가장 큰 중죄들 중의 한 가지에 해당된다. 하지만 그것을 가르쳐 달라는 사람이 누구인가. 중원 최강이라 불리는 고수다. 아마도 그가 익히고 있을 막강한 무공들에 비한다면 천지문의 도법은 3류 무공이나 다름없을 것이다. 거기에다가 무공에 대한 그녀의 호기심도 한몫했다. 그가 펼치는 천지문의 도법은 과연 어떤 것일까?

이윽고 결심했는지 소연이 살짝 고개를 끄덕여 허락의 뜻을 나타냈다. 그러자 진팔은 다급히 교주에게 말했다.

"알겠습니다, 하겠습니다."

묵향은 활짝 미소 지으며 진팔의 어깨를 다독거리며 말했다.

"자네는 정말 탁월한 선택을 한 거야. 자, 이제 자네가 즐겨 사용하는 무공을 가르쳐 줘야겠지?"

상대의 태도가 너무 친근한 것 같아 진팔은 오히려 불안감을 느끼기 시작했다.

'이거 내가 뭔가 속고 있는 거 아냐?'

그렇다고 그걸 상대에게 말할 수는 없는 노릇이었다. 그렇기에 진팔은 다소곳이 대답했다.

"예, 제가 사용하는 도법은 선풍도법(㫌風刀法)입니다. 구결부터 말씀드리자면."

진팔의 말을 도중에 끊어 버리며 묵향이 시큰둥한 어조로 말했다.

"구결은 필요 없으니 저기 가서 한 번 시범을 보여 봐."

"구결이 없어도 괜찮겠습니까? 예, 그렇게 하죠."

구결을 안 가르쳐 줘도 된다는 말에 진팔은 오히려 좋아라했다. 구결이 빠진 껍데기뿐인 도법이 무슨 소용이 있겠는가. 그 말 한마디로 진팔의 불안감은 사라졌다.

옆에서 다른 사람이 수련하는 모습을 며칠간만 훔쳐봐도 초식의 겉모습은 금방 습득할 수 있다. 그런데도 불구하고 각 문파가 자랑하는 최강의 무공들이 적전으로만 이어져 내려오는 이유가 뭔가? 그게 다 초식을 사용함에 있어서 내공을 어떤 식으로 운용해야 하는지를 설명하고 있는 구결이 없다면 모방 자체가 불가능하기 때문이 아닌가? 설혹 모방했다손 치더라도 제대로 된 위력은 결단코 나올 수가 없었다.

구결을 알려 주지 않아도 되기에, 사문에 큰 죄를 범한다는 생각에서 벗어난 진팔은 아주 당당하게 연무장으로 내려가 도법을 시연하기 시작했다. 진팔의 도가 장쾌한 움직임을 보이며 선풍도법의 초식들을 하나씩 보여 줬다.

진팔이 자신이 알고 있는 무공들을 선보이고 나자, 묵향은 자리에서 일어서서 주위를 둘러봤다. 비무를 하기 위한 무기를 찾기 위해서였다. 마침 적당한 크기의 나뭇가지가 보였기에 그걸 잘라 대충 다듬은 후 붕붕 소리가 나도록 휘둘렀다.

"제법 쓸 만하군."

그걸 보며 만통음제는 희미하게 고개를 끄덕였다. 저 정도 실력의 고수라면 무기가 뭐건 큰 장애가 될 수 없을 것이다. 하지만 그의 일격을 당하는 입장이라면 진짜 도(刀)보다는 목도(木刀) 쪽이 훨씬 상처가 적을 것은 확실하지 않겠는가. 묵향이 진팔에게 제대로 가르침을 주려고 하는가 보다 하고 생각하는데, 묵향이 중얼거리는 목소리가 들려왔다.

"사람 잡는 것도 오랜만이군. 흐흐흐, 네놈의 맷집이 좋기를 바란다."

워낙 낮은 목소리였기에 소연은 묵향의 말을 듣지 못했지만, 만통음제는 그 말을 듣고 황당함을 감추기 힘들었다. 그 말을 듣고 만통음제는 묵향이 왜 진팔과 비무를 하겠다고 한 것인지 한순간 이해가 가지 않았다. 어쩌면 혹시 해묵은 원한이라도 있었던 것이 아닐까?

그다음에 전개된 비무를 본 만통음제와 소연은 쩍 벌어진 입을 다물지 못했다. 물론 묵향이 진팔을 개 잡듯이 때려잡기 시작했기에 그들이 그런 표정을 지은 것은 결코 아니었다. 그건 처음부터 예상된 것이었으니 말이다.

그들이 놀란 것은 묵향이 사용하는 무공에 있었다. 어떻게 단 한 번 겉모습만 훑어본 타 문파의 무공을 저렇듯 완벽하게 구사할 수 있다는 말인가? 각 초식의 앞뒤가 뒤바뀌기도 하고, 순서가 뒤죽박죽으로 뒤섞여 사용되었기에 완전히 다른 도법처럼 보였지만 가만히 따져 보면 틀림없이 천지문의 선풍도법이었다.

소연은 비무를 바라보며 엄청난 것들을 배우고 있는 중이었다.

묵향이 지금 보여 주고 있는 것은 선풍도법이 지니고 있는 진정한 위력이었다. 그녀가 직접 사제와 비무한다고 해도 저 정도까지 완벽한 도법을 구사할 자신은 없었다.

물 흐르듯 완벽하게 이어지는 도법과 신법. 저 모습만 본다면 선풍도법이 어찌 3류도법이라고 불리는지 이해가 가지 않을 정도의 위력이었다. 묵향의 의도대로 소연은 그 비무의 정수(精髓)를 마치 모래가 물을 흡수하듯 정신없이 빨아들이고 있었다.

그리고 이들이 비무하고 있는 모습을 지켜보는 다른 눈들도 있었다. 이곳에 모여 있는 또 다른 상승의 고수들이었다. 양양성 내에서 강렬한 기와 함께 병장기 부딪치는 소리와 간간이 폭음까지 들려오니 뭔가 큰일이라도 난 줄 알고 하던 일을 내팽개치고 즉시 이곳으로 달려온 것이다.

"호오, 과연 천지문과 마교가 가깝다고 하더니 그게 거짓이 아닌 모양이군요. 저렇듯 교주가 직접 비무까지 해 주니 말입니다."

황룡무제의 말에 그 옆에 서 있던 수라도제는 기가 막힌다는 듯 대꾸했다.

"저게 비무라고 할 수 있겠는가? 노부가 보기에는 멀쩡한 젊은이 하나 때려잡는 모습으로밖에 안 보이는데?"

하지만 묵향과의 대결에서 엄청난 것을 배웠던 황룡무제와 패력검제였다.

"저런 생사결에 가까운 치열한 비무를 통해 무인은 성장하는 것이 아니겠습니까? 저것이 끝나면 뭔가 수확이 있겠지요."

수라도제는 더 이상 비무를 볼 것도 없다는 듯 시선을 돌리며 말했다.

"그것에는 노부도 공감하는 바일세. 하지만 교주가 사용하는 것은 마교의 도법, 진팔이라는 저 청년이 사용하는 것은 천지문의 도법. 과연 무엇을 더 배울 것이 있겠는가?"

수라도제가 이렇게 나오는 것은 교주가 사용하는 무공에 있었다. 교주의 애병이 뭔지는 알 수 없었지만, 교주의 허리에 매달려 있는 그 모습으로 보아 매우 무게가 가벼운 도(刀)든지 아니면 살짝 곡선을 그리고 있는 검(劍)일 것이다. 그것만 봐도 빠른 쾌검류를 익히고 있다고 짐작되어지는 그가 저런 둔중한 몽둥이를 들고 무공을 펼치면 제대로 된 위력을 펼칠 수 있겠는가.

거기에다가 교주가 펼치고 있는 저 도식(刀式)은 또 뭐란 말인가? 한 번 쓱 봐도 저건 초식에 얽매여 있는 하급의 도법이었다. 화경에 이른 그의 입장에서 단 하나도 배울 점이 없었다. 그렇기에 수라도제는 미련 없이 자리를 뜨려고 했다. 이때, 그의 뇌리에 어떤 목소리가 울려 왔다.

《본좌이 실려이 어떤지 궁금해서 찾아왔나?》

'헉?'

수라도제는 어기전성이 들려오자마자 누가 그것을 보냈는지 직감적으로 알 수 있었다. 자신에게 그딴 식으로 말을 할 수 있는 인물은 이곳에 단 한 명밖에 없었으므로. 순간 수라도제의 등 뒤로 식은땀이 흘러내리고 있었다.

《그… 그건 아니오.》

그러자 곧이어 비비 꼬인 어조가 이어져 들려왔다.

《의형께 들으니 본좌를 때려잡겠다고 하셨다면서?》

그 말에 수라도제의 안색이 노랗게 변하기 시작했다.

'제길, 그 영감탱이가 진짜로 고자질을 했구나. 사내놈이 그토록 주뎅이가 가벼워서야…….'

《정 싸우고 싶다면 칼을 들고 본좌를 찾아와. 반쯤 죽여 줄 테니까. 그럴 배짱도 없으면 처박혀서 술이나 퍼 마셔. 알겠어?》

아무리 수라도제가 묵향보다는 한 수 아래라고 하지만, 이건 너무 말이 심하지 않은가. 지렁이도 밟으면 꿈틀하는데, 하물며 사람이야 말할 필요도 없을 것이다. 더군다나 묵향보다는 수라도제가 더욱 오랜 세월 동안 무림을 종횡해 온 고수가 아닌가. 연배는 자신이 높지만, 상대는 마교의 교주였기에 그에 걸맞은 예우를 해 주고 있는 것뿐이었다.

수라도제는 심기가 상한 듯 퉁명스레 대꾸했다.

《이, 이거 말씀이 너무 심하신 것 아니오?》

그에 비해 묵향은 상대의 연배가 높건 낮건 그런 것은 따지지도 않았다. 상대가 자신보다 강하냐 그렇지 않느냐만 중요할 뿐…….

《심하기는 뭐가 심해? 너 오늘 한 번 죽어 볼래?》

수라도제가 아무런 대꾸도 하지 않자 다시금 묵향으로부터 어기전성이 들려왔다.

《본좌가 제일 싫어하는 것이 뒤에서 꼼수 쓰는 놈들이야. 이번은 본좌가 너그러우신 마음으로 그냥 넘어가 주겠지만, 다시 한 번 더 그딴 짓을 하는 게 본좌에게 걸리면 죽을 줄 알아.》

지금껏 수라도제에게 누가 감히 이런 식으로 막말을 할 수 있었겠는가. 그렇기에 수라도제의 안색은 붉으락푸르락 정말 가관이었다. 일대일로 싸우면 박살 날 것을 뻔히 안다. 하지만 그걸 잘 알면서도 수라도제는 하마터면 도를 뽑아 들고 묵향을 향해 달려들 뻔했다. 나이도 자신보다 어린 것이, 그 망할 탈마라는 것이 얼마나 대단하다고 선배 고수를 이토록 우습게 본단 말인가.

분노를 억제하지 못하고 수라도제가 부들부들 떨고 있을 때, 그런 그의 모습을 이상하게 여긴 패력검제가 조심스럽게 말을 걸어 왔다.

"안색이 좋지 않으신 듯한데, 어디 편찮으신 데라도 있으십니까?"

패력검제가 옆에서 갑자기 말을 걸었기에 수라도제는 간신히 자신을 억제할 수가 있었다. 수라도제는 떨떠름한 어조로 퉁명스레 내뱉었다.

"별일 아닐세. 노부는 이만 가 보겠네."

"예, 안녕히 가십시오."

수라도제는 교주에게 또 다른 무슨 소리를 들었을 때, 그다음은 도저히 참지 못하고 그에게 달려들 가능성이 있다고 생각했기에 서둘러 자리를 피해 버렸다. 똥이 무서워서 피하겠는가? 더러워서 피하지. 더군다나 저놈의 똥은 대금전쟁을 치르는 데 있어서 매우 필요했다.

'젠장! 거름으로라도 쓸 데가 있으니 똥 덩어리 같은 네놈을 상대해 주는 거야.'

수라도제가 갑자기 자리를 뜬 후에도 황룡무제와 패력검제는 그곳에서 비무를 유심히 지켜보고 있었다. 그러다 보니 처음에는 잘 몰랐던 부분이 그들의 눈에 잡히고 있었다.

"처음에는 잘 몰랐는데, 서로가 같은 도법을 사용하고 있는 것 아니오?"

그 말에 패력검제도 고개를 주억거리며 동의했다.

"노부도 그렇게 생각하고 있던 중이었소."

"그렇다면 소형제가 사용하는 저 도법이 마교의 도법이라는 말이오?"

그 말에 패력검제는 고개를 가로저으며 대답했다.

"그건 아닌 것 같소이다. 노부가 저 아이를 오랜 시간 데리고 있으면서 관찰해 본 적이 있었는데, 지금 저 아이가 사용하고 있는 도법은 언제나 그가 연습하던 선풍도법이 확실하오."

천지문을 잘 알고 있는 사람이라면 천지문 하면 선풍도법을 생각할 정도로 외부에 잘 알려진 도법이었다. 그런 만큼 교주가 선풍도법을 진팔에게 가르쳤다는 것은 말이 안 되는 추측인 것이다.

"그렇다면 저 아이에게 선풍도법의 정수를 알려주기 위해 교주가 저 도법을 배웠다는 말씀이 되지 않소? 교주의 입장에서는 하등의 쓸모도 없는 도법인데, 그걸 한순간의 비무를 위해 배웠을 리는 없을 거라고 생각하오."

"글쎄요……. 노부의 생각도 그렇기는 하지만, 그가 워낙 엉뚱한 인물이라 꼭 그렇다고 단정할 수는 없겠지요."

패력검제의 그 말에는 공감이 가는지 황룡무제도 고개를 끄덕일 수밖에 없었다. 사실 교주와의 비무는 오늘날의 그가 있도록 만들어 준 결정적인 계기가 되었었으니 말이다. 생사를 건 대결, 그 단 한순간에 무인은 엄청난 지식을 흡수할 수 있다. 그렇기에 웬만한 경우 고수는 자신과 대결한 하수를 살려 두지 않는 것을 원칙으로 한다. 상대가 더욱 크게 성장하는 것을 미연에 방지하기 위함이다. 그런데도 불구하고 교주는 자신을 살려 줬다. 그런데 교주는 자신을 왜 살려 준 것일까? 그것도 두 번째 만났을 때는 비무까지 해 주고 말이다.

'확실히 그릇이 크긴 커. 저런 위대한 인물과 같은 시대에 태어났다는 것만 해도 하나의 복인지도 모르지.'

황룡무제는 그렇게 생각할 수밖에 없었다. 만약 비슷한 실력임에도 불구하고 계속 패하는 개 같은 경우를 당한다면, 왜 하늘이 나를 낳고 또 저놈을 낳았느냐고 통탄했을 것이다. 하지만 상대가 워낙 뛰어나다 보니 처음부터 싸울 의욕 자체가 일어나지 않는 것 또한 사실이었다.

이때 패력검제가 슬그머니 자리를 뜨려는 것을 보고, 황룡무제가 말했다.

"더 관전하지 않고 가시려고 그러시오?"

"그러고는 싶지만 해야 할 일이 생각나서 말이외다. 아무래도 비무가 끝난 후에는 좋은 약이 필요하지 않겠소?"

그러면서 패력검제는 한창 비무 중인 진팔을 손짓으로 가리켰다. 진팔은 지금 오뉴월 복날을 만난 멍멍이처럼 몽둥이찜질을 당하고 있는 중이었다.

"허긴, 노부도 그 생각에는 동감이오. 그런데 저 녀석 보기보다는 맷집이 좋구먼. 저렇게 맞아도 또 일어서는 것을 보면 말이오."

"일부러 적당히 패는 것이겠지요. 하지만 저런 식으로 계속 충격이 누적되면 쇳덩이라도 버티겠소? 지금은 정신력으로 참을 수 있을지 모르지만 내일 아침이 되면 일어나기도 힘들 거외다."

그 말에 황룡무제도 동감한다는 듯 고개를 끄덕였다.

"생각이 참으로 깊으시구려. 대련이 끝나자마자 치료하는 것이 아무래도 좋겠지요."

　모두들 혹시 교주가 사실은 천지문과 뭔가 원한이 있었던 게 아닐까하고 생각할 정도로 처절했던 비무가 끝나자마자 만통음제는 묵향에게 다가가 말을 걸었다.
　"허어, 동생."
　"왜 그러십니까?"
　"동생의 지도 방법이 그렇게 나쁘다고는 생각하지 않는다네. 하지만 저렇게 무자비하게 두들겨서야 어디 되겠는가."
　머리에 정통으로 한 대 맞고 기절한 채 업혀 가는 진팔을 가리키며 만통음제가 말했지만, 묵향은 별것도 아니라는 듯 대꾸했다. 사실 마지막 한 방은 잡생각 떠올리지 말고 푹 쉬라고 의도적으로 날린 것이었으니 말이다.
　"그건 걱정하지 마십시오. 저도 사부님께 저런 식으로 당하면서 성장했죠."
　그러면서 묵향은 자신의 사부 유백을 떠올렸다.
　물론 유백의 방법이 묵향의 방법보다 훨씬 조악하다고 봐야 했다. 그럴 수밖에 없는 것이 유백은 그렇게 큰 깨달음을 지니고 있지 못했기에 가차 없이 밀어붙일 수 없었던 것이다. 이렇게 하면 수련 시간이 조금 단축된다는 것만을 경험으로 체득하고 있을 뿐이었다.
　하지만 묵향은 달랐다. 사부의 방법을 더욱 발전시킨 것이다. 먼저 이론 교육부터 시켜 놓고, 그다음은 몸이 그것을 익히게 만든다. 물론 진팔의 경우 이론은 자기 스스로 어느 정도 터득해 놓은 상태인데, 그것을 몸이 따라가지 못하고 있었기에 소화하지 못하고 있었을 뿐이었다. 그렇기에 묵향은 이론 교육은 생략한 채 다짜고짜 매질부터 시작했던 것이다.

이렇게 수련시키는 것이 매우 효과적이라는 것은 초류빈이라는 실험 대상(?)이 이미 증명한 상태였다. 화경이라는 지고한 경지에 오르면서 말이다.

"아, 동생의 사부께서 그런 방법을 창안하신 모양이군. 정말 창의력이 대단하신 분일세."

만통음제는 약간 곤혹스런 표정으로 말했다. 그럴 수밖에 없는 것이 아무리 제자를 교육시키는 것도 좋지만 저토록 지독한 방법을 선택하다니. 도저히 그들 사제지간에 정이라는 것이 있었을 리가 없겠다는 생각이 문득 들었기 때문이었다.

하지만 상대의 속마음을 아는지 모르는지 묵향은 추억 어린 어조로 대답했다.

"물론입니다, 대단하신 분이셨죠. 그리고 제가 가장 존경하는 분이시기도 합니다."

그렇게 대답하는 묵향에게서 사부에 대한 은근한 정이 느껴졌기에 만통음제는 자신의 제자에게도 이 방법을 써 볼까 하는 마음이 새록새록 들기 시작했다. 역시 결과가 좋으면 모든 게 다 좋은 법이니 말이다.

'하루 동안 피눈물을 흘리겠지만 결과가 나타나면 제자 녀석도 이해해 줄 거야, 암.'

"복 받은 녀석이로군. 오늘의 비무는 그 녀석에게 뼈가 되고 살이 되겠지."

묵향은 느긋한 어조로 대꾸했다.

"무슨 농담을 그렇게 하십니까? 겨우 하루 한다고 해서 얻어지는 게 있을 리가 없잖아요. 일단 시작했으면 뿌리를 뽑아야죠."

그 말을 듣자마자 만통음제는 경악감과 함께 진팔에 대해 불쌍한 감정마저 느꼈다. 설마 그걸 그렇게 지독하게 강행하겠다는 말인가? 만통음제는 방금 전에 세웠던 계획을 포기하지 않을 수 없었다. 그로서는 사랑하는 제자를 이토록 무자비하게 몇 날 며칠 동안 두들겨 팰 정도로 냉혈한은 아니었던 것이다.

"하, 하지만 그녀석이 그걸 알면 비무를 계속할 리 있겠나? 우형 같으면 아무리 배움도 좋다지만, 오늘 밤 당장 야반도주(夜半逃走)를 하겠네만."

묵향은 그쯤은 미리 다 생각해 놨다는 듯 히죽거리며 대답했다.

"그래서 마지막에 기절시켜 놨잖습니까? 내일 아침까지 아무 생각 없이 푹 잘 겁니다. 그리고 만약을 대비해서 또 다른 방법도 써놓은 게 있으니 걱정하지 마십시오. 결코 야반도주는 할 수 없을 테니까요."

"다른 방법이라고? 그게 뭔가?"

하지만 묵향은 빙글빙글 웃으며 대답해 주지는 않았다. 대신 묵향은 뭔가 생각났다는 듯 말을 돌렸다.

"참, 저는 볼일이 있으니 먼저 들어가십시오."

이해할 수 없다는 듯 자신을 바라보는 만통음제의 시선을 뒤로하고 묵향은 업혀 가는 진팔의 뒤를 따라 천지문도들의 숙소로 향했다.

묵향은 천지문 내에서 잡일을 하고 있는 사람들을 살피기 시작했다. 물을 길어오는 사람, 장작을 져다 나르는 사람, 대부분이 천지문의 문도들 중에서 낮은 지위를 차지하고 있는 인물들이었지만, 간혹 하인들도 있었다. 천지문을 거느리고 온 소연이 여고수인 만큼 그녀의 시중을 들게 하기 위해 데려온 듯한 하녀도 한 명 보였다.

'이상하군. 내 예상이 틀렸나?'

막 발길을 돌리던 묵향의 눈에 땔감을 나르고 있는 늙은 하인의 모습이 보였다. 묵향은 그 비쩍 마른 늙은이를 향해 한동안 따뜻한 눈길을 보내더니 어기전성을 날렸다.

《흑월야사(黑月夜死) 전룡(全龍), 오랜만이구나.》

누가 봐도 닭 한 마리 잡을 힘도 없을 것 같아 보이는 허리가 구부정한 늙은 하인이었다. 하지만 놀랍게도 그에게서 곧장 묵향에게 전음이 날아왔다.

〈전룡이 교주님을 뵙습니다.〉

《자네는 본좌가 내린 명령을 완수했어. 본좌가 원한 것은 3개월이었는데, 이토록 오랜 시간 일해 주어 너무나도 고맙게 생각한다네. 이제 자네는 자유의 몸일세. 참, 혹시 원하는 것이 있는가? 뭐든지 말해도 좋네. 본좌를 위해 일한 것에 대해 대가라고 하기에는 뭣하지만 그래도 뭔가 주고 싶군.》

하지만 전룡의 대답은 묵향의 예상과 완전히 동떨어진 것이었다.

〈약속한 3개월이라는 시간이 흘렀을 때, 저는 자유라고 생각했었습니다. 하지만 얼마 지나지 않아 교주님의 실종 소식을 들을 수 있었습니다. 그때 많은 고민을 했었습니다. 남을 것인지, 아니면 떠날 것인지……. 하지만 저는 남는 것을 택했습니다. 교주님과의 약속 때문이 아니라, 무림에 돌아가 봐야 피밖에 볼 것이 없다는 것을 잘 알기 때문이었습니다. 지금 저는 나름대로 행복합니다. 그러니 그냥 저를 놔두십시오.〉

《그런가? 본좌가 괜한 소리를 했군. 그래, 자네가 곁에서 지켜본 내 딸은 어떻던가?》

전룡은 주름진 얼굴에 희미한 미소를 피워 올리며 대답했다.

〈제가 지금까지 모신 분들 중 최고셨습니다.〉

《허허헛, 그랬단 말이지? 과연 본좌가 딸 하나는 제대로 택한 모양이군. 그럼 잘 있게. 행복하기를 빌겠네.》

〈안녕히 가십시오, 교주님.〉

묵향은 전룡을 만나고 이 피에 절은 강호에 저토록 의리 있는 인물이 남아 있다는 것에 마음이 따뜻해짐을 느꼈다. 자신이 존재할 때 충성을 바치는 인물은 셀 수도 없이 많았다. 하지만 자신이 없어지자 마교는 어떻게 되었는가. 마화 등 몇몇 인물은 충성을 다했을 수도 있지만, 그렇지 않았을 가능성도 컸다.

예를 들어 관지가 묵향이 사라진 후에도 그에게 충성을 다한다고 생각할 수도 있겠지만, 가만히 따져 보면 그것만이 아닐 수도 있었다. 온건파인 그는 마교의 무시무시한 힘이 강호를 덮치는 것을 원하지 않았다. 그러자면 자신의 의지와는 상관없이 실종된 교주가 돌아오는 그날까지 현 상태를 유지하자는 묵향파에 서 있을 수밖에 없었으리라.

그런 식의 여러 가지 복합된 이유가 존재해서 충성하는 것처럼 보이는 것과 순수한 충성심, 혹은 대가 없는 의리는 완전히 다른 것이다. 그리고 그런 것이 묵향의 마음을 따뜻하게 만들어 줬다.

그날 저녁, 기절해 있는 진팔을 간호하던 소연의 뇌리를 문득 스치는 생각이 있었다. 처음에는 경황이 없어서 생각할 여유가 없었고, 그다음은 놀라운 무공을 지켜보느라 잡생각을 할 여유가 없었다. 하지만 지금 이렇듯 시간이 남게 되니 자연 그녀의 사념(思念)은 점차 한곳으로 집중되기 시작했다.
"그분이 혹시 양부가 아닐까?"
아무리 생각해도 너무나도 닮은꼴이 아닌가.
그녀가 묵향을 만난 것은 지금까지 세 번이었다. 한 번은 처음 묵향을 만나 그의 양녀가 되었을 때다. 아마도 그녀의 인생에서 그때가 가장 행복했던 시절이 아니었을까. 그리고 다음은 사형들과 함께 몽땅 다 마교에 잡혀 들어갔을 때다. 그때, 양부가 선물한 장신구는 지금까지도 그녀는 소중히 간직하고 있었다. 그걸 보면 그분께서는 마교에 몸담고 계신 것이 확실했다. 그것도 상당히 높은 직책을 지니고 말이다.
그리고 마지막으로 한 번, 그녀가 양부를 만났을 때……. 그녀는 장인걸에게 잡혀 들어가 모진 고초를 당한 후였기에 양부를 회상하고 있을 정신이 없었다. 그녀 자신이 그곳에 왜 잡혀 들어갔었는지 그리고 왜 자신이 이렇듯 순순히 풀려 나왔는지 그것조차 이해 못 하고 있었으니 말이다.
"아니야, 내가 무슨 생각을……."
소연은 고개를 가로저으며 자신의 생각을 애써 부인했다. 아무리 생각해도 그럴 가능성은 거의 없다는 생각이 들었기 때문이다. 양부께서 마교의 교주라니……. 중원 최강의 고수이며, 암흑마제라는 극악무도한 패륜아가 그분일 수는 없었다. 그녀가 기억하고 있는 양부는 결코 그런 사람이 아니었다.

입으로는 부인했지만, 사려 깊은 그녀의 사념은 다른 방향으로 움직이고 있었다.

'아니야. 그럴 가능성도 있어. 천지문이라는 작은 문파가 마교의 보호를 받고 있다는 것, 이런 식으로 마교의 보호를 받고 있는 문파는 천지문뿐이라는 것, 아빠는 마교 출신이라는 것, 이 모든 것을 함께 뭉뚱그린다면 그분이 아빠일 가능성도 있잖아. 아빠가 교주 정도의 고위 직책을 지니지 않고 계시다면 천지문과의 동맹을 맺을 수 없었을 테니까 말이야. 만약 동맹이 한중길 교주 혼자만의 작품이라면 새로이 교주가 바뀌면서 그런 거는 하루아침에 파기되어 버렸을 거야. 그걸 보면 현 교주도 천지문과 뭔가 연관이 있다는 말. 틀림없어, 그분이 아빠야.'

스스로 고개를 끄덕이던 소연은 기다리기로 했다. 양부가 자신에게 정체를 밝히기를 말이다. 그분이 자신에게 양부라는 것을 밝히지 않는 것은, 그 말을 꺼내지 못할 무슨 사정이 있는 것일 테니까…….

매일 당해야 하는 진팔의 입장에서는 그것이 행운인지 불행인지 모르지만, 모두들 그날 하루면 끝날 것이라고 생각했던 교주와 진팔 간의 비무는 그 후로도 꽤 오랜 시간 지속되었다. 그럴 수밖에 없는 것이 지금 교주에게 진팔을 두들기는 것 외에 딱히 할 일이 없었던 것이다.

　두들겨 맞는 양에 비례하여 진팔의 실력은 급상승하고 있었다. 두들겨 맞는 것이 괴로우면 괴로울수록 그가 배우는 속도는 더욱 빨라졌다. 안 맞으려면 할 수 없는 것이다. 자신이 생각하고 있던 모든 것을 동작으로 일치시켜야만 했다. 그렇지 않으면 곧장 몽둥이가 날아오는 것이다.

　빡!

　"크어어억!"

　"빨리 일어서."

　그 말이 떨어지기도 전에 진팔은 몸을 재빨리 일으켰다. 뭉그적거리다가는 몽둥이가 또 날아온다는 사실을 잘 아는 것이다.

　'이런 시팔! 차라리 나를 죽여라. 네놈이 나하고 무슨 철천지원수를 졌다고 이토록 사람을 핍박한단 말이냐.'

　속마음은 그랬지만, 차마 그걸 말로는 표현하지 못했다. 만약 말로 내뱉었을 때 그 후환이 얼마나 클 것인지 잘 알기 때문이다.

　처음에는 희대의 고수가 자신에게 한수 지도해 준다는 말에 그저 감사드리는 마음으로 시작한 비무였다. 하지만 막상 시작하고 나서 보니 이건 사람 잡는 최악의 고문이었다. 만약 이쪽에서 움직임을 멈추면 곧장 다가와서 무자비한 몽둥이질을 가한다. 안 맞으려면 어쩔 수 없이 움직여야 하는 것이다.

　《일단 시작한 이상 끝을 봐야만 하는 거야. 한 번 승낙한 이상 네 녀석한테 선택권은 없어. 본좌가 이제 그만 됐다고 할 때까지 무조건 비무를 해야만 해. 도망가면 어쩌겠나 하는 생각을 하고 있다면 지금 당장 포기하는 게 좋을 거다. 만약 네놈이 도망친다면 세상

끝까지라도 쫓아가서 이 몽둥이로 패 죽여 주마. 그리고 저기 서 있는 네놈의 사저라는 계집도 덤으로 저승길 동반자로 만들어 주지.》

 교주의 살벌하기 그지없는 협박이었다. 물론 묵향은 소연이 듣지 못하게 어기전성으로 자신의 뜻을 전달했고, 진팔에게 그 협박은 절대적으로 먹혀 들어갔다. 묵향이 덤으로 죽여 버리겠다고 우연히 끼워 넣은 소연은 진팔이 가장 사랑하는 여인이었던 것이다. 진팔이 그녀에게 피해가 갈 행동을 할 리가 없었다.

 진팔은 자포자기한 심정으로 또다시 교주를 향해 달려들었다. 도망가는 것은 애당초 글렀고, 남은 것은 한 대라도 적게 맞도록 노력하는 방법밖에 없었다. 너무 많이 맞아서 그런지 온몸이 안 아픈 데가 없었다. 그렇다보니 맞은데 또 맞지 않기 위해 별의별 수단을 다 쓰고 있었다. 무슨 짓을 해도 몽둥이를 피할 수 없다고 느껴질 때, 그 순간 사력을 다해 몸을 틀어 지금까지 안 맞은 곳에 몽둥이가 꽂히게 만드는 놀라운 재주까지 부리고 있는 중이었던 것이다. 그러다 보니 그의 움직임은 비약적인 발전을 보이고 있었다. 정작 그 자신은 그 사실을 모르고 있었지만.

 "정말 놀라운 일이로다."

 옆에서 만통음제가 중얼거리자 소연의 시선이 만통음제에게로 살짝 돌아갔다.

 "저렇듯 강제적으로 무공을 주입시키는 탁월한 방법이 존재할 줄이야 그 누가 생각이나 했겠는가. 약간의 깨달음을 얻어 그것을 아직 소화시키지 못하고 있을 때, 저런 식으로 그것을 강제적으로 소화되게 만든다. 기발한 착상이야. 노부도 그런 방법을 진작 알았다면 그놈을 몇 단계는 위로 끌어올려 놨었을 텐데, 안타깝구먼."
 아마도 냉파천이 이 말을 들었다면 기겁을 했겠지만, 소연은 동감한다는 듯 고개를 살짝 끄덕였다. 저렇게 극심한 몽둥이질을 당하고 있는 사제가 불쌍하다는 생각도 들었지만, 하루하루 놀라운 속도로 발전해 가는 사제의 무공을 봤을 때 그녀는 한편으로 부럽기까지 했다. 만약 비무하는 상대가 사제가 아니라 자신이었다면 얼마나 많은 발전을 이룰 수 있을까?
 '사제 열심히 해. 아마 아빠는 나에게 최고의 무공을 보여 주기 위해 사제를 택한 모양이지만, 사제도 이것을 기회로 많은 것을 배울 수 있을 거야. 만약 아빠가 나를 비무 상대로 삼아 주셨다면 얼마나 좋았을까.'
 진팔의 움직임은 며칠 전과 비교도 할 수 없을 만큼 발전해 있었다. 잘 연결되지 않아 버벅거리던 초식들이 지금은 제법 부드럽게 연결되고 있지 않은가. 하지만 그렇게 진팔이 발악할수록 교주가 시전하는 초식의 교묘함도 그 정도를 한층 더 깊게 했기에 하루에 두들겨 맞는 양으로 따진다면 별로 변한 것도 없었다. 그렇기에 진팔은 자신이 얼마나 발전하고 있는지 미처 깨닫지 못하고 있었다. 대신 그의 마음속에는 해묵은 원한까지 더해서 교주에 대한 악감정만 무럭무럭 자라나고 있는 중이었다.
 동경과 부러움이 가득 담긴 시선으로 소연이 비무를 관찰하고 있을 때, 만통음제가 슬쩍 말을 걸어왔다.
 "자네는 교주를 어떻게 생각하나?"
 "예? 그건 무슨 말씀이신지……."
 "교주를 어떻게 생각하느냐 말이야. 극악무도한 자라는 소문이

항간에는 파다하게 퍼져 있지만, 한 며칠 지켜봤으니 그게 완전히 헛소문임을 자네도 알 걸세. 만약 그런 자라면 노부가 의제를 삼지도 않았겠지."

"예, 저도 그런 풍문은 들었습니다. 하지만 이번에 뵈니 소문이라는 것이 얼마나 믿을 것이 못 되는지 알겠더군요."

그 말에 만통음제의 입가에 미소가 걸렸다. 상대방도 동생에게 약간의 호의를 지니고 있는 것이 분명했기에.

"자네도 그렇게 생각했는가? 내 듣자 하니 자네는 아직까지 홀몸이라면서?"

갑자기 만통음제가 왜 그 말을 꺼냈는지 몰랐기에 소연은 당혹감을 감추기 어려웠다.

"예? 예."

만통음제는 은근한 어조로 물었다.

"어떤가? 자네가 정파에 소속되어 있다고 하지만, 천지문과 마교는 그렇게 동떨어진 곳도 아니지 않은가? 동생은 자네가 마음에 있는 것 같던데, 자네 의향은 어떤지 묻고 싶구먼."

그 말에 소연은 엄청난 충격을 받을 수밖에 없었다. 이게 또 무슨 소린가? 양부와 혼인을 하라니 말이다.

"좀 소문이 안 좋게 퍼져 있어서 그렇지 저만한 신랑감을 찾기도 쉬운 일이 아닐 걸세."

"저분의 뜻이신가요? 아니면……."

소연이 그 질문을 한 의도는 생각하지도 않고, 만통음제는 고개를 끄덕이며 말했다. 동생의 눈치를 보아하니 그가 소연에게 상당한 호감을 지니고 있음을 알고 있었으니까.

"물론 동생의 의향을 물어본 후에 자네에게 하는 말일세. 동생은 자네가 꽤나 마음에 든 모양이던데……."

그 말에 소연은 당황한 자신의 모습을 숨기기 위해 고개를 푹 숙이며 대답했다.

"저… 죄송합니다, 대협."

"왜 그러는가? 그가 마교도라서 그러는가?"

"그건 아닙니다, 대협. 예전부터 마음을 주고 있던 사람이 있어서 그렇습니다."

그 말에 만통음제는 아쉬움이 잔뜩 배인 어조로 대답했다.

"허어, 그런가? 하기야… 마음에 없는 사람하고 함께 살라고 할 수는 없는 노릇이지."

미안하다는 투로 만통음제가 대답했지만, 소연은 그 말을 들을 정신이 아니었다. 자신에게 결혼을 제의해 오다니……. 그렇다면 자신의 생각이 틀렸다는 말인가? 그가 만약 자신의 생각대로 양부라면, 결코 결혼을 제의헤 올 리기 없지 않은가.

## 추혈광마(追血狂魔)


　양양성에 모인 화경급 고수들을 총동원하여 마교 교주를 때려잡으려던 계획이 물거품이 되고 난 후, 수라도제는 비밀리에 몇몇 문파의 수장들을 소집했다. 물론 수라도제가 교주를 때려잡겠다는 야무진 꿈을 아직까지 포기하지 못했기 때문이었다. 이곳에 모인 신검합일급의 고수들을 총동원할 수 있다면 교주가 아무리 현경급에 준하는 고수라 해도 능히 처치할 수 있을 것만 같았던 것이다.
　하지만 상대가 교주 한 명만이라면 어떻게 될지도 모르지만, 그 옆에 언제나 만통음제가 따라다닌다는 것이 문제였다. 그들이 죽자고 싸워 준다면 어떻게 해 볼 수도 있겠지만, 도망치려고만 작정한다면 현재 동원 가능한 수의 세 배가 넘는 신검합일급의 고수들이 있다고 해도 그들을 잡을 방법은 없었다.
　그렇기에 수라도제 일당들은 호시탐탐 빈틈을 노리고 있었다.

하지만 아무리 기다려도 그 기회는 찾아오지 않고 있었다.

"허어, 참. 일이 고약하게 되었구먼."

만통음제가 무림에서 차지하고 있는 위치를 생각해 봤을 때, 정찰이라든지 적진 시찰 같은 임무를 주어 내보낼 수도 없는 노릇이 아닌가. 또, 그의 경우 휘하에 상당한 수의 고수들을 거느리고 있는 것도 아니다 보니 일정 구역을 책임지고 맡아 달라고 하며 보내 버릴 수도 없었다.

수라도제는 한숨만 푹푹 내쉬며 속앓이만 할 수밖에 없었다. 하지만 아무리 머리를 굴려 봐도 뾰족한 수가 떠오르지 않으니 어떻게 할 방도가 없는 것이다.

바로 이때, 밖이 소란스러워지기 시작했기에 약간 짜증스런 어조로 외쳤다.

"무슨 일이냐?"

그 말에 오늘 경비 책임을 맡은 무사가 살짝 문을 열고 들어와서 고개를 조아리며 말했다.

"예, 장 사령이 호위 무사를 부탁하러 왔습니다, 태상문주님."

"호위 무사를? 무슨 일인데 그런 부탁을 한다고 하더냐?"

"예, 방금 전에 자신을 흑풍대 소속의 무사라고 소개한 자가 도착했다고 합니다."

"흑풍대라……."

그게 어떤 단체인지 잠시 생각해 보던 수라도제의 머릿속에 흑색의 갑주를 걸친 당당하기 그지없는 흑풍대주의 모습이 떠올랐다. 여기까지 함께 왔다가 자신들은 이곳에 머물렀고, 그들은 금군을 추격해서 앞서 나갔다. 아마도 그가 전령을 보내 온 모양이다.

"그래서?"

"예, 그자는 악비 대장군을 면담하기를 청하고 있다고 하더이다. 그런데 그들은 흑풍대라는 단체 자체에 대해 들어 본 적이 없는 데다가, 그가 흑풍대를 사칭한 적의 첩자일 수도 있기에 호위를 요청한 모양입니다."

"알겠다. 노부가 직접 가 보기로 하지."

"태상문주님께서 친히 말씀이십니까? 그러실 필요 없습니다. 속하가 무공이 뛰어난 자들로."

수라도제는 손을 들어 상대의 말을 막으며 느긋하게 말했다.

"아니 됐네. 그에게 가서 물어볼 것도 있고 말이야."

장 사령의 안내를 받아 수라도제가 가 보니 흙먼지가 잔뜩 끼어 있어 희뿌연 회색으로 보이는 갑주를 걸친 인물이 서 있다가 그들이 들어오자 초조한 듯한 시선을 보내 왔다. 수라도제는 첫눈에 상대가 상당한 수준급의 고수라는 것을 파악했다. 잔잔한 가운데 폭발적인 기도를 내뿜고 있지 않은가.

아마도 다른 사람들은 먼지에 싸인 더러운 갑주만을 봤겠지만, 수라도제는 먼지 속에 감춰져 있는 핏덩이를 봤다. 도대체 얼마나 많은 사람들을 살육했는지 그의 갑주 전체가 검붉은 핏덩이로 뒤덮여 있었던 것이다.

저런 살귀가 전령일 가능성은 없었다. 전령으로 보내오기에는 실력이 너무 뛰어난 자였으니 말이다. 그렇다면 그가 이곳에 온 이유가 뭐란 말인가?

"흑풍대에서 왔다는 자가 자네인가?"

"예."

 안면 보호대에 가려져 얼굴을 볼 수 없었기에 사내인 줄 알았건만, 놀랍게도 여성의 가느다란 목소리였다. 하지만 그 목소리에는 무시할 수 없는 힘이 느껴졌다.

 "무슨 일인데 악비 대장군을 만나자는 것인지 노부에게 알려 줄 수 있겠는가?"

 상대는 수라도제가 원하는 대답을 하지 않고 투구 사이로 나와 있는 눈동자를 예리하게 빛내며 되려 질문을 던졌다. 그럴 수밖에 없는 것이 새파란 젊은 것이 와서 노부 어쩌구 하고 있으니 의심스러울 수밖에 없었을 것이다.

 "그렇게 말하는 귀하는 누구십니까?"
 "사람들은 노부를 수라도제라고 부른다네."
 그 말에 상대는 군례를 올리며 대답했다.
 "대협의 존성대명은 익히 들었습니다. 하지만 제가 악비 대장군께 말씀드리고자 하는 것은 군사적인 문제이기에 대협께 드릴 말씀은 아니라고 판단됩니다."

 옆에서 그들의 말을 듣고 있던 장 사령이 도중에 끼어들었다.
 "서문 대인, 저자가 주장하는 대로 흑풍대의 무사가 맞습니까?"
 "복색만으로 본다면 흑풍대 소속의 무사가 맞소이다. 천마신교라고 불리는 무림의 단체에서 파견한 9천의 정예들이지요."
 "9천이라고 하셨소이까?"

 장 사령은 기절할 듯 놀랐다. 9천이라는 수가 그렇게 많은 것은 아니지만, 이곳에 수라도제가 이끌고 온 무림인들의 가공할 만한 능력을 직접 눈으로 본 장 사령이었다. 그런 자들이 9천이라면 엄청난 힘이 아닌가? 만약 그 말이 사실이라면 결코 흑풍대를 홀대할 수 없는 노릇이었다. 그렇기에 장 사령은 급히 흑풍대 무사에게 말했다.

"여기서 잠시만 기다리시오, 대장군께 연락드리리다."

장 사령이 달려가고 난 후, 수라도제는 흑풍대 무사에게 은근한 어조로 질문을 던졌다.

"노부는 자신을 밝혔는데, 아직 자네의 소개를 못 들었네만. 알려 줄 수 없는 겐가?"

"저는 흑풍대 부대주를 맡고 있는 마화라고 합니다."

"부대주라고? 허, 놀랍구먼. 자네에게 이런 말 하기는 뭣하지만, 노부는 지금까지 평생을 거쳐 천마신교와 싸워 왔다네."

"……."

도대체 수라도제가 무슨 말을 하려는 것인지 알 수 없었던 마화는 의심 가득한 눈길을 상대에게 보냈다. 하지만 수라도제는 그런 것에 개의치 않고 허심탄회하게 말했다.

"그런데 요 근래 들어 지금까지 노부가 마교에 대해 가지고 있었던 생각이 제대로 된 것이었나 하는 생각이 문득문득 든다네. 그럴 수밖에 없는 것이 지금껏 싸워 왔던 천마신교의 하부단체들과 자네들은 너무나도 다르니 말일세."

그 말에 마화는 잔잔한 어조로 대답했다.

"서로가 추구하는 이상이 다르니 그런 것이 아니겠습니까? 본교는 힘을 숭상할 뿐, 정파에서 생각하듯 악에 물든 무리들은 아닙니다. 물론 본교에도 악질적인 인간들이 간혹 있다는 것을 부정하지는 않겠습니다. 하지만 그건 정파 쪽도 마찬가지가 아니겠습니까?"

"그건 노부도 인정하는 바일세. 정파라고 자처하는 놈들 중에서도 돼먹지 못한 자들이 한둘이 아니지. 어쨌거나 귀교와 정파는 첫 단추를 잘못 끼웠음이야."

"……."

"……."

둘 사이에는 오랜 시간 침묵이 흘렀다. 얘기를 주도하고 있던 수라도제가 입을 열지 않자, 마화 또한 괜히 모르는 사람과 수다를 떠는 성격이 아니었기에 자연 침묵이 길어질 수밖에 없었던 것이다.

이 침묵이 깨진 것은 요란한 갑주 소리를 내며 다가온 송군 장수들 때문이었다.

"귀하가 흑풍대에서 파견되어 온 사람인가?"

악비 대장군은 여태껏 보아 온 무림인들의 모습과는 전혀 생소한 모습의 마화를 보며 의아스러운 듯 질문을 던졌다. 그럴 수밖에 없는 것이 이렇듯 중무장을 갖춘 무림인은 처음 봤던 것이다.

마화는 군례를 올리며 말했다.

"악비 대장군이십니까?"

군례를 올리는 마화의 동작이 너무나도 자연스러운 것이었기에 악비 대장군은 상대가 어쩌면 군부 출신일지도 모른다는 생각을 했다.

"본관이 악비일세. 그래, 본관에게 급히 전하고자 하는 내용이 있다고 했던가?"

"예, 이틀 전까지 본대는 양양성에서 퇴각하던 금군을 추격하여 지속적인 접전을 벌이고 있었습니다."

여태까지 왜 그렇게 금군 쪽에서 양양성에 대해 아무런 움직임이 없었는지 그제서야 이해한 악비 대장군은 놀라움을 감추기 어려웠다.

"오오, 그랬었는가?"

"예, 그런데 50만에 달하는 금군이 남하해 오면서 지금 전선은 소강상태에 접어들었습니다. 적의 군세가 워낙 엄청나 본대의 힘만으로는 역부족인지라 그것을 전하기 위해 달려왔습니다."

새로운 적의 대군이 모습을 드러냈다는 말에 악비 대장군은 놀라움을 감추지 못했다.

"50만의 적이 새로이 가세했다는 말인가? 그래, 놈들의 움직임은 어떤가? 언제 양양성에 도착하겠는가?"

"그들은 본대에 쫓기던 금군과 합류한 후, 움직임을 멈췄습니다. 방책을 치며 방어 상태를 굳건히 하는 것으로 보아 곧바로 움직일 의사는 없는 것 같았습니다. 아마도 그들이 행동을 시작하는 것은 다음 해 봄이 아닐까 생각한다고 대주께서 전하라고 하셨습니다."

"본관도 그렇게 생각한다네. 그 둘이 합쳤다면 물경 60만에 달하는 대군이 되니, 초목이 자라나기 시작하는 봄이 되기 전까지는 움직이기가 쉽지 않겠지."

잠시 뭔가 생각에 잠겨 있던 악비 대장군이 마화를 향해 질문을 던졌다.

"그래, 흑풍대주는 어떻게 행동하겠다고 하시던가?"

"곧 겨울이 다가오니 조만간 양양성으로 퇴각하시겠다고 전하라고 하셨습니다."

"본관도 그게 좋을 듯하구먼."
"그리고 흑풍대주께서 대장군께 한 가지 청을 드리라고 하셨습니다."
"뭔가? 본관이 해 줄 수 있는 거라면 뭐든 들어주겠네."
"각 곳에 주둔 중인 송군 진영에 흑풍대의 존재를 천마신교 소속이 아닌 황군 소속의 기마대로 해달라는 청이셨습니다."
"이상한 부탁이로군. 꼭 그렇게 해야 하는 이유라도 있는가?"
"현재 금군을 지휘하는 장수는 본교의 반역도입니다. 만약 그자가 본교에서 고수들을 이곳에 파견했음을 안다면 미리 대비할 수 있는 여유를 주게 됩니다. 하루라도 빨리 금을 정벌하기를 원하신다면 대주님의 청을 들어주시길 부탁드립니다."

잠시 궁리하던 악비 대장군은 이윽고 마음을 정한 모양이었다.

"그렇게 하도록 하겠네."
"대주님을 대신하여 대장군께 감사드립니다. 편의상 흑풍대는 대장군님의 명령을 받는 것으로 하고, 본대에 대장군님의 인장이 찍힌 공식 문서를 소지한 전령을 보내 주십시오. 적을 속이려면 아군부터 속이라는 말이 있지 않습니까? 다소 귀찮으시더라도 공식적으로 처리해 주시면 감사드리겠습니다."
"기왕에 허락한 것인데 확실하게 처리해 줄 테니 염려 놓게나."
"옛, 대주께 그렇게 전하겠습니다. 전언을 전했으니, 저는 물러가겠습니다."
"그렇게 하게."

그런 다음 악비 대장군은 옆에 시립하고 서 있는 장 사령에게 명령했다.

"먼 길을 달려오느라 피곤할 텐데 편안한 자리를 주선해 주도록 하게."

"옛, 대장군."

철그렁거리는 갑주 소리를 울리며 대장군이 멀어진 후, 장 사령은 마화에게 말했다.

"본관을 따라오시오. 숙소를 안내해 드리겠소이다."

"아니, 그것보다 여기에 와 있는 무림인들 중에서 천마신교의 교주님이 계시지 않소?"

그 말에 장 사령은 고개를 가로저으며 대답했다.

"무림인들의 일은 본관이 잘 모르오. 참, 여기 계시는 서문 대인께서 그들을 관장하고 계시니 이분께 물어보도록 하시오."

마화가 의문의 눈길을 자신에게 돌렸지만, 수라도제는 나름대로 생각에 잠겨 있었다. 그녀의 말대로라면 교주가 이곳에 와 있다는 사실을 그 누구도 알지 못하고 있었다는 말이 되지 않는가. 그를 해치우기에 이번만큼 좋은 기회가 또 있었겠는가. 없애 버린 후 그가 이곳에 오지 않았다고 발뺌만 하면 그만이었던 것을……. 하지만 이 여인이 이곳에 도착하면서 그 가능성도 이제는 끝이었다.

"수라도제 대협, 저희 교주님께서 이곳에 오시지 않으셨습니까?"

그것은 밖에 나가서 조금만 알아 보면 금방 알 수 있는 일이었다. 그가 요즘 들어 천지문의 제자 하나를 매일같이 개잡듯 때려잡고 있다는 것을 성내에서 모르는 사람이 없으니 말이다. 지금 성내에는 천지문이 혹시 교주의 마음에 안 드는 무슨 행동을 했던 것이 아닌가 하는 풍문까지 나돌고 있는 중이었다.

"그러면 지금 천지문의 제자와 한창 비무 중일 거라네. 노부를 따라오게. 그가 있는 곳으로 안내해 줄 사람을 붙여 주지."

"감사합니다, 대협."

안내자를 소개받은 마화는 먼저 옷 가게로 가서 옷부터 구입했다. 요 근래 몇 달 동안 야지를 뒹굴며 살아온 그녀였다. 목욕은 물론이고 세탁하기도 힘든 여건이었다. 그녀가 입고 있는 옷에서 썩은 내가 풍기고 있는 상황인데, 그런 옷을 입고 어찌 교주를 만나러 간단 말인가. 마음 같아서는 지금 당장 그가 있는 곳으로 달려가고 싶었지만, 자신의 몰골을 생각했을 때 도저히 그럴 수는 없었던 것이다.

그렇기에 그녀가 그다음으로 선택한 행로는 묵향이 기거하고 있는 객잔이었다. 객잔에 도착하여 방을 구한 그녀는 먼저 갑주와 장검에 묻은 피부터 정성껏 닦아 냈다. 그런 다음 기름칠을 골고루 한 후에야 목욕을 시작했다.

산뜻한 새 옷으로 단장을 한 마화는 허리에 장검을 차고 밖으로 나왔다. 교주가 있는 곳은 안내자를 돌려보내기 전에 이미 알아 둔 상태였기에 그녀의 발걸음에는 망설임이 없었다.

"정말 무심하기 그지없다니까. 어떻게 몇 달이 되도록 연락 한 번 안 하실 수가 있지? 그분께서 몽고에서 돌아오셨다는 것도 부교주님께서 연락을 주셨기에 알 수가 있었던 거잖아. 그런데, 부교주님께서 부상을 당할 정도로 강적을 만났던 모양인데, 괜찮으신 건가 모르겠네."

낮은 목소리로 홀로 투덜거리며 길을 가던 마화는 곧이어 건강하기 그지없는 묵향을 볼 수 있었다.

"크하하핫! 좀 더 제대로 해 봐!"

"이런 빌어먹을!"

빡!

"크윽!"

"여기도 비었잖아."

빡!

"으악!"

매우 즐거운 것 같은 묵향의 모습을 보며 마화는 고개를 절레절레 내저으면서도 언젠가 저런 장면을 본 적이 있었던 것 같다는 기분이 들었다.

"그렇지, 옛날에 초 부교주님을 저렇게 신나게 두들겨 패셨었지. 그걸 보면 교주님께서는 저 사내가 마음에 쏙 드신 모양이야. 참, 내. 언제나 애정 표현을 저따위로밖에 할 줄 모르다니, 언제 철이 드실지 원…, 쯧쯧. 당하는 사람 입장도 생각하셔야지."

그녀가 천천히 다가오는 것을 본 묵향이 활달한 목소리로 외쳤다.

"어? 마화 아냐. 지겹겠지만 조금만 기다려. 조금만 더 다져 놓고 그리로 갈게."

그 말에 마화는 황당함을 감추기 어려웠다. 다져 놓다니? 저 양반은 눈앞의 사내가 고깃덩이로 보인단 말인가?

"아뇨, 그러실 필요 없어요. 여기서 기다릴 테니 쉬엄쉬엄 하세요. 당하는 사람 입장도 좀 생각하셔야죠."

"무슨 그런 말을, 쇠도 두들겨야 단단해지는 거야."

그 말에 마화는 기가 막히다는 듯 대꾸했다.

"그자는 쇠가 아니라 사람인데요."

"이거나 그거나 둘 다 똑같은 거야. 잘 연마해 놔야 날카로운 무기가 되지."

한눈을 팔며 마화와 대화를 나누는 와중에도 진팔을 열심히 쥐어 패는 것을 보면 역시 묵향의 실력이 하루아침에 만들어진 것은 아닌 모양이다.

이때 옆에서 소연이 다가오며 마화에게 말을 걸었다.

"기다리시기 지루하실 텐데 차라도 한잔 드시겠어요?"

마화는 활달한 어조로 대답했다.

"예, 안 그래도 목이 마르던 참이었습니다. 그런데 당신은 누구시죠? 옷차림으로 보아하니 시비는 아닌 듯한데……."

그 말에 소연이 살포시 미소 지으며 대답했다.

"천지문도들을 이끌고 있는 소연이라고 합니다."

그 말을 듣는 순간 마화는 순간적으로 갈등했다. 뭐라고 대꾸를 해야 할까? 소연이라면 교주의 양녀가 아닌가. 하지만 교주는 그 사실을 감추고 있다. 그렇다면 결론은 정해진 것.

마음을 정한 마화는 필요 이상으로 퉁명스러운 어조로 대꾸했다.

"천지문이라고? 그 낙양에 있는 천지문 말이냐?"

물론 마화는 성격적으로 아무리 하찮은 인물이라도 이렇듯 다짜고짜 하대를 하는 사람은 아니었다. 하지만 지금 그녀는 자신이 상대가 누군지 안다는 사실을 숨겨야만 했다. 그러자면 누가 봐도 충분히 이해할 수 있을 법한 보편적인 행동을 취해야만 하는 것이다.

마화 정도의 지위를 지닌 사람이라면 천지문의 문주라고 해도 그녀 앞에서 감히 고개를 들기 힘들 정도였다. 그런데 하물며 그 문도라면 말할 것도 없었다. 그렇기에 마화는 상대가 누군지 잘 알면서 일부러 하대를 사용했다. 그편이 누가 봐도 자연스러우니까.

 그 말에 소연은 씁쓸한 미소를 지으며 다소곳이 대답했다.

 "예, 그렇습니다."

 "천지문이라면 본교와 약간의 내왕이 있는 관계니, 본녀가 누군지 알려 주는 것도 나쁘지는 않겠지. 본녀는 흑풍대 부대주를 맡고 있는 마화라고 한다."

 소연이 이곳에 오기 전 흑풍대와 무림 연합의 고수들은 연합 작전을 벌인 적이 있었다. 그때 소연은 흑풍대라는 것이 마교의 여섯 개 무력 세력들 중의 하나라는 말을 수라도제에게 들은 적이 있다. 각 무력 세력의 수장들인 대주가 모두 다 마교의 장로들일 정도니, 그보다 한 단계밖에 떨어지지 않는 부대주의 직위는 얼마나 높겠는가.

 천지문의 문도인 자신과 마화라는 이 여인이 지니고 있는 무림에서의 배분의 차이는 그야말로 하늘과 땅 차이만큼이나 큰 것이다. 그렇기에 그 말에 소연은 상대의 얼굴조차 바라볼 엄두를 내지 못하고 더욱 고개를 깊게 조아리며 조심스럽게 말했다.

 "잠시만 기다려 주십시오, 차를 올리겠습니다."

 조금 시간이 지나자 소연은 차를 가져와 마화에게 권했다. 잠시 관전을 하며 차를 마시던 마화는 소연에게 말을 걸었다. 교주의 양녀인 그녀가 어떤 사람인지 너무나도 궁금했기 때문이다. 도대체 어떤 여자기에 교주가 아직까지도 그녀를 잊지 못하고 있는 것일까?

"지금 교주님과 비무하는 사람도 천지문도인가?"

별로 할 일도 없는 상태였기에 상대가 심심해서 말을 건 것이었다고 해도, 소연으로서는 상대의 질문을 무시할 수 없었다. 그렇기에 그녀는 다소곳이 대답했다.

"예, 그렇습니다. 제 사제인 진팔이라고 합니다, 부대주님."

"제법 출중한 실력을 가지고 있군."

"과찬이십니다."

"과찬은 아니야. 저 정도 나이에 저만한 실력을 지니기는 어려운 것이지."

상대와 말을 나눈 이유가 어찌 되었건 간에, 이리저리 대화를 나누다 보니 소연은 조금씩 상대와 가까워지는 듯한 느낌을 받았다. 아니, 상대가 조금씩 마음에 들기 시작했다. 그 엄청난 지위에 비했을 때, 상대의 성격이 매우 소탈하고 시원스러웠기 때문이다.

서로 간에 이런저런 대화가 오고간 후…….

"하하핫, 아주 재미있군. 그래 자네 결혼은 했는가?"

왜 마교도인 상대가 자신에게 이런 질문을 하는지 알 수 없었지만, 딱히 숨길 이유도 없었던 터라 소연은 순순히 대답했다.

"어쩌다 보니 혼기를 놓쳤습니다."

"그래? 많이 서운해하셨겠군."

"예? 그건 무슨 말씀이세요?"

소연의 동그란 두 눈이 자신을 향한 후에야 마화는 자신의 실수를 깨달았다. 편안하게 대화를 나누다 보니 말이 잘못 튀어나와 버린 것이다. 이미 엎질러진 물이었지만 급히 머리를 굴려 보니 수습

못할 정도는 아니었다.

"내 말은 천지문의 문주, 그러니까 자네의 사부가 서운해했을 거라는 말이야. 자네의 아이들도 자네를 닮아 무예에 뛰어날 것이 아닌가? 그들이 장차 다음 세대의 천지문을 떠받칠 텐데, 서운하지 않을 리가 없겠지."

소연은 쑥스러운 듯 얼굴을 붉혔다.

"무슨 그런 말씀을…, 제가 무공이 뛰어나 봐야 얼마나 뛰어나다고요."

"본녀가 그 정도도 못 알아본다고 생각했나? 본녀는 지금까지 수많은 전쟁터를 누비고 다녔어. 그러다 보니 강한 자를 알아보는 감각이 짐승처럼 예민해지게 되었지. 지금까지 내 감각은 틀린 적이 없었어. 단 한 번만 빼고."

말만이라도 상대가 자신을 그렇게 높게 평가해 주니 소연의 기분은 아주 좋아졌다. 그렇다 보니 그녀는 안 해도 될 말을 하고 말았다.

"그때가 언제인지 물어봐도 실례가 되지 않을까요?"

말을 꺼내 놓고 난 후에 소연은 후회하지 않을 수 없었다. 지체 높은 상대에게 던질 질문이 아니라는 생각이 들었던 것이다. 하지만 마화는 전혀 그런 내색은 하지 않고 활달한 어조로 대답했다.

"뭐 감출 일은 아니니 못 알려 줄 것도 없지. 오래전에 본녀가 관부에서 일하고 있을 때, 새파랗게 젊은 사람이 상관으로 부임해 온 적이 있었어. 목에 힘을 주고 있었지만, 어리숙해 보이는 것이 정말 세상물정 모르는 사람 같았거든."

흥미로운 주제기는 했지만 그렇다고 감히 대꾸는 못하고 소연은 조용히 귀를 기울였다.

"하지만 그게 다 이유가 있었던 거야. 그자가 지금껏 세상 구경은 단 한 번도 하지 않고 죽자고 처박혀서 무공만 익힌 무공광인 줄 내가 알았겠나? 그것도 모르고 대련을 신청했다가 단숨에 묵사발이 난 적이 있었지."

마화의 말에 소연은 안타까운 표정을 지으며 탄식했다.

"저런……"

하지만 마화는 아무렇지도 않은 듯 꿈꾸는 듯한 시선으로 말을 이었다.

"사정을 많이 봐줬기에 아무런 상처 없이 끝났었어. 정말 대단하신 분이셨지."

"분이셨다고 하시는 걸 보니, 혹시?"

그 말에 마화는 씁쓸한 미소를 지으며 대답했다.

"어쩌다 보니 다시는 만날 수 없게 되어 버렸어."

마화의 말은 어느 정도 사실이었다. 실상 그녀가 너무나도 사랑했던 그 사람은 지금의 묵향이 아닌, 과거 몽고 벌판을 질타하던 자애로운 묵향이었으니까.

"전사(戰死)… 하셨나요?"

"전사라고도 할 수 없어. 찬황흑풍단이 해체되던 날, 옥영진 대장군 등 대부분의 고위급 장교들이 모두 그날 죽임을 당했어. 살아서 도망간 자들은 반역자의 오명을 뒤집어써야만 했고 말이야."

몽고 원정 때의 각종 고생담, 찬황흑풍단의 몰락, 마교에 입교하게 된 경위, 그리고 지금 현재 그녀가 있기까지의 여러 가지 일들을 마화는 재미있게 들려줬다. 그녀는 교주의 딸인 소연과 조금 더 가깝게 지내보고 싶었던 것이다. 과연 소연이 알고 있는 묵향은 또 어떤 사람인지 그것도 궁금했고 말이다.

소연도 어느덧 마화의 화술에 끌려 들어가 소곤소곤 대화를 나누게 되어 버렸다. 두 여자는 진팔이 무자비하게 두들겨터지는 장면을 감상하며 서로의 과거를 나눴다. 그 대부분은 추억거리 정도로 치부될 만한 쓸모없는 대화들이었지만, 그녀들 간의 친분을 두텁게 만드는 데는 상당한 도움이 되었다.

서로 간에 이런저런 많은 대화가 오고간 상태였던 탓인지, 소연은 잠시 주저주저 망설이다가 입을 열었다.

"저… 혹시 외람된 부탁이기는 하지만, 사람 하나를 알아 봐 주실 수 있겠습니까?"

"사람을? 왜 그런 부탁을 본녀에게 하는 것이지? 무영문이나 개방 쪽이 빠를 건데……."

"왜냐하면 그분은 천마신교에 소속되어 계셨거든요. 아주 오래 전에 그곳에 갔다가 만난 적이 있었죠. 그때 그분이 선물하셨던 장신구를 아직도 소중히 간직하고 있는걸요."

소연이 마화에게 이런 말을 꺼낸 것은 교주가 진짜로 자신의 양부인지 확인해 보기 위함이었다. 만약 진짜 그가 양부라면 어떤 형태로든지 대답을 들을 수 있을 테니까 말이다.

"호, 정파의 고수인 자네가 본교 고수와 친분이 있었을 줄은 미처 몰랐군. 그래, 본녀가 알아 봐 주도록 하지. 그래, 그 사람의 이름은 뭐지?"

소연은 추억 어린 어조로 살짝 미소 지으며 대답했다.

"유향(柳香)이라고 합니다. 도저히 무인의 이름 같지 않으니 오히려 찾기 쉬우실 거예요."

 마화가 마교 내에 있은 지도 꽤 오랜 세월이 흘렀지만 유향이라는 이름을 들어 본 기억도 없었다. 하지만 마교에는 수많은 고수들이 있으니 그런 인물이 있을지도 모르는 일이었다.

 "유향이라고? 남자 이름인 것 같은데……. 혹시 한때 사모했던 남자인가?"

 그 말에 소연은 살짝 얼굴을 붉히며 대꾸했다.

 "그게 아니라 제 양부셨어요. 어머니께서는 돌아가시는 그날까지 그분을 기다리셨는데, 결국은 나타나지 않으셨지요. 어떻게든 그분께 연락을 넣어 보려고 해 봤지만, 천마신교라는 단체가 워낙 비밀에 싸인 곳이라 알아 볼 방법이 없었죠. 그래서 포기하고 있었는데…, 부대주님이시라면 혹시 알아 보실 수 있지 않을까 싶어서 염치없지만 용기를 내어 부탁드리는 겁니다."

 양부라는 말에 마화는 유향이 누군지 알 수 있었다. 아마도 소연을 만났을 때 교주는 유향이라는 가명을 사용한 모양이었다. 그렇기에 그녀가 아무리 오랜 세월 이리저리 알아 봐도 유향이라는 고수를 찾을 수 없었을 것이다.

 이걸 말을 해 줘야 하나 말아야 하나…….

 마화는 내심 난처했지만 겉모습만은 시원스럽게 승낙했다.

 "좋아. 본녀가 총타에 기별을 넣어 알아 보도록 하지. 그러자면 조금 시간이 걸릴 거야."

 총타가 아니라 저기에서 진팔을 때려잡느라 광분하고 있는 교주에게 물어본 후 그의 결정을 기다릴 작정이었던 것이다. 어쨌거나 저들 부녀간의 일이니까 말이다.

마화는 슬쩍 만통음제를 훔쳐본 후, 묵향을 향해 말했다.
"교주님, 잠시 따로 얘기를 드리고 싶은데요."
그 말에 묵향은 생각해 볼 것도 없다는 듯 대답했다.
"그럴 필요 없어. 본좌의 의형이시니, 외인이라고 할 수 없지. 말해 봐."
"소 소저의 일은 계속 이런 식으로 끌고 가실 겁니까?"
설마 마화가 양녀 얘기를 꺼내고 나올 줄은 생각도 못 해 본 터였기에 묵향은 난감했다. 이 일은 최대한 기밀을 지키는 것이 좋았는데 말이다. 만통음제를 못 믿는 것은 아니었지만, 소연에 대한 것이라면 조금 얘기가 달라진다.
묵향은 짐짓 헛기침을 하며 난처한 듯 대꾸했다.
"어흠! 그건 다음에 얘기하기로 하지."
하지만 마화의 대응은 단호했다.
"아뇨, 지금 하는 것이 좋겠어요. 소 소저가 유향이라는 사람이 마교에 있을 텐데, 그에 대해 좀 알아 봐 달라고 부탁했어요."
그 말에 묵향은 고개를 갸웃하며 되물었다. 오래전에 자신이 사용한 가명을 기억하고 있을 리가 없었던 것이다.
"유향이라고? 그게 누구지?"
마화는 기가 막힌다는 듯 대꾸했다.
"자기가 사용한 가명도 잊어버리셨나요?"
그 말에 묵향은 놀라지 않을 수 없었다. 마화의 말은 그녀가 지금 자신에 대해서 수소문하고 있다는 말이 아닌가?
"뭣?"

묵향은 예상치 못한 마화의 말에 적잖이 놀란 듯했고, 만통음제는 옆에서 흥미진진한 표정으로 두 눈을 빛내며 듣고 있었다. 그리고 저 옆에서 차를 장만하고 있는 설취 또한 숨소리마저 죽이고 엿듣고 있는 중이었다.

하지만 묵향이 마화를 제지하기도 전에, 마화의 말은 계속 쏟아져 나오고 있었다. 또, 다른 일도 아니고 소연에 대한 것이었기에 묵향도 냉정을 유지하기 힘들었다.

"교주님께서 그녀를 끔찍이도 아끼신다는 것, 저도 잘 알고 있어요. 그러니까 이 기회를 빌려 그녀에게 진실을 알리는 것이 좋지 않을까요?"

"알아봐야 좋을 것이 하나도 없어."

딱 잘라 말하는 묵향을 향해 마화는 다시 한 번 설득하기 시작했다.

"그녀는 교주님의 단 하나뿐인 양녀가 아닌가요? 그녀를 그토록 만나고 싶어 하시면서도 그녀를 위해 끊임없이 참고 계신다는 것을 제가 모를 줄 아셨어요? 그녀도 교주님을 만나고 싶어 하잖아요. 그러니 이 기회에."

소연이 묵향의 양녀라는 사실에 만통음제와 설취는 놀라지 않을 수 없었다. 특히 만통음제의 놀라움은 너무나도 큰 것이었다. 그는 그것도 모르고 월하노인을 자처하여 소연에게 다리까지 놓으려고 했었으니 말이다.

"이런! 양녀라고?"

만통음제의 외침에 묵향의 고개가 그쪽으로 휙 돌아갔다. 깜빡 잊고 있었는데, 객식구들이 자신의 가장 은밀한 부분에 대한 대화를 훔쳐듣고 있다는 것을 깨달았던 것이다.

당혹감을 감추지 못하고 있는 묵향과 눈길이 마주치자 만통음제는 멋쩍은 웃음을 지으며 중얼거렸다.

"우형은 그런지도 모르고 중신을 선다고 나섰었구먼. 이런 실수가 있나……."

묵향으로서는 기가 막힐 수밖에 없었다.

"중신을 선다고요? 설마 벌써 그런 말을 꺼내신 거는 아니겠죠?"

그 말에 만통음제는 뒤통수를 긁적거리며 중얼거렸다.

"벌써 했는데… 당사자에게 직접 말일세. 어쩐지 너무 당황하는 것 같더라니……. 어쩌면 그녀도 조금은 자네에 대해 눈치 채고 있었는지도 모르지."

"젠장, 약간은 눈치 챈 것 같더라구요?"

"우형이 보기에는 그랬다네."

옆에서 듣고 있던 마화가 마침 잘되었다는 듯 끼어들었다.

"소 소저도 벌써 눈치 챘다면 잘되었네요. 이 기회에 교주님께서 양부라고 당당하게 그녀에게 밝히는 것이 좋지 않을까요?"

"말도 안 되는 소리! 정과 사는 도저히 어울릴 수 없는 집단임을 잘 알지 않느냐? 아비가 모든 정파인들이 치를 떠는 극악무도한 암흑마제라는 사실을 그 애가 제대로 받아들일 수 있을까? 만약 그 애가 그 사실을 받아들인다손 치더라도, 주위에 있는 자들은 결코 그것을 이해하지 못할 거야."

"하지만 그녀가 본교에 들어온다면 그 누구도 그녀를 손가락질하지 못할 거예요."

"그 아이의 미래를 생각한다면, 절대로 그렇게 해서는 안 돼."

"만통음제 어르신도 그녀가 어느 정도 눈치 채지 않았을까 하고 생각하신다잖아요."

잠시 머리를 굴리던 묵향은 좋은 생각이 떠올랐다는 듯 말했다.

"오히려 그게 더 잘되었군. 한 가지 얘기를 지어내는 거야. 형님도 조금 도와주셔야 되고 말입니다. 형님은 한 번 더 가서 중신에 대해 얘기를 꺼내 주세요. 교주가 너를 꽤 마음에 들어 하는 것 같아서 다시 왔다고 말입니다. 그리고 마화 너는 가서 유향이라는 인물이 전사했다고 전하는 거야."

"예? 전사했다고요?"

묵향은 고개를 끄덕인 후, 자신이 방금 생각해 낸 줄거리를 말해 줬다. 그런 다음 그는 만통음제를 향해 질문을 던졌다.

"뭔가 얘기에 허점이 있습니까?"

잠시 생각을 정리하던 만통음제는 고개를 갸웃하며 대답했다.

"제법 그럴듯히기는 히지만… 만약 그토록 뛰이난 인물이라면 그 이름을 꺼내자마자 마화가 알아들었어야 하는 거 아닐까?"

묵향은 아차 싶은지 탄성을 지르며 대답했다.

"헛, 그렇군요. 그렇다면 어떻게 해야 할까……. 그렇군! 명호가 있었어. 명호를 하나 지어서… 그러니까 추혈광마(追血狂魔)가 좋겠군. 척 들어 봐도 마교 냄새가 물씬 풍기니까 말이야."

추혈광마. 피를 좇는 미친 마귀라는 말이 아닌가. 해도 해도 너무 심한 것 같았기에 마화는 이의를 제기했다.

"그래도 그녀가 사랑하는 양부인데 너무 심한 거 아닐까요?"

하지만 묵향은 아무렇지도 않다는 듯 대꾸했다.

"별로 심할 것도 없어. 오히려 충격적인 명호를 쓰면 정신이 산란해져서 쓸데없는 잡생각을 못하게 되지. 그래, 그 명호로만 말했다면 금방 알아들었을 텐데, 본명을 밝혀서 네가 못 알아들었다고 하는 거야. 그래서 총타에 연락을 넣어 답을 받느라고 늦었다고 말이야. 그러면 충분한 대답이 되잖아."

옆에서 듣고 있던 만통음제는 감탄스럽다는 듯 고개를 주억거리며 말했다.

"그거 좋은 생각이로군. 그런데 오늘 동생을 다시 봤는걸? 담백한 성격일 줄 알았는데, 이토록 책략을 잘 세울 줄은 미처 몰랐네, 그려."

뻔뻔스럽게도 묵향은 어깨를 으쓱하며 대꾸했다.

"뭐, 보통이죠. 제가 그런 데는 머리 회전이 좀 빠르거든요."

자화자찬을 한 후, 묵향은 마화를 향해 말했다.

"가서 그렇게 말해. 말할 때 표정 관리만 잘하면 믿지 않을 수 없을 거야."

마화는 한숨을 푹 내쉬며 대답했다.

"좋아요. 하명하신다면 그렇게 해 드리죠. 하지만 이 얘기는 꼭 해야겠어요."

"뭔데?"

"그녀에게 상승의 도법을 가르치시고 싶다는 교주님의 마음은 십분 이해하지만, 거기에다가 진 공자를 끌어들이는 것은 너무하다고 생각해요."

"너무할 것까지야 있겠느냐? 그놈도 뭔가 얻는 게 있을 테니 서로가 좋은 것이겠지."

"서로가 좋다구요? 그건 순전히 교주님 생각이시겠죠. 뭔가 얻는 게 있기 전에 미쳐 버리거나 아니면 자살해 버릴지도 모른다구요. 만약 뒤가 그렇게 끝난다면 소 소저는 교주님을 어떻게 생각하겠어요?"

묵향은 그 정도는 아무것도 아니라는 듯 대수롭지 않게 대답했다.

"뭐 극악무도한 마두라는 생각을 더욱 굳히겠지. 소문이 하나도 틀리지 않다고 말이야. 지금껏 본좌는 남들이 어떻게 생각하건 간에 내가 옳다고 생각한 일은 망설임 없이 처리해 왔다. 그놈이 죽어도 할 수 없는 것이겠고, 그놈이 뭔가를 얻어도 상관없는 일이다. 본좌가 원한 것은 그 비무를 보고 소연이가 한 차원 높은 무예에 대한 어떤 실마리를 잡아 주는 것. 더 이상은 기대도 하지 않아."

"그렇다면 그렇게 간접적으로 하지 마시고 소 소저와 직접 비무하시는 것이 빠르지 않겠어요? 엉뚱한 사람 골병들이지 미시고 말이에요."

"그녀석이 남자였다면 그렇게 했겠지. 그런데 아무리 생각해도 어디 한 군데라도 팰 데가 있어야 말이지."

묵향의 황당스런 대답에는 마화도 두 손 들어 버렸다. 언제는 상대를 두들겨 패는 데 있어서 남녀를 가렸던 사람이었나? 그걸 뻔히 아는데, 저딴 소리를 하다니 말이다.

"정말 도저히 말이 안 통하는군요."

"알았으면 이제 그 얘기는 끝내자구."

잠시 창밖을 바라보던 묵향은 슬쩍 뒤돌아서서 방문을 열었다.

"어디로 가시는 거예요?"

"술 마시러 간다."

옆에서 묵향과 마화의 대화를 지켜보고 있던 만통음제나 설취는 뭔가 묘한 기분에 사로잡혀 있었다. 상관과 부하 간에 비밀스런 얘기를 엿들은 기분이 아닌, 꼭 뭔가 부부 싸움 하는 장면을 훔쳐본 듯한 기분이 들었던 것이다.

한바탕 언쟁이 끝난 후, 실내의 분위기는 너무나도 뒤숭숭했다. 묵향이 나가고 난 후 마화의 표정이 너무나도 슬퍼 보였던 것이다. 그렇기에 아무도 그녀에게 뭐라고 말을 걸기가 힘들었다.

묵향이 나가고 나자 마화는 장검을 꺼내어 닦기 시작했다. 아무리 봐도 티끌 한 점 없어 보이는 장검을 비단 천으로 닦고 또 닦았다. 어쩌면 그것이 그녀 나름대로 지니고 있는 기분 해소 방법인 모양이다. 하지만 곁에서 지켜보기에 장검을 닦고 있는 그녀의 옆모습은 너무나도 슬퍼 보였다.

"사부님께서도 사숙 어른과 함께 술이나 드시고 오시면 어떻겠어요?"

실내의 분위기가 너무 칙칙하여 난감하던 터에 제자가 그런 부탁을 해 오자 만통음제의 입가에 미소가 어렸다.

'노부가 제자 하나는 정말 잘 뒀지. 어쩌면 저렇게 총명한지……. 마침 술 생각도 나는데 잘되었군, 흐흐흣.'

만통음제는 점잖을 빼며 중후한 어조로 제자에게 대답했다.

"허어, 노부가 그 생각을 못 했구나. 동생이 쓸쓸하게 혼자 마시고 있을 텐데, 노부는 동생의 기분이나 풀어 주러 가 볼까?"

사부가 나가고 난 후 이제 여자들만 남게 되자 설취는 시원스런 어조로 마화에게 말을 걸었다.

"마 소저, 당신이 한 제안이 충심에서 우러나온 것임을 교주님도 잘 아실 거예요. 그만 기분을 풀어요. 우리 술이나 한잔할까요?"

마화는 억지로 미소 지으며 말했다.

"나는 교주님이 제 말을 안 듣는다고 기분 나빠하는 것이 아니에요. 그는 예전부터 남의 말은 잘 안 듣는 사람이었으니까요."

여자들끼리 남아 있다 보니 훨씬 대화하기가 편했다. 더군다나 점소이가 술과 간단한 안주거리까지 가져오자 분위기는 더욱 무르익었다.

"그분은 겉보기와 달리 너무도 마음이 여리시거든요. 자신의 여린 마음을 숨기기 위해 언제나 괴팍스럽게 행동하시죠. 퉁명스럽게 말하고, 못된 행동을 하시지만 속마음은 그렇지 못해요. 그분이 그런 행동을 할 때는 다 이유가 있죠. 소 소저 일로 얼마나 슬퍼하고 계시는지 너무나도 잘 알기에 마음이 아프군요."

마화와 대화를 나누면서 설취는 미교 교주로서의 묵향이 아닌, 아주 인간적인 묵향을 만날 수 있었다. 과거 그녀의 풋사랑이었던 묵향을 말이다. 설취는 마화의 말을 들으며 과연 그 남자에게 자신이 빠져 들 수밖에 없었던 이유가 있었다고 생각했다.

## 종남파의 멸문

 수려한 절경을 자랑하는 종남산 기슭에는 거대한 문파가 자리 잡고 있었다. 9파1방에 들어갈 정도로 막강한 힘을 자랑하는 도가 계열의 그 문파가 바로 종남파다. 종남파는 무림맹에 5백이 넘는 고수들을 파견하고 있었고, 특히 공동파가 득세하고 있었던 무림맹에서 맹호검군(猛虎劍君) 백량(白諒)이 공동파 출신의 경쟁자를 물리치고 장로직에 오르면서 더욱 무림에서의 입지를 튼튼하게 굳혔다.
 하지만 호사다마(好事多魔)라고 했던가. 요 근래 종남파에는 좋지 않은 일만 계속 일어나고 있었다. 백량 장로가 자파 출신의 고수 1백 명을 이끌고 비밀리에 작전을 수행하던 도중 전원 사망시킨 사고가 일어난 것이다. 말이 쉬워 1백 명이지, 그만한 고수 1백 명을 키워 내는 데 들어가는 세월이 하루 이틀인가.

무림맹에는 상당수의 종남파 고수들이 파견되어 있는 상태였지만, 그 소식을 들은 후 종남파는 추가로 또다시 1백 명의 고수들을 파견했다. 무림맹에서 자파의 영향력을 유지하기 위해서는 잃어버린 1백 명분의 전력을 충당해 줄 필요성이 있다고 느꼈기 때문이었다.

그러던 참에 양양성에서 금군과 대대적인 전투가 벌어지자, 종남파는 태을검군(太乙劍君) 송류(宋柳) 장로에게 1천여 명의 고수들을 주어 그곳에다가 파견하는 대 출혈을 감수할 수밖에 없었다. 만약 종남파가 이보다 적은 수의 고수를 파견한다면, 9파1방의 대열에 끼인 거대 문파가 겨우 그 정도밖에 파견하지 않았다고 세인들의 입방아에 오르내릴 수도 있기에 그건 어쩔 수 없는 선택이었다.

이래저래 종남파 내에 남아 있는 실력 있는 고수들의 수가 적은 이때, 종남파에는 크나큰 위기가 도래하고 있었다.

"배치는 끝났느냐?"

"옛, 교주님. 하명만 하십시오."

장인걸은 저 멀리 수풀을 뚫고 솟아 있는 웅장한 건물들을 보며 슬쩍 비웃음을 던졌다. 설마 자신이 이 먼 종남파까지 곧장 달려올 것이라고는 그 누구도 예상하지 못했을 것이다.

"좋아, 시작하거라."

그의 명령이 떨어지자 웅후한 내공이 포함되어 있는 긴 휘파람 소리가 종남산에 울려 퍼졌다. 그 장소성에 맞춰 종남파를 포위하고 있던 1천에 달하는 무사들이 돌격하기 시작했다. 그리고 그들의 선두에서 엄청난 기세로 달려가는 50여 명에 달하는 무인들은 무시무시한 마기를 뿜어내고 있었다. 바로 장인걸이 거느리는 천마혈검대 소속의 고수들인 것이다.
　장인걸은 수하들이 달려가는 모습을 한참 동안 구경한 후에야 자리에서 털고 일어섰다.
　"장문인의 목은 본좌가 직접 베어 주는 것이 예의겠지? 흐흐흐흐."
　잠시 후, 평화롭기 그지없었던 종남산은 아비규환의 혈전장으로 바뀌어 버렸다.


　소연이 마화에게 묵향이라는 인물에 대한 조사를 의뢰한 지 며칠이 경과한 후, 마화는 소연에게 묵향의 의사를 전달했다. 그녀가 며칠이라는 시간을 끈 이유는 양양성에서 마교 총타로 연락을 보내는 데 걸리는 시간, 총타에서 조사하는 데 필요한 시간, 그리고 답장을 보내오는 데 걸리는 시간을 모두 합하여 상대가 타당하다고 여길 정도의 기간 동안 기다려야 했기 때문이다.
　소연이 그날 마화를 만났을 때, 그녀는 마화의 돌연한 행동에 놀라지 않을 수 없었다. 흑풍대 부대주인 마화가 그녀에게 먼저 정중하게 인사를 건넸던 것이다.
　"흑풍대 부대주 마화가 소 소저를 뵈어요."
　그 말만으로도 소연은 마화가 자신에게 양부에 대한 답을 해 주려고 왔음을 깨달을 수 있었다. 그렇지 않다면 마화 같은 사람이 자신에게 이토록 존칭을 쓰며 인사할 이유가 없기 때문이다. 하지만 소연으로서는 마화처럼 지체 높은 무림고수로부터 이런 대접을 받는다는 게 여간 껄끄러운 일이 아니었다.

"갑자기 왜 이러세요? 그런 인사는 도저히 제가 감당할 수 없습니다."

그렇게 말하는 소연의 마음속에는 마교 교주가 양부일 거라는 확신이 서서히 들고 있었다. 그렇지 않다면 누가 있어서 마화로 하여금 자신에게 고개를 조아리게 만들 수 있다는 말인가.

"이렇게 할 수밖에 없습니다. 소 소저의 양부께서는 제가 너무나도 존경했던 분이셨으니까요."

분이셨다는 말이 조금 마음에 걸렸지만, 양부의 소식을 듣게 되었다는 설레임에 소연은 다급히 질문을 던졌다. 드디어 양부의 소식을 듣게 되었으니 기쁘지 않을 수 없었던 것이다.

"총타로부터 답신이 왔군요."

"예, 소 소저께서 그분의 본명보다는 추혈광마라는 명호를 대셨다면 총타에서 회답을 받는다고 이렇게 시간이 지체되지 않았을 텐데……."

"추혈광마……. 그분의 명호가 추혈광마셨나요?"

너무나도 무시무시한 명호에 소연은 혼이 다 빠져 나가는 듯했다. 소연은 그 명호 한마디로 자신에게 그토록 다정했던 양부가 마교 내에서는 어떤 모습이었는지 능히 상상할 수가 있었다.

그리고 소연은 그 명호만으로 자신의 예상이 완전히 틀렸음을 알 수 있었다. 사실 교주가 두 번에 걸쳐 만통음제를 매파로 내세워 자신에게 청혼을 해 왔을 때, 이미 그가 양부가 아닐 수도 있다고 짐작하고 있었기에 그것에 대해 크게 실망감을 느끼지는 않았다.

"예, 소저는 모르셨던 모양이군요."

"저… 이런 말씀 드리면 믿으실지 모르겠지만, 저는 그분의 명호를 몰랐어요."

이제야 이해가 간다는 듯 마화는 고개를 주억거리며 말했다.

"그러셨군요."

그런 마화의 표정을 살피며 소연은 조심스럽게 질문을 던졌다.

"그분께서는 건강하신가요?"

질문을 받은 마화의 표정에 잠시 당혹감이 어렸다. 잠시 머뭇거리던 마화가 이윽고 결심한 듯 말했다.

"그분께서는… 돌아가셨어요."

사실 마화가 머뭇거린 이유는 살아 있는 사람을 죽은 사람으로 해야만 한다는 양심상의 문제로 생긴 당혹감이었지만, 소연은 그것을 다른 의미로 받아들였다.

뭔가 말하기 힘든 이유가 있다고 생각하는 그 순간, 양부가 죽었다는 말을 들은 것이다. 소연은 왜 마화가 잠시 머뭇거렸는지 이해할 수 있었다. 그리고 마화의 말은 그녀를 깊은 슬픔으로 몰고 가기에 충분한 것이었다.

소연은 믿어지지 않는다는 듯 말했다.

"예? 돌아가셨다고요? 그렇다면 언제……."

"소 소저는 아실지 모르겠지만, 20여 년쯤 전에 장인걸과 교주님 간의 내분이 본교에서 벌어졌었죠. 추월광마 선배님께서는 가장 치열한 내전이 벌어졌었던 총단 기습 작전 때, 장인걸 휘하의 수라마참대 고수들과 싸우다가 전사하셨어요. 선배님께서는 돌아가셨지만, 그분이 세운 전공이 워낙 뛰어난 것이었기에… 교주님께서는 그분에 대한 자그마한 사례로 과거 그분께서 이뤄 놓으신 것을 아직까지도 유지시키기고 계시죠."

 그런 말은 들어 본 것도 처음이기에 소연은 어리둥절한 표정으로 질문을 던졌다.

 "예? 그건 무슨 말씀이신가요?"

 "역시 소 소저도 그건 모르셨던 모양이군요. 천지문과의 협정을 말하는 거예요. 추혈광마 선배님께서 천지문과의 협정을 주도하신 모양이더군요. 저도 지금껏 무슨 이유로 본교가 천지문과 불합리한 협정을 지속하고 있는지 의아하게 생각하고 있었는데, 소 소저 덕분에 그 의문을 풀게 되었지요. 설마 그분께 양녀가 있으리라고는 그 누구도 짐작하지 못했었거든요."

 결국 참지 못하고 한 방울씩 눈물을 흘리는 소연을 살짝 껴안고는 등을 토닥거리며 마화가 말했다.

 "선배님의 양녀시니, 같은 식구로서 한마디 충고를 드리자면… 그분이 소저의 양부라는 사실을 절대 입 밖에 내지 마세요. 선배님께서는 이미 돌아가셨지만, 다른 사람들은 결코 소저를 좋은 시선으로 보지 않을 거예요."

 소연이 양부의 사망 소식을 들은 다음 날, 제일선에서 금군과 치열한 접전을 벌였던 흑풍대가 회군해 왔다. 그들이 성문을 통과해서 당당하게 들어올 때, 양양성에 살고 있던 사람들은 그들의 모습을 구경하기 위해 구름처럼 모여 들었다. 거대한 덩치의 전투마를 타고, 중갑주로 무장한 흑풍대의 모습은 그야말로 장관이었기 때문이다.

 9천 기에 달하는 인마의 모습은 오랜 전투를 치르다가 귀환한 자들답지 않게 너무나도 용맹스러워 보였다. 모두들 얼마나 야지 생활을 오래했는지 갑주는 빛을 잃고 더럽기 그지없었지만, 그들이 타고 있는 거친 콧김을 내뿜는 난폭해 보이는 전투마의 털은 윤기가 흐르고 있었다. 그것만으로 그들이 자신의 몸보다 전투마를 우선적으로 관리했음을 한눈에 알 수 있었다.

흑풍대의 대열은 성내에 마련된 광장까지 이어졌다. 그곳에는 악비 대장군을 비롯한 양양성 내 중요 무관들이 흑풍대의 선전을 치하하고 위로하기 위해 기다리고 있었다.

관지 장로는 멀리서부터 악비 대장군의 모습을 확인한 후, 말에서 내려 그에게 다가갔다. 관지 장로는 절도 있게 군례를 올린 후 말했다.

"이렇듯 대장군께서 몸소 마중 나오시어 몸 둘 바를 모르겠소이다."

"무슨 말씀을······. 황상 폐하를 위해 이렇듯 몸 바쳐 일하시는데, 마중 한 번 나온 것이 무슨 큰 대수이겠소이까?"

잠시 관지 장로를 살펴보던 악비 대장군은 궁금하다는 듯 질문을 던졌다.

"아무리 봐도 오랫동안 군문에 몸담으신 것 같은데, 과거 귀하의 관등 성명을 여쭤 봐도 실례가 되지 않겠소이까?"

"미관말직(微官末職)이었기에 대장군의 귀를 더럽히고 싶지 않소이다."

그렇게 말하는 상대에게서 느껴지는 위압감만으로도 상당히 높은 지위를 지니고 있었음을 직감적으로 알 수 있는 악비 대장군이었다. 하지만 상대가 그것을 숨기고 싶어 하는데, 구태여 캐물을 이유는 없었다. 지금 그는 흑풍대가 너무나도 필요했으니 말이다.
"허허헛, 그렇게까지 말씀하시는데 어쩔 수 없구려. 자, 음식과 술을 넉넉히 준비했소이다. 모두들 마음껏 먹고 마시며 노고를 푸시기 바라오."
"이렇게까지 신경을 써 주시어 감사하오이다, 대장군."
"자, 가십시다."
그날 저녁 흑풍대의 무사들은 음식은 배불리 먹었지만, 술은 거의 입에 대지 않았다. 이곳은 수많은 정파의 무사들이 득실거리는 곳이다. 최악의 경우 그들이 모두 다 적으로 돌아설 가능성이 있는 이상 취할 정도로 술을 마신다는 것은 자살 행위나 다름없는 노릇이었으니까.
연회가 끝난 후 관지 장로는 묵향을 찾았다.
"교주님을 뵈옵니다."
"그동안 수고했네. 건강한 자네의 모습을 다시금 보게 되어 기쁘구먼."
"남만에 가셨던 일은 잘 처리되었다고 부교주님께 전해 들었습니다. 축하드립니다, 교주님."
'남만'의 일은 바로 몽고에서의 작전을 말하는 것이었다.
"축하할 일까지야 있겠는가? 이제 씨는 뿌린 것이니 잘 자라기만을 바래야겠지. 그래, 금나라 쪽의 사정은 어떻던가?"
관지 장로는 며칠 전까지만 해도 무영문과의 연계 작전을 펼쳤기에, 금군에 대해 비교적 풍부한 정보를 지니고 있었다. 상대의 병력, 그들이 군수 물자를 옮기는 수송 경로 그리고 그 경로 상에 위치한 몇 곳의 물자 집결지 등등……

"군수 물자를 대규모로 집결시키고 있는 곳이 남양이라고 하더 군요."

그 말에 묵향은 피식 미소를 지으며 이죽거렸다.

"제법이군, 그런 것까지 소상하게 알려 주는 것을 보면 말이야. 그런데 그 할망구 속셈을 잘 모르겠단 말이야?"

교주의 시큰둥한 반응에 관지 장로는 영문을 모르겠다는 듯 반문했다.

"예? 속하는 무영문이 교주님과 어떤 계약을 맺었기에 그들이 전폭적으로 지원해 주는 것으로 생각하고 있었습니다만."

"물론 협정서를 주고받은 것은 사실이야. 하지만 그것만으로는 그 할망구가 이토록 전폭적인 협조를 해 준 것에 대한 대답이 될 수 없어. 뭔가 그걸 통해서 노리는 것이 있겠지. 뭔지는 잘 모르겠지만 말이야."

여기까지 말한 묵향은 잠시 생각을 정리한 후 다시 말을 이었다.

"그건 그렇고 그런 정보를 듣고도 남양을 치지 않았다니, 자네의 인내심에 탄복했네."

"인내심이랄 것도 없습니다, 교주님. 본교에 있으면서 속하는 장인걸의 성격에 대해서 많은 말들을 들을 수 있었습니다. 그런 치밀한 성격의 소유자라면, 군량이 집결된 곳을 허술하게 그냥 놔뒀을 리가 없다고 판단했을 뿐입니다."

묵향은 고개를 주억거리며 말했다.

"본좌도 그걸 우려하는 것일세. 밖으로 드러나 보이는 것은 함정일 가능성이 커. 뭐, 어찌 되었건 자네가 그쪽으로 안 갔으니 다행이라고 할 수 있지. 자, 오늘은 이만 하고 푹 쉬게나. 애기야 내일도 나눌 수 있는 것 아니겠나?"

"옛, 교주님. 속하는 물러가겠습니다."

관지 장로가 물러가고 난 후, 묵향은 무영문이 그런 정보를 넘기면서 노린 것이 뭔지 한참 동안 궁리했다.

옥화무제가 이토록 대금전쟁에 깊이 관여하게 된 이유는 그녀가 이룩해 놨던 모든 것을 금이 물거품으로 만든 것에 대한 보복 심리가 작용한 것이었다. 하지만 묵향으로서는 그녀와 금 간에 있었던 일을 알지 못하니 아무리 생각해 봐도 그 이유를 알아챌 수가 없었던 것이다.

하지만 남양에 대해 이런저런 생각을 떠올리고 있던 와중에 기가 막힌 계책이 떠올랐다. 옥대진과 능비화에게 사제를 대신해서 복수할 수 있는 아주 기막힌 계책이 말이다.

묵향은 싸늘한 미소를 지으며 중얼거렸다.

"요컨대 이걸 언제 써먹느냐가 문제로군. 흐흐홋."


요즘 들어 수라도제의 심기는 매우 불편한 상태였다. 흑풍대가 회군해 오면서 마교 교주를 때려잡으려던 계획은 완전히 물 건너간 것이나 다름없었다. 되려 그 사건 때문에 교주와 자신 간의 거리만 벌려 놓지 않았는가. 설상가상으로 다른 화경급 고수들에게는 옹졸한 늙은이 취급을 당하고 말이다. 그것 때문에 성질나서 이따위 계략을 자신에게 간(諫)한 젊은 것들을 불러들여 혼꾸명을 내놨지만 수라도제의 속은 전혀 풀리지 않았다.

그러던 차에 수라도제는 무림맹 총타로부터 놀라운 정보를 입수하게 되었다. 전령으로부터 건네받은 봉서(封書)를 읽은 수라도제의 손이 부들부들 떨리고 있었다.
"정녕 이것이 사실이란 말이냐?"
 수라도제의 앞에 부복하고 있는 전령은 더욱 고개를 조아리며 공손하게 말했다. 모든 전령들이 그러하듯 그는 그 봉서 안에 기록된 내용이 뭔지 알지도 못하고 있었다.
"속하는 여기까지 오면서 품속에서 단 한 번도 봉서를 꺼낸 적이 없었사옵니다. 결코 다른 것과 뒤바뀌지 않았을 것이라고 감히 말씀드릴 수 있사옵니다."
 만약 이것이 사실이라면 마교 교주와의 사소한 갈등 따위는 아무것도 아니었다. 그야말로 발등에 불이 떨어진 것이나 마찬가지니까 말이다.
"총관!"
"예, 태상문주님."
"원로들을 소집해라. 노부가 독단으로 처리하기에는 너무나도 무거운 사안이로구나."
"옛."
 수라도제는 서신을 총관에게 건네주며 말을 이었다.
"그리고 맹에 전서구를 띄워 이것이 정녕 사실인지 확인해 보도록 해라."
"옛."
 서신을 받아 들자마자 총관은 단숨에 그것을 읽기 시작했다. 서신의 어떤 내용이 수라도제를 그토록 놀라게 만든 것인지 너무나도 궁금했던 것이다. 하지만 그것을 다 읽은 총관의 표정은 수라도제의 그것보다 더욱 창백해져 있었다.

"그것이 사실인지 확인하는 데 얼마나 시간이 걸리겠느냐?"

"맹으로 가는 전서구는 아직 일곱 마리나 남아 있으니 그쪽으로 연락을 보내는 것은 간단합니다. 하지만 거기서 양양성으로 회답을 보내오는 것이 문제입니다. 여기서 가장 가까운 문파가 무당파니까 맹에서 그곳으로 전서구를 보내고, 거기서부터는 전령이 달려와야 하기에 시간이 조금 더 걸립니다. 아마 짧게 잡아도 3일은 걸릴 것입니다, 태상문주님."

비둘기라는 짐승이 사람의 말을 알아듣고 원하는 자에게 편지를 전하는 것이 아니다. 자신이 살고 있던 곳을 찾아서 본능적으로 날아갈 뿐이다. 그 본능을 이용해서 양양성에서 키우던 전서구를 저 멀리 떨어진 무림맹에서 가지고 있다가 놔준다면 곧장 비둘기는 양양성으로 돌아온다. 또, 양양성에는 무림맹에서 키우던 비둘기를 가지고 있다가 화답을 보내는 것이다. 그렇다 보니 어느 한쪽과 비둘기를 이용한 연락망을 갖추는 것은 하루아침에 되는 일이 아니었다. 일단 새로운 세대의 비둘기들이 그곳에서 태어나 자라나는 시간이 필요하니 말이다.

양양성의 일에 무림맹이 끼어든 것은 얼마 되지 않았기에 아직 전서구를 활용한 통신망이 뚫리지 않은 것이 가장 큰 문제였다.

"허어, 3일이라. 만약 이것이 사실이라면 지금 당장 움직여야 할 터인데, 3일이라고?"

어떻게 할 것인지 수라도제가 깊은 생각에 잠겨 있는 동안, 총관은 사람을 시켜 무림맹을 향해 전서구를 날렸다. 봉서에 기록된 내용의 일부를 기록하고, 그것이 사실인지 확인하기 위해서였다. 혹시 이것이 간악하기 그지없는 적들의 농간일 수도 있기에 확인 작업이 꼭 필요했던 것이다.

이윽고 수라도제는 자리에서 일어서며 장중한 어조로 외쳤다.

"만약 그것이 사실이라면 시간을 끌 수가 없다. 각 문파의 수장들을 소집해라, 지금 당장!"

"옛, 태상문주님."

대답을 하고 밖으로 나가려던 총관은 잠시 멈칫하더니 다시 돌아와서 조심스럽게 수라도제에게 질문을 던졌다.

"교주에게도 사람을 보낼까요?"

"당연하지 않겠느냐."

총관이 나가고 난 후, 수라도제는 심란한 표정으로 중얼거렸다.

"젠장, 얼마 전까지 자기를 죽이려고 이쪽에서 모의했다는 것을 놈이 다 알고 있는데, 그놈에게 도움을 청해야 하다니……."

잠시 후, 수라도제의 호출을 받은 수많은 무림의 명숙들이 모여들었다. 그런 그들을 향해 수라도제의 지명을 받은 총관은 폭탄과도 같은 정보를 밝히지 않을 수 없었다.

"금의 정예군에 의해 종남파가 무너졌다고 합니다."

그 말이 던지는 충격은 어마어마한 것이었다. 하지만 아무리 그들이 놀랐다고 하더라도 이곳에 와 있는 종남파의 고수들만큼 경악하지는 못했을 것이다.

"그게 무슨 말이냐? 종남파가 무너지다니. 그게 말이나 되느냐?"

총관은 자신에게 따지듯 외친 사람이 이곳에 종남파의 고수들을 이끌고 온 태을검군 송류 장로인 것을 알고 안타깝다는 듯 대답했다.

"태을검군 장로님, 그게 사실인지 확인하기 위해 맹에 전서구를 날렸습니다. 아직 맹으로부터 확답을 받지는 못했지만, 안타깝게도 십중팔구는 사실일 것입니다."

사실 확인이 아직 안 되었다는 말에 송류 장로는 그러면 그렇지 하는 듯 콧방귀를 뀌며 자신만만하게 외쳤다.

"흥! 그건 더욱 말이 안 돼. 맹호검군 백량이 본문의 정예를 거느리고 무림맹에 가 있고, 또 노부가 1천의 고수들을 이끌고 이곳에 와 있다고 하지만, 그렇게 쉽게 무너질 종남파가 아니야. 지금 본문에는 2천이 넘는 고수들이 남아 있다네. 자네도 금군과 싸워 봤을 테니, 그들이 어느 정도 자질을 갖추고 있는지는 파악했겠지? 자네에게 잘 훈련된 금군 병사 1만 명이 있다면 종남파를 쳐부술 수 있겠나?"

그 말에 총관은 대꾸를 할 수 없었다. 송류 장로의 말이 사실이었으니 말이다. 무공도 모르는 병사 1만으로 종남산을 오른다는 것은 자살하러 가는 것이나 마찬가지가 될 것이다.

총관이 아무런 대꾸도 하지 못하자 송류 장로는 더욱 기세등등하게 외쳤다.

"설혹 10만의 병사가 있다고 해도 본문을 하루아침에 멸망시킬 수는 없다네. 그런데 자네는 순식간에 본문이 멸문당했다고 했어. 그게 말이 된다고 생각하는가?"

여기까지 말한 송류 장로는 수라도제를 향해 말했다.

"이건 아무래도 놈들의 농간인 듯싶습니다. 만약 대협께서 고수들을 이끌고 소림사로 달려간다면 어떻게 되겠습니까? 이곳 양양성이 텅텅 비지 않겠습니까? 양양성 인근에 적의 60만 대군이 집결해 있다고 들었습니다. 그놈들은 간악하게도 정보를 조작하여 양양성의 방어가 취약해지도록 만든 후, 대군을 휘몰아쳐 양양성을 공격하려고 획책하고 있다고 생각합니다. 그렇게 생각하지 않으십니까? 수라도제 대협!"

그 말에 수라도제도 고개를 끄덕일 수밖에 없었다. 정도 무림의 핵이라고 할 수 있는 9파1방에 들어가는 종남파다. 그만큼 무시 못할 저력을 지닌 문파인 것이다.

"허어, 노부가 아무래도 경솔했던 듯싶으이. 하지만 그게 사실이라면 그것만큼 위급한 일도 없지 않겠는가. 그렇기에 자세한 사정을 확인해 보지도 못한 채 회의를 시작한 노부의 실책이 크구먼."

이렇게 해서 회의는 끝났다. 사실 그 누구도 그 서신이 진짜일 거라고는 확신하지 못했기에 취해진 결과였다.


"이럴 수가……."

며칠 후 무림맹으로부터 전해진 서신을 읽는 수라도제의 손이 미세하게 떨리고 있었다.

"무슨 일이십니까? 태상문주님."

"자네도 읽어 보게나."

수라도제로부터 서신을 전해 받은 총관의 안색은 하얗게 질려 버렸다.

수라도제는 더 이상 생각할 것도 없다는 듯 명령했다.

"이제 사실 확인이 되었으니, 각 문파들의 모든 수장들을 불러 모으게."

"예, 옛, 태상문주님."

잠시 후, 회의실에 모여든 무림명숙들의 놀라움은 당연한 것이었다. 그것이 사실이었다니…….

"총관, 그게 진정 사실이었단 말이오?"

며칠 전과는 달리 기절할 듯한 표정으로 자신을 바라보는 송류 장로에게 총관은 풀이 죽은 어조로 대답했다.

"예, 확실합니다."

너무나도 큰 충격 때문인지 아연한 표정으로 앉아 있는 송류를 안타까운 시선으로 잠시 바라보던 총관은 헛기침을 몇 번 한 후 말을 이었다.

"험험, 지금까지 들어온 정보에 따르면 종남파를 무너뜨린 것은 금의 정예군입니다. 종남파 외에 여러 문파들이 금군의 공격을 받고 있다고 하며, 상당수의 금군은 소림사를 향해 남하하고 있다고 합니다. 아마도 금은 송 황실과의 전쟁에 무림인들이 발 벗고 나선 사실을 알고 무림에 경고를 하기 위해 군사들을 동원한 것으로 추측된다고 합니다."

이때 멍청한 표정으로 앉아 있던 송류 장로의 허탈한 듯한 음성이 나지막이 들려왔다.

"생존자는 얼마나 된다고 하던가?"

그 말에 난감한 표정을 지어 보이던 총관은 어쩔 수 없이 대답해야만 했다. 조금 지나면 진실이 드러날 게 뻔한 만큼 거짓말을 할 수는 없었다.

"구출한 생존자는 없다고 합니다, 태을검군 장로님. 하지만 아이들이나 아녀자들의 시신이 거의 없는 것으로 보아 놈들이 납치해

갔을 가능성도 다분하다고 합니다."

"크흐흐흐흑! 이런 찢어 죽일 놈들!"

비통하게 오열하고 있는 송류 장로 때문에 잠시 회의 진행이 늦춰졌다. 무림에서 지니고 있는 송류 장로의 위치가 위치인 만큼 그가 이토록 비통해하고 있는 상황에서 그것을 무시하고 서문세가의 총관 따위가 나설 수 없는 것이다.

장시간 회의가 진행되지 못하고 있자 어쩔 수 없이 수라도제가 앞으로 나섰다.

"중원의 북쪽에 위치한 많은 문파들이 금군의 동시 공격을 받고 있다고 하오. 태을검군 장로의 비통한 심정을 노부가 이해하지 못하는 바는 아니나, 우리들은 지금 행동을 시작해야만 하오. 그렇지 않는다면 북쪽에 위치한 모든 문파들이 멸문당한 후가 될 테니 말이외다."

"수라도제 대협께서는 생각해 두신 것이 있으십니까?"

"먼저 소림사로 달려가는 것이 좋을 듯하외다. 물론 소림이 금군 따위에게 무너지리라 생각할 수는 없겠지만, 이쪽이 도와준다면 훨씬 수월하게 승리를 거둘 수 있을 거라 생각되오. 소림을 치기 위해 남하하고 있는 적도들을 무찌르고 하남성을 제압한다면 그놈들도 더 이상 마음대로 행동할 수 없을 것이 아니겠소? 그리고 섬서, 산서, 하북, 산동에 위치한 각 문파들을 도와주기에도 매우 용이하다는 이점도 있소."

그렇게 말하면서 수라도제는 묵향의 눈치를 힐끔 살폈다. 지어놓은 죄가 있다 보니 그가 과연 행동을 함께해 올 것인지 짐작하기 어려웠기 때문이다.

마교 교주는 느긋하게 앉아서 옆에 앉아 있는 만통음제와 뭔가 쑤군거리고 있었다. 그리고 그의 뒤에는 흑풍대의 대주가 시립하고 서 있었다. 회의 석상에 온 것이었기에 갑주를 입지 않고 있었는데도 불구하고 그의 모습은 너무나도 위풍당당했다.

"형님은 어떻게 생각하십니까?"

"글쎄, 금의 영토에 위치한 무림문파가 한둘이 아니니 그들을 구원하는 것이 옳기는 해. 하지만 무턱대고 여기 있는 모든 세력을 소림사로 보낸다면 이곳 양양성이 위태롭지 않겠는가? 아무리 계절이 겨울의 초입이라 적이 움직이기 힘들다고 하지만……."

"놈들이 행동을 시작하고 있는 지금은 계절이 좋다는 말씀이십니까? 문파들을 쓸어버리는 데 동원한 것도 금군이고, 양양성을 호시탐탐 노리고 있는 것도 금군이 아닙니까?"

"아참, 그건 그렇구먼. 하지만 9대문파의 하나인 종남파가 순식간에 무너진 것을 보면 똑같은 금군이라고 보기는 어렵지 않겠는가? 아무래도 문파 토벌에 동원된 금군 병사들의 무공이 훨씬 뛰어나겠지."

"그야 그렇겠죠."

고개를 끄덕이며 동의하는 묵향. 물론 틀리다는 것을 묵향도 잘 알고 있었다. 이번 문파 토벌의 전면에는 장인걸 그녀석이 있을 것이 뻔했고, 또 그가 오랜 세월 공들여 키운 뛰어난 병사들이 함께하고 있을 테니 말이다. 하지만 문제는 그들의 무공이 어떻건 간에 금의 정예군이라는 사실에는 변함이 없다는 것이다. 그들이 양양성 방면에 있는 60만 대군과 합쳐질 가능성을 지니고 있는 이상 모든 것을 연계하여 생각할 필요가 있었다.

"그런 만큼 수라도제의 작전이 결코 잘못된 것은 아니라고 보네. 하남성 이북의 모든 문파들이 멸문한다면, 특히나 그중에서도 소림사가 멸문당한다면 그 피해는 너무나도 크지 않겠는가?"

"그건 걱정하실 필요 없으실 텐데요? 아주 팔팔한 땡중들이 득실거리니까요."

묵향은 일전에 자신과 치열한 격투를 벌였던 공공대사를 말한 것이었다. 하지만 아직 그 사실을 알지 못하고 있던 만통음제는 진지하게 대답했다.

"아무리 소림의 무공이 강하다고 하지만, 실전 경험에 있어서 아주 취약하다네. 이쪽이 도와주지 않는다면 소림도 결코 무사하기 힘들게야."

이때, 수라도제가 묵향을 향해 말을 걸었다.

"천마신교에서도 이번 작전에 동참해 주시겠소?"

그 말에 묵향은 잠시 갈등했다. 사실 자신이 소림을 구하러 갈 이유가 없기 때문이다. 그리고 소림에는 공공대사라는 썩을 놈이 있지 않은가. 그때 당한 것을 갚아 주러 가도 시원찮은데, 구해 주러 갈 이유는 더욱 없었다. 오히려 묵향으로서는 자신을 대신해서 장인걸이 소림사를 불바다로 만들어 버렸으면 좋겠다는 생각까지 하고 있었다. 그렇게 되면 손 안 대고 코 푼 격이니 얼마나 바람직한 전개인가.

하지만 묵향에게는 한 가지 해야 할 일이 있었다. 그것은 바로 옥대진과 능비화 두 연놈을 괴롭히는 것이었다. 그러기 위해서는 소림사 같이 격전이 벌어지는 장소가 훨씬 더 좋을 것이다. 양양성에 남아 있어 봐야 내년 봄까지는 전쟁이 벌어질 가능성이 희박했다.

묵향은 천천히 고개를 끄덕이며 대답했다.

"본좌도 참여하겠네. 물론, 본좌 혼자만 갈 것이야. 거의 모든 고수들을 소림사로 뺀다면 양양성은 텅 비게 될 것이 아닌가. 그런 만큼 수하들에게는 양양성을 지키고 있으라고 명해 놓겠네."

교주가 너무나도 선선히 승낙하자, 수라도제는 새삼스럽게 상대를 다시 바라볼 수밖에 없었다.

'과연 마교라는 최강의 방파를 이끌 만한 인물이로다. 자신의 목숨을 노린 것을 뻔히 알면서도 그냥 넘어가는 배포. 확실히 흑풍대주 같은 뛰어난 인물들이 그의 밑에 있는 것도 다 이유가 있는 것이겠지. 아무리 마교가 강자지존의 법칙이 통용되는 세계라고 해도, 무공만 강하다고 해서 지존의 자리를 지킬 수는 없을 테니 말이야.'

그 말에 수라도제는 그 어떤 반론도 제기할 수 없었다. 그도 그 부분이 계속 마음에 걸렸었기 때문이다. 그렇기에 수라도제는 묵향을 향해 포권하며 말했다.

"교주님의 의향이 그러하시다면, 양양성을 맡기겠소이다."

회의실에서 나오며 묵향은 관지에게 명령했다.

"자네는 흑풍대를 거느리고 이곳에 남게나. 정파의 고수들이 빠져나간 만큼 양양성의 방어력은 취약해질 테니, 그 공백을 자네와 흑풍대가 메워 주게. 자네라면 충분히 해내리라 믿지만, 결코 목숨을 걸 필요는 없다네."

"예? 그건 무슨 말씀이십니까?"

관지가 의아해하는 것도 당연했다. 충분히 해내리라 믿는다면서 목숨을 걸지 말라니 뭔가 아귀가 맞지 않는 것이다. 묵향은 빙긋 미소 지으며 대답했다.

"이것은 본교의 싸움이 아니야. 양양성쯤이야 그냥 내줘도 돼. 본교에 아직 동원하지 않은 엄청난 전력이 남아 있음을 잊지는 않았겠지? 양양성 따위는 나중에 얼마든지 되찾을 수 있다네. 하지만 자네를 잃으면 본좌는 어디서 자네를 대신할 자를 찾는다는 말인가? 알겠는가?"

그 말에 감동한 관지는 군례를 드리며 힘 있게 대답했다.

"기대에 보응하도록 최선을 다하겠습니다."

## 벽곡단 한 알의 의미

　맑은 독경 소리가 들려오고 있었지만 그것을 듣고 있는 소림 장문인의 마음은 답답하기 그지없었다. 숭산 인근을 포위하고 있는 금군의 존재 때문이었다. 물론 금군 병사들이 소림사에 대해 적대감을 드러낸 적은 단 한 번도 없었다. 다만 그들은 소림으로 들어가는 모든 길목을 막고 무림인인 듯한 자들이 소림으로 가는 것을 막고 있을 뿐이었다. 하지만 지금껏 이런 일을 한 번도 당해 본 적이 없는 소림이다 보니 그들이 왜 그곳에서 그런 행동을 하는지 도무지 짐작할 수가 없었다.
　오랜 세월 소림은 무림의 일에 일체 관여하지 않고 있었다. 모든 정파의 무림인들이 마교라는 숙적을 없애기 위해 광분하고 있을 때, 그들은 그들 나름대로 소림사 최악의 치부라고 할 수 있었던 만사불황을 없애는 데 전력을 투입하고 있었던 것이다.

모든 인생살이는 새옹지마(塞翁之馬)라고 하듯, 지금껏 화가 되어 왔던 만사불황은 일순간의 각성으로 인해 소림사의 커다란 복이 되어 있었다. 그리고 많은 방파들이 마교와의 싸움에서 막심한 피해를 입었다고 해도, 소림은 그와 무관했다. 하지만 얻는 게 있다면 잃는 것도 있는 법. 오랜 세월 무림의 일에 무관심했던 대가로 현 장문인인 덕량대사(德良大使)는 외부에서 일어나는 일에 대해 아무것도 알지 못하고 있었다.
　"아미타불……. 난제(難題)로다. 이 일을 어이하면 좋을꼬?"
　이때, 밖에서 조심스런 목소리가 들려왔다.
　"방장 스님."
　"무슨 일이냐?"
　"개방에서 비육걸개(肥肉乞丐) 시주께서 오셨습니다."
　비육걸개라면 개방의 장로가 아닌가. 외부의 정보가 부족한 이때, 정보에 능한 개방 장로의 등장은 부처님이 내리신 구원의 손길처럼 느껴졌다.
　"어서 드시라고 해라."
　"예."
　이어서 명호대로 살이 뒤룩뒤룩 찐 거지가 들어왔다. 그런데 그에게서 풍기는 악취가 얼마나 지독한지 그가 들어서는 순간 장문인은 숨이 턱 막히는 것을 느껴야만 했다. 하지만 그렇다고 냄새 난다고 나무랄 수는 없는 노릇이었다. 개방이 거지들의 문파라는 것은 누구나 다 알고 있는 사실이었으니 말이다.
　"커흠, 저, 시, 시주."
　"무슨 일이십니까?"

"아, 아무래도 이곳은 서로 간에 차분한 대화를 나누기에는 장소가 좋지 않은 것 같구려. 자, 노납을 따라오시구려."

악취를 참지 못하고 누렇게 찌들고 있는 장문인의 표정을 바라보며 비육걸개는 쓴웃음을 짓지 않을 수 없었다.

"그러지요, 뭐."

장문인이 밖으로 나오자, 방장실 앞에서 장로와 함께 온 꾀죄죄한 거지 네 명이 볕이 잘 드는 양지에 앉아 있다가 후다닥 일어서는 모습이 보였다. 그러니까 비육걸개까지 모두 다섯 명이 개방에서 파견되어 온 모양이다. 수는 얼마 되지 않지만, 이들이 뿜어내는 악취가 워낙 지독한지라 이들을 어디에다가 기거하게 해 줘야 할지 골치부터 아파지는 장문인이었다.

"자, 노납을 따라오시게나."

"예."

장문인이 비육걸개를 안내한 곳은 방장실 뒤편에 있는 산에 지어 놓은 자그마한 암자였다.

비육걸개는 이곳에 오면서 가지고 온 커다란 푸대자루 하나를 등에 지고 뒤따라 왔다. 그리고 그와 함께 온 거지들 또한 비육걸개가 지고 있는 것에 비해 결코 작지 않은 푸대자루를 하나씩 등에 지고 있었다. 한 번씩 '구구…' 하는 낮은 소리가 들려오는 것을 보면 아마도 그 안에는 전서구 등 연락에 필요한 것들이 들어 있는 모양이었다.

육중한 덩치를 지닌 비육걸개였지만 앞서 달려가는 장문인에 크게 뒤지지 않고 암자에 도착했다. 비육걸개의 경공술이 생각보다 뛰어나다기보다는, 방장실에서 암자까지의 거리가 멀지 않다는 점과 장문인이 경공술을 전력으로 펼치지 않았기에 가능한 결과였다.

"아무래도 귀사에 큰 겁란이 닥칠 것이라는 것이 본방의 예측이기에 그것을 알리기 위해 달려왔습니다."

옷섶 안으로 손을 넣어 근지러운 곳을 득득 긁으며 비육걸개가 입을 열었다. 그 모습에 장문인은 눈살을 살짝 찌푸렸지만, 그런 혐오감보다는 비육걸개의 입에서 나온 말이 안겨 준 충격이 더 컸다.

"겁란이라니요? 아미타불, 그게 도대체 무슨 말씀이시오?"

"지금 소림을 제외하고 장강 이북에 위치한 많은 문파들이 금군의 공격을 받고 있습니다. 금군은 각 문파를 공격해서 제압한 후, 문도들을 잡아들이고 있다고 하더군요."

"허어, 이상한 일이구려. 지금껏 관부가 무림에 개입한 일이 없었거늘, 그들이 왜 그런 행동을 한단 말이오?"

"아, 대사님께서는 잘 모르고 계셨던 모양이군요. 본방의 추측으로는 아마도 양양성에서 있었던 전투에 무림맹이 가세했다는 것을 알고 그들이 보복을 가해오는 것이 아닐까 생각합니다. 그놈들은 될 수 있으면 많은 포로들을 잡아들이고 있는데, 아마도 그들을 인질로 삼아 각 문파들에게 압력을 가하려는 행동이 아닐까 하고 본방에서는 추측하고 있습니다."

"허어, 시주의 말을 들어보니 과연 그럴 수도 있겠구려. 하지만 각 문파들의 반발이 크지 않겠소?"

"대사님의 말씀도 옳으십니다. 하지만 그들의 행동이 상상을 초월하고 있습니다. 9대문파의 하나인 종남파까지 무너졌을 정도니 말 다 했지 않겠습니까?"

 종남파가 무너졌다는 말에 장문인의 안색은 파랗게 질려 버렸다. 비육걸개는 피둥피둥하게 찐 살집 안에 감춰진 작은 눈알을 굴려 장문인의 안색을 살피며 조심스럽게 말을 이었다.

 "지금껏 황실이 무림을 억누르지 않은 것은 무림을 친다면 황실도 그에 상응하는 피해를 입기 때문이었습니다. 하지만 지금 금으로서는 잃을 게 없습니다. 안 그래도 무림맹은 금을 상대로 전쟁을 선포한 상태입니다. 무림과 싸우게 된다는 것이 확실시된 이상, 금이 각 문파를 공격하게 된 것은 당연한 순서였을 뿐입니다."

 비육걸개의 말에 장문인은 장탄식을 터뜨리며 말했다.

 "어허, 참. 이것 쉬운 문제가 아니구려. 아무래도 노납 혼자서 뭐라고 말할 사안은 아닌 것 같으니 원로들과 대화를 좀 해 봐야 할 듯하구려."

 "서두르시는 것이 좋으실 듯합니다."

 그렇게 대답한 후 비육걸개는 주위를 빙 둘러봤다. 아무래도 방장실에서 멀지 않은 곳이다 보니, 인적이 거의 없었다. 숨어서 뭔가 저지르기에 안성맞춤인 장소가 아닌가. 둔중해 보이는 그의 살집에 감춰진 작은 눈동자가 예리하게 빛나기 시작했다. 비육걸개는 막 발길을 돌리려는 장문인에게 재빨리 말을 걸었다.

 "아무래도 제가 한동안은 귀사에 머물러야 할 것 같은데, 여기에서 머물면 안 되겠습니까?"

 그 말에 장문인은 반색하지 않을 수 없었다. 저토록 지독한 냄새를 풍기는 인간들을 어디에다가 기거하게 해야 할지 생각만 해도 골치가 아플 지경이었는데, 그것이 일거에 해결된 것이다. 이곳은 완전히 독립된 작은 암자인 만큼 그 누구에게도 피해가 가지 않을 게 아닌가.

"물론이외다. 시주께서 편하실 대로 하시구려. 참 식사도 이곳으로 가져다 드리는 것이 어떻겠소이까? 그편이 편리하지 않으시겠소?"

식사 시간에 악취를 풍기는 자들이 들어온다면 그 누가 좋아하겠는가. 그렇다고 밥덩이를 안겨 주며 거지답게 마당에서 밥을 먹으라고 할 수도 없는 노릇이 아닌가. 그렇기에 장문인이 이런 제안을 한 것이었는데, 그 속뜻을 알고 있는지 모르지만 비육걸개는 환히 미소 지으며 고마워했다.

"물론 그래 주시면 저야 고마울 뿐이지요. 다만 좀 많이 부탁드립니다."

비육걸개의 기름진 몸을 힐끔 훔쳐보며 장문인이 중얼거렸다.

"많이… 말씀이시오?"

"예."

"알겠소이다. 그렇게 일러두겠소. 그럼 노납은 이만 가 보겠소이다."

장문인이 떠나고 난 후, 비육걸개는 함께 온 거지들 중의 한 명에게 명령했다.

"장문인을 만나 소식을 전했다고 총타에 전하거라."

"예, 장로님."

그 거지는 자신이 가지고 온 커다란 푸대자루를 뒤적거리기 시작했다. 푸대자루 안에는 제법 큼직한 새장이 하나 들어 있었는데, 그 안에는 10여 마리의 비둘기들이 들어 있었다. 거지는 소림사에 무사히 도착해서 비육걸개 장로가 소림사 장문인을 만났음을 아주 작고 얄팍한 양피지에 기록한 후 전통(箋筒) 안에 집어넣었다. 전통을 비둘기 다리에 묶고 재빨리 그것을 하늘 위로 날려 보냈다.

일단 지금 당장 해야 할 일을 끝마친 비육걸개는 날카로운 눈매로 주위를 두리번거리더니 자신이 지고 온 커다란 푸대자루를 뒤져 구운 닭 한 마리와 커다란 술병을 꺼냈다. 마개를 뜯은 후 몇 모금 급히 마신 비육걸개는 누가 본 사람이 없는지 다시 한 번 주위를 둘러보며 투덜거렸다.

"젠장, 소림사에다가도 전서구를 통한 연락망을 갖춰 놨었다면 노부가 여기까지 와서 고생하고 있을 필요가 없잖아."

태산북두라 일컬어지는 소림사에 파견되는 인물인 만큼 격식에 맞게 장로급은 되어야 할 것이 아닌가. 하지만 모든 장로들은 한결같이 자신만은 가지 않겠다고 한사코 손을 내저으며 거부했다. 그 이유는 바로 술과 음식 때문이었다. 아무리 소림사가 무공으로 유명하지만 사찰은 사찰이다. 신성한 사찰인 만큼 술을 마시기도 힘들뿐더러, 고기를 먹기는 더욱 힘들 것이 아닌가. 그렇다 보니 다른 장로들에 비해서 비교적 술을 적게 탐하고, 음식의 질보다는 양을 선호하는 비육걸개가 뽑히게 된 것이다.

방장 스님이 떠난 후, 몇 시진이 흘러 이윽고 식사 시간이 되었다.

젊은 중 서넛이 저마다 커다란 망태기를 하나씩 들고 암자로 다가오는 모습을 지켜보고 있던 거지 한 명이 재빨리 다가가서 말을 걸었다.

"스님, 저희들에게 오시는 길이십니까?"

그들 중 한 명이 합장을 한 후 정중하게 거지에게 대답했다.

"예, 개방에서 오신 시주님들께 음식을 공양해 드리기 위해 왔습니다."

"아, 예. 이거 감사합니다."

인사를 건넨 후, 거지는 나른한 표정으로 앉아서 볕을 쬐고 있는 동료들에게 외쳤다.

"이봐! 밥이다!"

그러자 거지들이 모두들 저마다 자신이 들고 온 푸대자루를 뒤적거리더니 큼지막한 바가지를 하나씩 꺼내 들고 다가왔다. 그런데 그들 중 한 명은 자신의 바가지 외에 커다란 항아리도 하나 가지고 왔다. 그 항아리를 어디에다가 쓰려고 가져오는 건지 알지 못했던 중들의 눈에 잠시지만 이채가 흘렀다.

먼저 밥 한 그릇씩이 저마다 꺼낸 바가지 안에 쏟아졌다. 그런 다음 그릇들에 정갈하게 담겨져 있던 산나물 요리들이 각자의 바가지 안에 엉망진창으로 뒤섞여 담겨졌다.

손님들께 전하는 음식이라 그릇에 담는 데도 정성을 쏟았건만, 곧장 모든 게 엉망으로 뒤섞이고 있는 모습을 보고 젊은 중들은 기가 막힌 모양이었다. 하지만 거지들을 향해 뭐라고 질책하지는 못했다. 방장 스님께서 이들을 정중히 모시라고 했는데, 시비를 걸 수가 없었던 것이다. 사실 거지들이 거지들 방식으로 먹겠다는데 뭐라고 하겠는가 말이다.

그런데 젊은 중들을 더욱 기가 막히게 만든 것은 각자 배식이 끝나자, 남은 음식들을 몽땅 다 커다란 항아리 안에 쏟아 붓기 시작한 것이었다. 사실 그들이 이리로 가지고 온 것은 거의 10인분에 달하는 음식이었기에 많은 음식이 남을 수밖에 없었다. 그걸 항아리에 때려 부어 뒀다가 나중에 먹으려고 할 줄이야…….

보다 못한 중들 중 한 명이 참견했다.

"아니, 그렇게 따로 챙겨 두실 필요 없으십니다. 남는 것은 그냥 놔두십시오. 저녁때가 되면 다시 음식을 가져다 드리겠습니다."

그 말에 거지들 중의 한 명이 무슨 소리를 하느냐는 듯 대꾸했다. 중들의 짐작과는 달리 항아리는 도시락통이 아니었던 것이다.

"그게 아닙니다, 스님. 이건 저희 장로님께서 드실 식샵니다. 그분께서 조금 많이 드시거든요. 헤헤."

혼자서 6인분의 식사를 하다니……. 그게 사람인가? 돼지지. 이때, 옆에 있던 거지가 참견을 했다.

"다음에 오실 때는 그냥 항아리 두 개에 음식을 듬뿍 넣어서 가지고 오십시오. 그편이 들고 오시기도 편하시지 않겠습니까? 그리고 저희들로서도 그중 하나를 장로님께 곤장 가져다 드리면 되니까 훨씬 편리하고 말입니다."

젊은 중은 기가 막힌 듯했지만 일견 일리 있는 말인지라 순순히 응낙했다.

"원하신다면 그렇게 해 드리겠습니다."

중들이 돌아간 후, 거지들은 돼지죽처럼 이것저것이 뒤섞인 식사를 맛있게 먹기 시작했다. 물론 수하들이 식사를 시작하고 있을 때, 암자 안에서는 비육걸개가 수하들이 건넨 6인분의 식사를 맛나게 먹어치우고 있는 중이었다.

한참 비육걸개가 항아리를 끼고 앉아 와구와구 음식물을 입속에

벽곡단 한 알의 의미 113

퍼 넣고 있을 때, 밖에서 그를 부르는 소리가 들렸다.

"장로님!"

비육걸개는 짜증 어린 어조로 대꾸했다.

"무슨 일이냐?"

"총타로부터 전령이 도착했습니다."

비육걸개는 입 안에 든 음식물을 거의 씹지도 않고 꿀꺼덕 삼킨 후 투덜거렸다.

"이런 젠장! 하필이면 한창 밥 먹고 있을 때 오고 지랄이야. 들어오라고 해!"

"옛."

땟국물이 질질 흐르는 거지 하나가 재빨리 암자 안으로 들어왔다. 비육걸개는 한 손으로는 입속으로 밥을 꾸역꾸역 퍼 넣으면서 다른 손을 앞으로 내밀었다. 전령으로 온 거지는 그 손에 자신이 가져온 서신을 쥐어 줬다. 입으로는 열심히 음식을 씹으면서 눈으로는 서신을 읽어 내려가던 비육걸개는 갑자기 맹렬하게 음식을 입속에 퍼 넣더니 더 이상 입속에 넣을 수 없을 지경이 되자 벌떡 자리에서 일어섰다. 이 서신을 지금 당장 소림방장에게 전해야 했기에 눈물을 머금고 자리에서 일어설 수밖에 없었던 것이다.

비육걸개의 방문을 받은 장문인의 표정은 떨떠름했다. 방장 스님은 방금 전에 식사를 마친 상태였다. 느긋한 포만감을 즐기며 향기로운 차 한 잔을 즐기고 있었는데, 악취를 풍기는 인물이 왔으니 결코 기분이 좋을 리가 없었다. 하지만 비육걸개의 말을 들은 장문인의 코에는 더 이상 악취 따위는 느껴지지도 않았다. 그런 하찮은 것에 신경 쓸 정신적 여유가 없었던 것이다.

"종남파를 무너뜨린 금군 병력이 본사로 향하고 있다고 하셨소이까?"

"예, 방금 전에 본방에서 도착한 서신입니다."

비육걸개는 방금 전달받은 서신을 장문인에게 전달하며 덧붙였다.

"아마도 종남파를 파괴하면서 큰 피해를 당했는지 그 수는 1천 기 정도로 줄어든 모양입니다. 하지만 종남파를 무너뜨리기 위해 동원된 만큼 그자들이 금군 최고의 정예임은 틀림없을 것입니다."

"아, 아미타불……."

비육걸개의 말에 방장은 뭐라고 대꾸는 못 하고 '아미타불'만 연신 중얼거리고 있었다.

"지금 가장 큰 문제는 여기저기에 있는 무림방파들을 휩쓴 금군 병사들이 모두 다 소림사로 집결하고 있다는 데 있습니다. 그들이 이곳에 집결하는 이유가 뭐겠습니까?"

"설마, 개방은 그들이 본사를 노리고 있다고 추측한다는 말씀이시오?"

"물론이죠. 지금까지 소림은 무림의 일에 거의 간섭하지 않으신 것이 사실입니다. 하지만 오랑캐 놈들의 입장에서 봤을 때, 소림이 언제까지 중립을 지키고 있을 거라고 확신할 수 있겠습니까? 그렇기에 병사들을 풀어 세력이 약한 곁가지들을 모두 다 제거한 후, 이곳으로 힘을 집결시키고 있는 겁니다."

"허어, 그것 큰일이구려."

"이제 다 전해드렸으니, 저는 이만 가 보겠습니다. 급히 하던 일이 있어서 말입니다."
"그러시구려. 바쁜 와중에 이렇듯 시간을 내어 직접 달려와 주셔서 감사하오이다."

비육걸개는 방장실을 나선 후 구르듯이 달려 암자로 돌아왔다. 어떤 놈이 훔쳐 먹을지도 모르는 자신의 소중하기 그지없는 밥 때문이었다. 후다닥 도착한 그는 항아리를 자세히 살펴봤다. 조금 양이 줄어든 것 같기도 하고, 아닌 것 같기도 하고 조금 헷갈리기도 했지만…, 아무래도 몇 숟가락 분량이 없어진 것만 같았다. 비육걸개의 투실투실한 뺨이 분노로 미세하게 떨리기 시작했다. 식탐이 하해(河海)와도 같이 많은 인간들이 다 그렇듯 비육걸개 또한 먹는 것에 있어서는 결코 양보가 없었다.
"아까 그 연락 왔던 놈 잡아 와."
그 말에 거지는 아연한 듯한 표정으로 되물었다.
"예? 그놈이라면 벌써 돌아갔는뎁쇼?"
그 말에 비육걸개는 자신이 우려한 것이 사실이었다는 듯 외쳤다.
"이런 망할! 그 새끼가 몰래 처먹고 뒤가 켕기니까 서둘러서 튀었구나."
신경질을 머리끝까지 내고 있는 비육걸개를 바라보며, 거지는 필사적으로 상대를 옹호했다.
"그럴 리가 있겠습니까? 그놈이 아무리 간뎅이가 크다고 해도, 하늘같으신 장로님의 밥을 슬쩍할 리가 있겠습니까?"
그 말에 비육걸개는 피둥피둥한 살집에 감춰져 있는 작은 눈알을 굴리며 외쳤다.
"너, 그거 목숨 걸고 장담할 수 있어?"
거지는 잘 알고 있었다. 이런 식으로 덤터기 써서 박살 난 자들이 얼마나 많았는지 말이다. 그 사실을 잘 알고 있는 그였기에 비육걸개가 뭔가 먹고 있을 때는 근처에도 안 갔었다. 물론 그놈이 결백하다는 것은 잘 알고 있다. 하지만 어떤 미친놈이 밥 몇 숟가락에 목숨을 걸겠는가. 그것도 내 일도 아닌데 말이다.
그는 재빨리 고개를 도리도리 가로저으며 대답했다.
"아, 아뇨."
비육걸개는 거지의 대답을 듣고 그것보라는 듯 더욱 확신에 찬 어조로 명령했다.
"너, 빨리 가서 그놈 잡아 와."
"옛."
거지가 달려 나가고 난 후, 비육걸개는 항아리를 끌어안고 다시금 밥을 악구악구 입속에 퍼 넣기 시작했다.

비육걸개와 대화를 나눈 후, 장문인의 마음속은 더욱 심란했다. 아무리 소림이 무림의 태산북두라고 하지만 몇 번인가 외세의 침공을 당해 본 역사가 있었다. 하지만 그건 정파 무림의 숙적이라고 할 수 있는 마교도들에 의해서였다. 이렇듯 병사들과 대치를 한 적은 지금껏 단 한 번도 없었다. 물론 금군 병사 개개인의 힘은 지금껏 싸워 왔던 마교도들에 비하면 너무나도 미약할지도 모른다. 하지만 그들의 뒤에는 대 금제국이라는 거대한 제국이 버티고 있는 것이다.

벽곡단 한 알의 의미

이때, 장문인은 사형인 대정선사가 다가오는 것을 보고 급히 말을 걸었다.

"공공 사숙께서는 뭐라고 하셨습니까?"

장문인의 다급한 말에 대정선사는 한숨을 푹 내쉬며 대답했다. 그는 지금까지 공공대사를 설득하기 위해 참회동에 머물다가 오는 길이었던 것이다.

"아무런 대답도 듣지 못했습니다. 계속 면벽(面壁)만 하고 계실 뿐……."

"아니, 그렇다고 해도 뭔가 드시는 동안은 대화를 나눌 수 있었을 것 아닙니까?"

그 말에 대정선사는 고개를 가로저으며 대답했다.

"하루에 한 번 물과 벽곡단(壁穀丹)만 드실 뿐, 계속 면벽만 하고 계셔서 차분하게 대화를 나눌 시간을 찾기가 어렵더군요."

몰아의 경지에서 운기조식을 할 때만큼 고수들에게 취약한 때는 없다. 그렇기에 장시간 내공수련을 하자면 어딘가에 꼭꼭 숨어서 하게 된다. 물이야 한 항아리 들고 가면 그만이겠지만, 음식은 다르다. 오랜 시간 보관이 힘든 것이다. 그런 이유로 만들어진 것이 벽곡단이다. 장기간 보관이 가능할 뿐 아니라, 그걸 물과 함께 먹으면 최소한 굶어 죽을 걱정은 안 해도 되는 것이다.

"하루에 세 번이 아니라 한 번이라고요? 그래, 벽곡단은 충분히 드시고 계셨습니까?"

잠시 망설이는 듯하던 대정선사는 거짓말을 할 수는 없었기에 힘없이 대답했다.

"한 알씩 드시고 계셨습니다."

벽곡단 한 알이라는 말에 장문인의 안색이 창백해졌다.

"사숙께서 아무리 불도를 깊게 깨우치셨다고 하지만, 하루 한 알로 되겠습니까? 한 끼 식사로 대여섯 알은 먹어야 한다는 것은 누구나 다 알고 있는 사실이 아닙니까. 아미타불…, 사숙께서 이러다가 몸이라도 상하실까 정말 걱정입니다."

"전에 빈도가 말씀드리지 않았습니까? 사숙께서는 참회동에서 목숨을……."

"사형! 제발 다시는 그런 말씀 하지 마십시오."

이성을 잃고 소리치는 장문인의 눈에서 두려움을 읽었기에 대정선사는 재빨리 입을 다물었다. 대정선사도 지금 처한 소림의 위험을 잘 알고 있었다. 어쩌면 공공대사가 나서지 않는다면 소림은 멸문까지도 생각해야 할 정도가 아닌가.

"알겠습니다, 빈도가 다시 한 번 가 보겠습니다."

"부탁드리겠습니다, 사형."

대정선사가 돌아간 후, 장문인은 한숨을 푹 내쉴 수밖에 없었다. 다른 승려들은 아직까지 작금의 사태가 얼마나 소림에 위급한 것인지 잘 모르고 있었지만 장문인은 잘 알고 있었다. 지금 소림의 운명은 백척간두(百尺竿頭)에 놓인 듯 위태롭기 짝이 없음을. 이 사태를 잘 헤쳐 나가려면 사숙의 도움이 절대적으로 필요했다. 하지만 그는 지금 꿈쩍도 안 하고 있는 것이다.

"허어, 이 일을 어찌할꼬?"

사숙께서 해탈의 길로 한 걸음 한 걸음 다가가고 있음을 기뻐해야 하는 것이 응당 옳은 일이겠지만, 장문인으로서는 그럴 수가 없었다. 현재 소림을 중심으로 돌아가고 있는 모든 일들이 그를 그렇

벽곡단 한 알의 의미 119

게 만들고 있었던 것이다.

다음 날 비육걸개는 한껏 미소 띤 얼굴로 방장실을 찾아왔다. 살이 뒤룩뒤룩 찐 그가 미소를 지으니 너무나도 답답하고 징그럽게 보이는 것이 사실이었지만, 방장 스님은 결코 그런 내색은 하지도 않았다.

"이번에는 좋은 소식을 가져왔습니다, 방장 스님."

비육걸개의 말에 장문인의 눈빛은 궁금증으로 가득 찼다. 도대체 무슨 소식인데 그런단 말인가?

"수라도제 대협께서 양양성에 파견되었던 정예들을 이끌고 이곳으로 급히 달려오고 계시다고 합니다."

대단한 희소식임에 틀림없었다. 양양성에 파견되어 있는 고수들은 각 문파에서 고르고 고른 최정예들이 아닌가. 그들이 이곳으로 오고 있다면 큰 도움이 될 것이 분명했다.

"수라도제 시주께서 말이오? 허어, 참. 이런 고마울 데가 있나. 그래, 언제 도착하시게 되는지 말씀해 주실 수 있겠소이까?"

"워낙 먼 거리라서 아무리 서두르신다고 해도 5일은 걸릴 겁니다."

"아미타불…, 5일이라……."

지금 소림사를 포위하고 있는 금군의 수는 더욱 늘어나서 이제는 거의 3만에 달했다. 조만간에 금군은 행동을 시작할 것이다. 5일이라는 여유가 있을까?

이때, 지객당에 배치되어 있는 중 한 명이 화급히 달려오는 모습이 보였다. 지객당이라면 소림의 외당을 담당하는 곳이 아닌가. 그의 모습을 본 순간 장문인은 장탄식을 하며 중얼거렸다.

"허어, 무슨 일일꼬? 드디어 올 것이 온 겐가?"

잠시 후, 중년의 스님은 장문인에게 예를 건넨 후 다급히 말했다.

"금군 장수로부터 전령이 도착했습니다, 방장 스님."

"그 시주가 뭐라고 했는데 이렇게 다급히 달려왔느냐."

"앞으로 10년간 봉문(封門)하라는 말이었습니다. 하루 동안 생각할 여유를 줄 테니 선택하라고 했습니다."

"허어, 10년간의 봉문이라……."

봉문하라는 말은 곧 10년 동안 무림에서 완전히 손을 떼라는 말이 아닌가. 물론 지금까지 무림에서 일어나는 일에 가급적이면 관여를 하지 않았던 소림이었다. 그렇기에 봉문하는 것이 그렇게 어려운 일이라고 할 수도 없었다. 하지만 문제는 조용히 협상을 해 온 것도 아니고, 창칼을 앞세우고 협박을 해 오고 있다는 점이었다. 소림사가 창건되고 수많은 세월이 흘러왔지만, 감히 소림사를 상대로 이렇듯 대놓고 협박을 해 온 무리는 없었다.

"허어, 이거 난제(難題)로고."

장문인이 난감해 하는 것도 다 그럴 만한 충분한 이유가 있었다. 소림사에 8천에 이르는 승려들이 있다고 하지만, 선승들을 뺀다면 겨우 5천이 될까 말까한 숫자만 남게 된다. 물론 그 인원만 가지고도 충분히 이길 자신은 있었다. 하지만 이번에 승리하면 뭐할 것인가? 소림사는 지금 대 금제국의 영토 안에 위치해 있다. 즉, 금 황실의 명령을 안 들으면 반역도가 되는 것이다. 아무리 소림사의 위세가 하늘을 찌른다고 하더라도 거대한 제국을 상대로 전쟁을 벌

벽곡단 한 알의 의미 121

인다는 것은 자살 행위나 다름없었다. 아무리 옆에서 무림맹이 도와준다고 해도 말이다.

하지만 모두가 모르고 있는 사실이 있었으니, 여기 집결하고 있는 병사들은 보통의 병사들과는 차원이 다른 강자들이라는 사실이었다. 마교의 교주까지 지냈던 장인걸이 20여 년에 걸쳐 힘들여 키운 정예 병사들이 그들의 주축을 이루고 있었다. 그리고 극마급의 초강자인 장인걸도 이미 소림사를 포위하고 있는 수하들과 합류해 있었다. 1천여 리나 되는 먼 거리를 수하들은 말을 타고 달려오고 있었지만, 장인걸은 시간 절약을 위해 천마혈검대의 고수들만 거느리고 쉬지 않고 달려온 것이었다.

일반의 병사들이 상대라고 해도 수만에 달한다면 힘든 싸움이 될 것인데, 설상가상으로 상대는 장인걸이 직접 거느리는 정예병들이었다. 격전이 시작되면 소림사는 결코 무사할 수가 없었다.

"어떻게 하시겠습니까? 주위에 집결한 적은 3만이나 됩니다. 그 외에도 사방에서 금군들이 숭산으로 이동해 오고 있습니다. 아마 내일쯤이면 최악의 경우 1만 정도는 더 모일 겁니다."

"그 정보는 정확한 것이오이까?"

"물론입니다, 방장 스님."

장문인은 침중한 어조로 말했다.

"알겠소이다. 워낙 중대사가 되어 놔서 원로들과 상의를 좀 해 봐야겠구려."

## 10년간 봉문하라

 장생전(長生殿)에 장문인의 지시에 따라 소림을 떠받치는 모든 원로들이 집합했다. 평소에는 모두들 늙어서 열반에 드신 것이 아닌가 하고 추측될 정도로 모습조차 드리내지 않았던 공(公) 자배의 고승들이 모습을 비췄고, 대(大) 자배의 고승들도 이날만큼은 소림에 원로들이 이렇게 많았던가 싶을 정도로 많은 수가 모습을 드러냈다.
 장문인은 장생전에 모인 고승들에게 현재 소림이 처한 위기를 소상히 말했다.
 "물론 저들의 수가 엄청나다고 하지만 본사가 지닌 저력이라면 충분히 저들을 물리칠 수 있다고 생각합니다. 하지만 문제는 상대가 국가라는 데 있습니다. 이번에 저들을 물리친다 해도 얼마 지나지 않아 수십만의 금군이 또다시 몰려올 수도 있지 않겠습니까?"

장문인의 말에 원로들은 술렁거리기 시작했다. 하지만 역시 공식적으로 입을 연 것은 전대 장문인인 공지대사(空知大使)였다.

"허어, 본사가 창건된 후 지금까지 수많은 제국들이 하남을 지배했었소이다. 하지만 이토록 광오한 요구를 해 온 곳은 단 한 곳도 없었는데, 어찌 이런 일이 일어났단 말이오."

"사숙, 더 이상 생각해 볼 것도 없습니다. 지금껏 쌓아 놓은 소림의 위상을 생각해 보십시오. 만약 저들의 횡포에 굴복한다면 무림 동도들이 소림을 어떻게 생각하겠습니까? 드높은 명예를 한순간에 떨어뜨리기는 쉽겠지만, 그걸 다시 되찾기에는 엄청난 피와 땀이 필요하다는 사실을 명심해야 할 것입니다."

"사제의 말이 옳소이다. 장문인께서는 상대가 국가라서 저어하시는 모양인데, 병사들이 집단 전투에는 이쪽보다 능할지 모르지만, 무공에 있어서는 보잘것이 없지 않습니까? 한밤중에 기습을 가한다면 집단전 같은 거 몰라도 하등의 지장이 없습니다. 또, 수십만의 병사들이 몰려와 도저히 상대하기 힘들다면 퇴각하면 되지요. 남쪽에는 무림맹이 있고, 또 대 송제국도 건재합니다. 그들과 합류한다면……."

"사질! 말도 안 되는 소리 하지 말게나. 중원불교의 성지(聖地)인 소림사를 놔두고 어디로 간단 말인가? 오랑캐의 횡포에 굴복한다는 것이 치욕스럽기는 하지만, 성지를 보호하기 위해서는 어쩔 수 없지 않은가."

그 후로 수많은 토론이 오고가자 결국 원로들은 두 파로 나뉘었다. 하나는 성지를 오랑캐들의 말발굽에 짓밟히지 않도록 보호하기 위해 치욕스럽더라도 저들의 요구를 받아들여 봉문하자는 파와 또 하나는 무림에서 지켜온 대 소림의 위상이 있는데 이렇듯 적의 무력에 굴복하여 꼬리를 내리느니 결사 항전(決死抗戰)하자는 파였다.

새벽이 되자, 양쪽은 더 이상 설전을 벌이기도 질렸는지 한 가지 타협안을 내놨다.
"공공 사형께서 돌아오셨다고 하니 그분께 조언을 구하는 것이 좋지 않겠느냐?"
"사제의 의견이 옳도다."
공 자 배의 최연장자라고 할 수 있는 공지대사가 그 의견에 찬성하자, 그 말에 모두가 찬성하지 않을 수 없었다. 만약 결사 항전을 한다고 하더라도 소림 최강의 고수인 그의 도움은 절실한 것이었다. 그런 만큼 가장 깊은 수련을 쌓았다고 생각되어지는 공공대사에게 조언을 구하는 것이 옳을 것이다.
수많은 원로고승들이 줄을 지어 참회동(懺悔洞)으로 향했다. 참회동은 소림의 가장 깊은 곳에 마련된 조사들의 유품을 모아놓은 조사전(祖師殿)의 뒷산에 뚫린 동굴이었다. 그렇기에 원로 고승들이 이동하는 모습을 다른 승려들이 볼 수는 없었다. 하지만 비육걸개는 그 모습을 지켜볼 수 있었다. 자신이 기거하는 암자 또한 소림의 아주 깊숙한 곳에 자리하고 있었으니 말이다.
"어엇? 저분들은! 공 자 배 고승들이 아닌가?"
공 자 배라면 전대에 소림사를 이끌던 주축들이었다. 후진들에게 모든 것을 물려준 후, 그들은 단 한 번도 공식적인 자리에 모습을 드러낸 적이 없었다. 그렇기에 정보통이라고 하는 개방에서조차 대부분의 공 자 배 고승들은 열반에 들었을 것이라고 추측하고 있었다. 하지만 오늘 보니 그게 아니었다. 무려 10여 명에 이르는 노승들이 살아남아 있었던 것이다.

"드디어 소림사가 뭔가 결단을 내리려고 하는 모양이군."

몰래 가져온 술을 한 모금씩 아껴 마시며 구경하고 있던 비육걸개는 그 육중한 몸을 비호처럼 날렸다. 과연 소림의 선택은 뭘까? 너무나도 궁금했던 것이다. 신법을 구사하며 조심스럽게 달려가는 비육걸개의 모습은 도저히 돼지 같은 몸매를 지니고 있음을 믿지 못할 만큼 은밀한 것이었다.

하지만 비육걸개의 그런 움직임도 오래가지 않아 소림승들에게 포착되었다. 이곳에 모인 고승들 중에서 무공이 낮은 승려는 단 한 명도 없는 것이다. 어쩌면 이들이야말로 소림이 감춰 두고 있는 최강의 세력이라고 볼 수 있었다.

"거기 숨어 있는 시주는 누구신고?"

고승들의 이목이 자신에게 쏠리자 비육걸개는 쑥스러운 미소를 띠며 모습을 드러내지 않을 수 없었다. 한 사람이 충분히 껴안을 수 있을 정도밖에 안 되는 두께를 지닌 나무 뒤에서 슬그머니 모습을 드러내는 비육걸개. 방금 전에 그 엄청난 덩치가 그토록 가느다란(?) 나무에 의지해 모습을 감출 수 있었다는 게 그저 놀라울 따름이었다.

비육걸개의 모습을 확인하는 순간, 장문인이 한 발 앞으로 나서며 말했다.

"시주께는 죄송한 말씀이지만, 이곳은 외인이 출입할 수 없는 곳이외다. 그러니 돌아가 주셨으면 합니다."

인자한 표정으로 말했지만, 그 무엇으로도 타협할 수 없는 단호함이 듬뿍 묻어 있었다.
"죄, 죄송합니다, 방장 스님. 제가 워낙 궁금증을 참지 못하는지라 결례를 저질렀습니다. 용서하시기를 바랍니다."
비육걸개는 용서를 구한 후, 발길을 돌렸다. 암자로 돌아가는 비육걸개의 발걸음에는 아쉬움이 담뿍 배어 있었다.

"공공 사숙, 참회 도중에 정말 송구스럽습니다만, 잠시 시간을 내주실 수 있겠습니까? 긴히 아뢸 말씀이 있습니다."
많은 고승들이 참회동 앞에 집결해 있음을 공공대사가 모를 리 없었다. 소림의 모든 원로들이 한자리에 모였다는 것은 그만큼 중대한 일이 있음을 말해주는 것이었다.
잠시 후, 공공대사가 모습을 드러냈다. 그의 모습은 처음 참회동에 들어갈 때에 비해 많이 수척해져 있었다. 사실 하루 식사량이 겨우 벽곡단 한 알이라는 것은 굶어죽기 딱 알맞은 분량인 것이다.
"무슨 일인고?"
그 말에 공지대사가 한 발자국 앞으로 나서며 말을 걸었다.
"사제 오랜만이구나."
"예, 사형."
정말 오랜 시간 헤어져 있던 사형제 간이었다. 그리고 그것은 비단 공지 사형만이 아니었다. 많은 사제들이 있었고, 또 사질들도 있었다. 그들의 거의 대부분을 공공대사는 알고 있었다. 오랜만에 만난 기쁨에 뛸 듯이 기뻐해야 함에도 그들을 바라보는 공공대사의 두 눈은 무심하기 그지없었다.

"그래 상의할 일은 무엇이오이까?"

장문인인 대덕대사가 지금 현재 일어나고 있는 대 금제국과의 갈등에 대해 자세히 설명했다. 무력을 앞세운 금제국의 협박을 들어줘야 하는지, 아니면 그에 맞설 것인지……. 그 말을 다 들은 공공대사는 무심한 어조로 입을 열었다.

"허어, 모든 것이 헛되고도 헛되도다. 명성이라는 것은 무엇이고, 자존심이라는 것은 또 무엇인고? 그리고 불제자가 불도를 쌓는 데 산속이면 어떻고, 들판이면 또 어떤고?"

잠시 한심하다는 듯한 시선으로 고승들을 바라보던 공공대사는 더 이상 할 말이 없다는 듯 말을 이었다.

"노납을 붙잡고 쓸데없는 소리 하지 말고, 모두들 불도에나 정진하시게나."

더 이상 대화할 필요를 못 느꼈는지 공공대사는 조용히 몸을 돌려 참회동 안으로 들어가 버렸다. 그의 말에 다른 고승들은 아무런 대꾸도 할 수가 없었다.

부끄러웠던 것이다. 자신들이 소림에 들어온 것이 무엇 때문이었던가? 바로 불도를 닦기 위함이 아니었던가. 그런데 언제부터 세속적인 명예와 위상에 눈이 멀어 이렇게 변해 버렸는지.

공지대사는 참회동 안으로 들어가는 공공대사를 바라보며 나직이 탄식을 터뜨렸다.

"허어, 지금까지의 수행이 헛되고도 헛된 것이었구나. 정작 참회동에 들어가야 할 사람은 노납이었는데 그걸 몰랐으니…, 아미타불."

공공대사가 한 말은 몇 마디 되지 않았지만 공지대사에게는 적지 않은 충격을 안겨 주었다. 공공대사 말은 불도를 닦는 데 있어서 소림사라는 굴레에 집착하고 있는 원로들에게 일침을 가하는 것이었다. 사실 공공대사의 말은 하나도 틀린 점이 없었다. 불도를 닦는 데 소림사에서 닦으면 해탈하고, 다른 곳에서 닦으면 해탈하지 못하는 것이 아니지 않은가.

　미망 속에서 헤매던 자신을 일깨워 준 것에 대한 감사의 마음에서인지 공지대사는 참회동을 향해 합장을 하며 깊숙이 고개를 숙였다. 그리고는 장문인을 향해 고개를 돌렸다.

　"오늘 많은 것을 배운 듯하이. 그래, 장문인의 생각은 어떤고?"

　그 말에 장문인은 합장하며 대답했다.

　"사숙 어른의 뜻을 따르겠나이다."

　원로들과 공공대사와의 만남을 기점으로 소림의 행동은 무림맹이 전혀 원하지 않던 방향으로 흘러가게 되어 버렸다.

　비육걸개가 멀리서 훔쳐보는 가운데 장문인의 발표가 있었다. 이런 저런 말이 많았지만 그 요점은 이런 것이었다.

　'세속적인 명예와 위상에 연연하지 말고, 불제자로서의 본분을 다하라.'

　그 말은 곧 10년간 봉문하겠다는 말과도 같은 것이었다.

　선승들은 장문인의 결정에 전폭적인 지지를 보냈지만, 대부분의 무승들은 그렇지 못했다. 물론 그들도 승려인 만큼 장문인의 결정이 심히 못마땅했겠지만 그걸 대놓고 따지지는 못했다. 그들이 장문인 앞에서 떠들어댈 만큼 발언권을 지니고 있지도 못한 것도 사실이었지만, 그들 또한 불제자였다. 무공을 익히는 데 불경을 읽는 것보다 더 많은 시간을 할애하고 있는 것이 사실이었지만, 오랜 세월 소림에 기거하며 주워들은 풍월이라는 것이 있는 것이다. 불제자로서의 본분을 다하라는데 뭐라고 반박할 것인가.

"젠장! 일이 꼬이는군, 꼬여."

소림의 결정을 확인하자마자 비육걸개는 암자를 향해 구르는 듯이 달려갔다. 그는 암자에 도착하자마자, 옹기종기 모여 앉아 따뜻한 햇볕을 쬐며 사이좋게 이를 잡고 있는 거지들을 향해 소리쳤다.

"본방과 무림맹을 향해 전서구를 띄워라. 소림은 봉문하기로 결정했다고 말이다."

그 말에 방도들은 도무지 믿어지지 않는다는 듯한 표정으로 멍하니 있더니, 곧이어 허둥지둥 전서를 쓰기 시작했다.

장인걸은 도저히 믿어지지 않는다는 듯이 되물었다.

"소림사가 이쪽의 제의를 수락했다고 했느냐?"

편복대주(蝙蝠隊主)는 더욱 깊숙이 고개를 조아리며 대답했다.

"옛, 교주님."

소림사의 승려들은 상대의 협박 따위는 이빨도 들어가지 않을 정도로 자존심이 강한 무리들이었다. 그럴 수밖에 없는 것이 소림은 찬란한 명예를 지니고 있었고, 지닌바 힘은 막강했다. 강호에 나가면 소림승이라는 이유 하나만으로 수많은 강호인들에게 존경을 받았다. 그 분위기에 휩쓸려서 성장한 승려들이 소림의 이름에 자부심을 가지지 않을 이유가 없었다. 그런데 그런 그들이 봉문 제의를 간단히 수락했으니 장인걸로서는 황당스럽기 짝이 없었다. 그는 이 계획을 세우면서 소림이 그 제의를 순순히 응락할 것이라고는 상상도 해 본 적이 없었던 것이다.

그렇기에 장인걸은 소림사를 공격하는 데 있어서 자신이 보유한 최정예 고수들을 모두 다 집결시켰다. 그리고 그것도 모자라서 소림에 보내는 전령을 일부러 무공을 연성하지 않은 자를 골라서 보내지 않았던가. 소림이 이쪽을 가볍게 보고 대비를 하지 않게 만들기 위한 가벼운 술수였다.

모든 준비를 다 갖춰 놓고도 안심이 안 되어 장인걸은 소림사가 거부했을 때 곧바로 공격을 가할 것인지, 아니면 좀 더 많은 병력이 모일 때까지 조금 더 기다릴 것인지 머리를 굴리고 있던 참이었다.

"허엇, 참. 언제나 본좌의 뒤통수를 치는 땡중들이구먼. 설마, 순순히 백기를 들어 버릴 줄이야."

"계획대로 소림사를 공격하실 것이옵니까?"

장인걸은 고개를 가로저으며 단호하게 외쳤다.

"말도 안 되는 소리! 공격해 봐야 얻을 게 없다. 소림사가 지닌 무력은 상상을 초월한다. 꼭 필요하다면 혹 모르겠지만, 구태여 찾아가서 싸울 만큼 만만한 상대는 아니야."

그가 무림의 태두라고 불리는 소림사를 박살 내려고 한 것은, 자신의 말을 안 듣는다면 아무리 강력한 무림의 방파라고 해도 용서하지 않겠다는 의지를 보이려 함이었다. 희생은 크겠지만 그만큼 얻는 것 또한 많은 것이다. 하지만 지금 이 상황에서 소림을 친다면 소기의 목적을 전혀 달성할 수 없었다.

소림은 이쪽의 요구를 들어줬다. 요구를 들어준 자를 쳐서 없앤다면, 다른 문파들에게 '이렇게 해도 죽고, 저렇게 해도 죽으니 최후의 힘까지 짜내어 발악해라' 하고 충동질하는 것과 조금도 다를 바 없었다. 그렇게 되면 지금까지 힘들여 잡아들인 인질들은 아무짝에도 쓸모없는 존재들이 되는 것이다. 인질을 잡고 상대를 협박할 때는 나름대로 신용도를 쌓을 필요가 있는 것이다. 그래야 인질의 안위를 생각하며 이쪽의 말을 들을 게 아닌가.

"인질들의 정확한 신상 명세를 파악하는 작업은 언제 끝나겠는가?"

"수많은 문파에서 잡혀오고 있는지라 조금 더 시간이 필요하다고 합니다, 교주님."

"그래? 그렇다면 지금까지 작성된 명단을 무림맹에다가 넘기도록 해라. 본국에 반항하는 종남파 제자가 보인다면 종남파에서 잡아온 인질의 목을 벨 것이고, 황보세가의 제자가 반항한다면 황보세가에서 잡아온 인질의 목을 베겠다고 말이야. 그렇게 되면 많은 방파들이 무림맹으로부터 이탈하지 않을 수 없게 되겠지."

"소림을 파괴하지 못한 이상, 그런 협박을 해도 큰 효과를 기대할 수 없을 것이옵니다."

"흠, 그럴지도 모르지. 그래, 그런 말을 꺼낸 것으로 보아 자네는 뭔가 생각해 둔 것이 있는 모양이군."

"아뢰옵기 황송하옵니다만, 소림 대신 공동파를 치는 것은 어떻겠사옵니까?"

"공동파라고?"

"예, 공동파가 무림맹에서 차지하고 있는 비중은 대단히 높은 것이옵니다. 과거 무극검황 옥청학이 맹주직에 오른 후 장로들을 거의 대부분 공동파 출신의 인물들로 바꿨습니다. 지금 맹주가 태극검황(太極劍皇)으로 바뀌었다고 하지만, 아직까지도 상당수의 장로들은 공동파 출신이옵니다. 공동파를 파괴하고, 또 그 식솔들을 인질로 잡는다면 대단한 효과가 있을 것이 분명하옵니다."
"하지만 공동파는 본국의 영토 밖에 위치하고 있지 않으냐?"
"오히려 그 때문에 공동파를 치는 것이 더욱 효과적이라고 판단되옵니다. 만약 본국의 비위를 거스른다면 어디에 위치하느냐를 불문하고 응징하겠다는 의지를 드러내는 것이 아니겠사옵니까? 그렇게 되면 수많은 무림의 방파들이 몸을 사릴 것이옵니다."
그 말이 매우 장인걸의 마음에 들었는지 옅은 미소를 지으며 고개를 끄덕였다.
"그대의 조언을 받아들이도록 하겠네."
"감사하옵니다, 교주님."
"좋아, 무림맹에 사신을 보내는 것은 공동파를 파괴한 뒤로 미루도록 하지."
"현명하신 판단이시옵니다. 참, 기왕에 소림사가 문을 닫았으니, 그들을 치지는 못한다고 하더라도 그 사실을 이용할 수는 있지 않겠사옵니까?"
"어떻게 말이냐."
"예, 무림에서 소림사가 차지하고 있는 비중은 대단히 높은 것이옵니다. 그런 그들조차 본국에 거역하지 못하고 봉문을 선언했다는 것을 전 중원에 걸쳐 광고하는 것이옵니다. 그렇게 되면 작은 군소문파들이 감히 본국에 대들 엄두를 낼 수 있겠사옵니까? 거기에다가 그렇게 하면 무림맹과 소림사 간에 갈등도 조성될 수 있을 것이옵니다. 그야말로 일거양득이 아니겠사옵니까?"
그 말에 장인걸은 무릎을 탁 치며 외쳤다.
"그거 괜찮은 생각이로다. 그대로 시행하라."

"옛, 그럼 속하는 물러가겠사옵니다."

"나가는 길에 나하추 원수보고 나한테 오라고 전하게."

"예, 교주님."

편복대주가 물러가고 난 다음, 잠시 후에 나하추 원수가 묵직한 갑주를 철그렁거리며 들어왔다. 그는 우렁찬 목소리로 군례를 올리며 외쳤다.

"대원수님을 뵈옵니다. 본관을 찾으셨다고 해서 달려왔사옵니다."

"본좌는 공동파를 친 후 귀관과 합류할 것이다. 그동안 귀관은 본좌를 대신하여 즉시 모든 병력을 이끌고 남양(南陽)으로 가서 군량(軍糧)을 지켜라."

양양성에서 후퇴한 무안 대장군과 50만 대군을 이끌고 남하한 고나합 원수가 합류하여 주둔하고 있는 곳이 노하구(老河口)였다. 그리고 이들 60만이나 되는 대군이 소비할 막대한 식량을 비축하고 있는 곳이 바로 남양이었다.

전사한 파저 원수가 양양성을 공격할 당시만 해도 남양은 그렇게 중요하지 않았다. 양양성이 쉽사리 함락될 것이라고 생각되었기 때문이다. 하지만 지금은 얘기가 달라졌다. 이제 전쟁은 지루한 장기전으로 변질돼 가고 있는 중이었다. 거기에다가 계절은 지금 겨울을 코앞에 두고 있지 않은가. 긴 겨울이 지나갈 동안 군사 작전을 감행할 수는 없지만, 싸움이 없다고 병사들을 굶길 수도 없는 노릇이었다.

남양은 금군 60만 대군이 수개월에 걸쳐 소비할 막대한 군량을 쌓아 두고 있는 장소였다. 만약 적들이 이곳 남양의 군량을 없애 버린다면 60만 대군은 싸우지도 못하고 후퇴할 수밖에 없었다. 그런 만큼 남양의 방어는 매우 중요한 현안이었다.

"목숨을 걸고 임무를 완수하겠나이다."

"그렇게 장담할 만큼 손쉬운 임무는 아니야. 무림인이라고 불리는 무공이 뛰어난 놈들이 송군을 돕고 있어. 그 점을 감안하여 귀관에게 여섯 명의 고수와 쓸만한 녀석 1백 명을 골라 주겠네. 그들을 잘 활용한다면 무림의 떨거지들을 손쉽게 막을 수 있을게야."

그 말에 나하추 원수의 안색이 환하게 밝아졌다. 방금 전 대원수가 거론한 인물들은 모두 다 대원수 직속의 엄청난 수준의 고수들이었다. 특히나 그들 중 여섯은 대원수의 명령만을 받드는 도무지 인간이라고 볼 수 없을 정도의 강자들이었다. 그들을 자신에게 준다면 무공 강한 놈 한둘쯤 야밤에 침투해 와도 겁날 것이 없었다.

"옛, 감사드리옵니다, 대원수."

소림사가 봉문을 결의한 다음 날 오후가 되자 수라도제가 이끄는 1천여 명에 달하는 구원 세력이 숭산 인근에 모습을 드러냈다. 쉬지 않고 달려와서 그런지 모두들 피곤에 지친 모습이었지만, 고르고 고른 고수들답게 그 눈빛만큼은 형형하기 그지없었다.

수라도제는 소림사에서 벌어지고 있는 사건이 워낙 화급을 요하는 것이었기에 자신이 이끌고 갈 고수들을 실력에 따라 다섯 개의 무리로 나눴다. 각 문파들이 자랑하는 가장 뛰어난 고수들을 1진으로 삼고, 그 외에는 문파별로 평균적인 실력을 측정하여 네 개의 무리들로 나눴다. 1진은 수라도제가 직접 지휘하고, 그 외의 다른 무리들은 각각 이름 있는 명숙들을 선택하여 지휘를 맡겼다.

적들이 소림으로 몰려오고 있는 이상, 더 이상 지체할 시간 여유는 없었기에 최대한 빠른 속도로 이동하여 소림에 도착하라는 지시를 모두에게 내렸다. 그런 다음 수라도제는 밤낮을 가리지 않고 달려 이곳 소림사에 도착한 것이다.

묵향은 저 멀리 어렴풋이 보이는 거대한 사찰을 보며 이죽거렸다.

"저기가 그 유명한 소림사로군요."

뭔가 비꼬는 듯한 어조였지만, 일단 묵향이 말을 꺼냈기에 만통음제는 질문을 던졌다.

"동생은 소림사에 온 것이 처음인가?"

"물론이죠. 제가 여기 올 일이 뭐가 있겠습니까? 하기야 생각해 보니 언젠가는 한 번 여기 와야 할 일이 있기는 했지만, 이런 식으로는 아니었죠."

묵향의 눈에서 순간적으로 광기가 번쩍인다고 느껴졌다.

"허어, 소림이 동생과 뭔가 은원(恩怨)을 맺은 모양이군. 이 우형에게도 말 못할 사연인가?"

"뭐 그렇게 큰 은원은 아닙니다. 멍청한 부하 놈 하나가 땡중들을 만만하게 보고 싸우다가 박살 났을 뿐이니까요."

언뜻 들으니까 별로 큰일도 아닌 듯했기에 만통음제는 속으로 저으기 안심했다. 사실 이런 시기에 마교가 소림사를 박살 내겠다고 든다면 정파와 큰 충돌이 벌어질 수밖에 없을 것이고, 자신은 마교와 정파의 사이에 끼어 아주 입장이 난처해지기 때문이었다.

가볍게 한담을 나누며 달려가다 보니 어느덧 소림사에 도착하게 되었다. 소림사에 도착했을 때, 가장 먼저 눈에 띈 것은 미동조차 하지 못한 채 소림사 정문을 뚫어지게 바라보며 서 있는 수라도제의 모습이었다.

"이상하네, 수라도제 정도의 인물이 도착했다고 하면 소림승들이 화급히 마중 나올……!"

바로 그때, 수라도제가 보고 있는 쪽을 향해 이리저리 시선을 맞추고 있던 묵향의 눈에도 소림사 정문에 붙어 있는 방이 보였다.

「소림은 향후 10년간 봉문하노라.」

"봉문이라고? 어떻게 이럴 수가!"

경악하는 묵향의 반응을 바라보며 만통음제는 거참 세상은 요지경이라는 생각을 하고 있었다. 가만히 옆에서 바라보니 소림이 봉문한 것에 대해 정파의 거두라는 수라도제보다 오히려 마교 교주가 더욱 경악하고 있는 듯했으니 말이다.

"동생도 소림이 봉문한 것이 대단히 의외인 모양이군."

"물론 의외지요. 지금껏 본교의 앞을 가로막아 온 놈들인데, 왜 금나라에 대해서는 맞설 생각을 안 하는 겁니까?"

"글쎄, 우형도 소림의 속사정까지는 알 수 없으니 뭐라고 대답을 해 줄 수가 없구먼."

잠시 후, 승려 몇 명이 모습을 드러냈다. 아마도 절문 앞에 많은 사람들이 모여들어 웅성거리는 것을 알고 밖으로 나온 모양이었다. 승려들 중에서 가장 나이가 지긋해 보이는 인물이 앞으로 나서며 입을 열었다.

"소승은 지객당의 굉량(宏亮)이라 하오이다. 이곳에 모이신 시주분들의 신색을 보니 모두들 무림을 종횡하시는 영웅들이신 모양인데 어찌 이곳에 왕림하셨소이까?"

굉량이 보니 많은 호걸들 중에서 이제 갓 서른을 넘긴 듯한 새파란 녀석이 앞으로 쓱 나서는 것이 보였기에 씁쓸한 입맛을 다셨다. 하지만 그 젊은이의 말을 듣는 순간 굉량의 표정은 경악감으로 가득 찰 수밖에 없었다.

"노부는 서문길제라고 하오."

서문길제라면 바로 저 서문세가를 이끌고 있는 수라도제의 이름이 아니었던가. 환골탈태를 했기에 그토록 젊게 보였던 것이다. 그토록 강한 고수가 많은 무림인들을 이끌고 이곳에 나타날 이유는 뻔한 것이었다. 그렇기에 굉량은 만면에 웃음을 가득 담아 정중하게 합장을 하며 답례를 했다. 하지만 얼굴과는 달리 그의 말투는 침중하기 그지없었다.

"아미타불, 본사가 위기에 처해 있다는 것을 아시고, 이렇듯 여러 무림의 영웅들께서 본사를 도와주러 달려와 주시다니 소승 감격을 금치 못하겠습니다. 하지만 헛된 걸음을 하시게 되어 뭐라 말씀드리기가 송구스럽기 그지없습니다."

그 말에 수라도제도 굉량을 향해 가볍게 포권하여 답례했다.

"소림은 정파의 기둥이라고 할 수 있소이다. 위기에 처해 있다면 응당 돕는 것이 도리지요."

예법에 따른 절차상의 대화는 이 정도로 하고, 수라도제는 이제서야 자신이 하고 싶은 말을 해야겠다고 생각했는지 정문에 걸려 있는 방을 손가락으로 가리키며 말했다.

"하지만, 저런 결정을 내릴 필요가 있었소이까?"

"아미타불, 소승도 자세한 사정은 알지 못합니다. 하지만 방장스님께서 결정하신 것을 소승이 어찌 따르지 않을 수 있겠습니까?"
 "허헛, 참. 지금껏 큰 일만 터지면 꼬리를 감추더니, 역시 소림은 믿을게 못 되었군. 이런 한심한 무리들을 돕기 위해 밤낮으로 달려온 내 자신이 한심하구나. 허명만 높은 소인배들이 무림의 태산북두라고 떠들다니······."
 수라도제의 말에 굉량의 안색에 은근한 노기가 서렸다.
 소림사를 찾아오는 모든 손님들을 상대하는 곳이 지객당이었고, 그것은 무림인들이라고 예외일 수 없었다. 굉량의 경우도 지객당에서 생활하며 많은 무림인들과 접했지만, 오늘처럼 지독한 소리는 들어 본 적이 없었다. 만약 다른 중생이 저딴 소리를 했다면 즉시 그 주둥이를 틀어막고 다리를 분질러놓겠지만, 상대는 수라도제였다. 그렇기에 굉량은 감히 발작하지 못하고 못마땅한 어조로 대꾸했다.
 "시주, 말씀이 너무 지나치십니다."
 그 말이 되려 수라도제의 심기를 더욱 건드린 듯 그의 언성은 더욱 높아졌다.
 "지나치기는 뭐가 지나치다는 말이냐! 네놈이 승려고, 또 이곳이 절이기에 노부가 지금 참고 있는 것이다. 만약 이곳이 다른 곳이었다면 당장 그따위 결정을 내린 놈의 목을 쳤을 것이다. 알겠느냐?"
 수라도제의 노기 어린 질책에 굉량의 안색 또한 노기로 붉게 물들었다. 사실 대부분의 무승들이 그러하듯 굉량 또한 대 소림을 무시하는 금군들과 싸우고 싶었다. 장문인의 결정만 아니었다면 그놈들의 머리통을 박살 내 놨을 것이다. 안 그래도 장문인의 결정이 매우 마음에 안 들었지만, 어쩔 수 없이 따르고 있는 상황이었다.

그런데 수라도제로부터 이런 조소 어린 질책까지 받게 되자, 수십 년 동안 쌓은 불력이 하나도 도움이 되지 않을 정도로 분노가 치밀어 올랐다. 하지만 무림최고수들 중 한 명에게 뭐라고 대꾸할 것인가? 잘못하면 정말 소림을 박살 내고도 남을 인물인데 말이다. 그렇기에 굉량은 분노를 참으며 무뚝뚝한 어조로 대꾸했다.

"시주의 마음은 잘 알겠습니다. 지객당주님께 시주의 말씀을 전해 드리겠습니다. 본사는 봉문한 만큼 손님을 받지 못하기에, 어려운 발걸음 하셨는데도 차 한 잔 대접해 드리지 못하겠군요. 그럼 안녕히 가십시오."

굉량은 자기 할 말만 퉁명스럽게 내뱉은 후, 안으로 들어가 버렸다.

"이런 빌어먹을 새끼들!"

말 상대할 인물까지 없어지자, 수라도제는 도저히 노기를 주체하기 힘든 상태였다. 한참 동안 거친 숨만 내쉬고 있던 수라도제의 눈에 또다시 문짝에 붙어 있는 방이 보였다.

「소림은 향후 10년간 봉문하노라.」

수라도제의 손이 어느 순간 등 뒤에 걸린 거도(巨刀)를 향해 움직였다.

쾅!

어느새 뽑혔는지 수라도제의 거대한 도는 한바탕 칼부림을 일으켰고, 그 효과는 즉시 나타났다. 소림사의 정문이 엄청난 굉음을 일으키며 희뿌연 먼지를 자욱하게 피워 올렸던 것이다.

"사돈, 소림의 행태에 분노하신 것은 충분히 이해할 수 있겠지만, 과연 이럴 필요까지 있겠습니까?"

"무슨 말씀이십니까? 제 분노는 아직 끝나지 않았습니다."

종리영우가 말리는데도 불구하고, 수라도제는 다시금 소림사로 시선을 돌렸다. 이때, 자욱하게 피어올랐던 먼지가 서서히 가라앉으며 박살이 나 있는 소림사의 정문이 모습을 드러냈다. 소림사의 정문은 1백 년 된 소나무를 가공하여 만든 대단히 튼튼한 것이었음에도 불구하고 그야말로 산산조각이 나 있었다. 그리고 그 문 뒤편으로 아연한 표정으로 서서 멀뚱히 무림의 군웅들을 바라보고 있는 중들의 모습도 보였다. 그들을 보고 수라도제는 잡아먹을 듯 으르렁거렸다.

"개새끼들! 그래, 10년간 봉문하겠다고? 좋다. 봉문의 시작은 네놈들 마음이겠지만, 끝도 그렇게 될 성 싶으냐? 이후 소림사 밖으로 나오는 새끼들은 노부가 친히 다리 몽뎅이를 분질러서 다시 처넣어줄 테다."

"허어, 사돈. 노기를 참으십시오. 이렇게 역정만 낸다고 해결될 일이 아닌 듯합니다. 자, 가시지요. 술이나 한잔 하면서 노기를 달래기로 하는 것이 어떻겠습니까?"

소림의 정문이 박살 날 정도의 소란이 벌어졌는데, 그것을 장문인이 모를 리 없었다. 장문인은 참혹하게 파괴되어 있는 정문을 보고는 한동안 말조차 하지 못했다. 이윽고 정신을 차린 장문인은 정문을 손으로 가리키며 옆에 서 있던 지객 당주를 향해 물었다.

"아미타불! 대체 이게 어찌 된 일이오?"

장문인의 말에 지객 당주는 고개를 조아리며 대답했다.

"수라도제 시주께서 많은 시주들을 이끌고 달려오셨던 모양입니다. 쾅하는 소리를 듣고 소승이 달려갔을 때는 이미 이렇게 된 후였습니다."

그러면서 지객 당주는 아예 정문이라고 부르기조차 민망한 모습을 하고 있는 '정문'을 손으로 가리켰다.

"수라도제 시주께서? 허어, 그 시주의 성정이 불같다고 하더니, 과연 소문대로인 모양이구려."

"그런데 문제는 이걸로 끝이 아니라는 겁니다. 소승이 그 시주께 정문을 파괴한 것에 대해 따지려고 할 때, 그분의 노기 어린 목소리가 들려오더군요."

그러면서 지객당주는 수라도제가 떠나기 전에 했던 말을 장문인에게 전했다. 그 말을 들은 장문인은 깊은 한숨이 섞인 불호를 내뱉지 않을 수 없었다. 너무나도 마음이 무거웠기 때문일 것이다.

"아미타불, 난제로고. 이 일을 어찌하면 좋단 말인가."

"옛말에 있지 않습니까? 처음에 자신의 이름을 만드는 것은 그 사람이지만, 나중에는 이름이 사람을 만든다고 말입니다. 그런데도 본사는 지금껏 만들어진 위명에 정면으로 배치되는 선택을 했으니, 그만큼 그 시주들이 느꼈던 배신감도 컸던 모양입니다."

"아미타불, 노납도 그리 생각하고 있다네. 본사가 처음부터 불제자들의 도량(道場)으로 알려져 있었다면, 이번 선택은 당연한 것으로 받아들여졌을 것인데……. 허어, 큰일이로다. 정문이 파괴된 것으로 끝나지 않고, 어쩌면 이번 선택으로 본사가 문을 닫을 수도 있음이니……. 그것이 생각만큼 간단한 일이 아니었음이야."

장문인은 깊은 시름에 잠겨 방장실로 돌아갔다. 혼자서 나름대로 많은 생각을 해 봤지만 뾰족한 수가 떠오르지 않았다. 지금은 대 금제국이라는 적이 버티고 서 있기에 모두들 정신이 그곳에 팔려 있겠지만, 10년 후에는 어떻게 변해 있을지 알 수가 없지 않은가. 만약 그때쯤 금과 무림 간의 분쟁이 끝난 후라면, 소림사는 서문세가, 아니 최악의 경우 무림맹과 싸워야 할지도 모르는 일이었다. 소림사가 지닌 저력이 아무리 막강하다고 해도 무림맹과 싸워서 살아남을 수는 없는 노릇이었다.

"허어, 늑대를 피해 범의 소굴로 발을 들여 놓았음이니…, 이 일을 어찌할꼬? 아참, 공공, 아니 공지 사숙께 여쭤 보는 것이 옳겠군."

공공대사는 일신에 지닌 무위도 무위지만, 워낙 세속에 초탈해 계신 듯하여 이런 것을 물어봐야 별 도움이 되지 않을 것이 분명했다. 오히려 이런 세속적인 문제는 조금 세속적인 인물에게 물어보는 것이 좋지 않겠는가.

## 얻는 것도 잃는 것도 없다

　수라도제가 이끄는 군웅들은 숭산 인근의 객잔에 자리를 잡았다. 3일 동안 쉬지 않고 달려온 길이다. 도중에 건량과 물만으로 끼니를 때우며, 산길을 가로질러 달려왔다. 그런데다가 설상가상으로 그것이 모두 다 헛고생이었다는 것을 알자, 허탈감과 함께 피로가 몰려올 수밖에 없었다.
　대부분이 간단하게 식사를 마친 후 잠자리에 들었지만, 수라도제 등 몇몇 피로를 모르는 고수들은 아직까지 자리에 남아 술잔을 기울이고 있었다. 수준이 떨어지는 자들이야 죽자고 달려온 길이 었는지 모르지만, 그들은 이곳까지 쉬엄쉬엄 달려온 것이나 다름없었기 때문이다.
　지금 술잔을 기울이고 있는 고수들은 모두 세 개의 패거리로 나뉘어 있었는데, 그 첫 번째가 패력검제와 황룡무제, 그리고 몇몇 무림의 원로들이었다. 술잔을 나누며 대화를 나누는 중에 간혹 언성까지 높아지는 것을 보면 오늘 보인 소림의 행태에 불만이 많음을 알 수 있었다.

그리고 다른 하나는 묵향과 만통음제였다. 그들은 화경을 상회하는 고수들답게 서로가 어기전성으로 대화를 나누며 술잔을 기울이는 중이었다. 자신들이 무슨 대화를 나누는지 호기심을 가지고 귀를 기울일지도 모르는 다른 놈들을 생각하면 그건 현명한 선택이었다.

그리고 마지막으로 수라도제와 그의 사돈인 종리영우 그리고 종리영우의 의제인 제갈기였다. 이들 또한 묵향 일행처럼 전음으로 대화를 나누고 있는 중이었다. 그 이유는 자신들의 대화를 남이 들어서 좋을 것이 하나도 없었기 때문이었다.

《노부는 기필코 소림을 용서하지 않겠습니다.》

이빨을 뿌드득 갈며 수라도제가 어기전성을 날리자, 그의 앞에 앉아 있던 종리영우가 부드러운 어조로 다독거렸다.

〈사돈의 마음을 노부가 모르는 바는 아닙니다. 하지만 그렇다고 해서 이 일을 감정대로 처리할 수도 없는 일이 아니겠습니까?〉

제갈기 또한 종리영우의 의견에 찬성이었다.

〈형님의 말씀이 옳은 듯합니다. 그리고 만약 소림에 적개심을 드러낸다고 해도 때가 별로 좋지 않습니다.〉

그 말에 수라도제의 눈썹이 꿈틀했다.

《때라고 했는가?》

〈물론입니다. 이번 일로 인해 소림이 소인배들의 집합소임이 드러났다고는 하나, 그들이 지닌 저력까지 무시해서는 안 되지요. 소림과 맞대결을 해서 승리를 거둘 자신이 있는 문파가 어디에 있겠습니까? 만약 있다면 저놈뿐일 것입니다. 제 말이 틀렸습니까?〉

턱짓으로 제갈기가 슬쩍 가리킨 것은 만통음제와 둘이서 술잔을 기울이고 있는 묵향이었다. 모두들 그쪽을 바라본 후, 한결같이 동의한다는 듯 고개를 끄덕였다.

〈만약 소림을 징죄하려면 무림의 공분을 일으키고, 무림맹이 직접 나서야만 합니다. 그런 식으로 하지 않는다면 설혹 승리를 거둔다 하더라도 그 피해가 너무나도 클 것입니다. 하지만 지금 무림맹은 금을 잡는 데 전력을 기울이고 있지 않습니까? 그런 만큼 소림을 응징하는 것은 금을 박살 낸 후가 아니면 안 될 것입니다.〉

그 말에 종리영우가 고개를 주억거리며 전음을 날렸다.

〈듣고 보니 동생의 의견이 옳은 듯하구만.〉

하지만 수라도제는 분노를 참을 수 없는 모양이었다. 그렇기에 그는 모두에게 어기전성을 날렸다.

《만약 그때가 되면 모두들 노부를 도와주시겠습니까?》

〈이르다 뿐이겠습니까, 사돈. 사돈께서는 소림의 대문이라도 박살 내며 분풀이라도 하셨는지 모르겠지만, 노부는 아직도 울화가 풀리지 않고 있습니다. 그게 언제가 될지는 모르겠지만, 사돈이 노부를 찾는다면 이놈을 들고 즉시 숭산으로 달려가겠습니다.〉

그러면서 그는 옆자리에 세워 놓은 거도(巨刀)의 손잡이를 슬쩍 잡으며 전음을 날렸다. 그리고 그의 의제인 제갈기 또한 함께 할 것을 맹세했다.

〈저 또한 형님이 하시는 일에 따르지 않을 수 있겠습니까? 불러만 주십시오. 만 리 길이라도 마다 않고 달려가겠습니다.〉

이때, 점소이의 외침 소리가 들려왔기에 그들의 시선은 문 쪽으로 돌아갔다.

"아니, 어디서 거지새끼가 안으로 들어오고 있어! 빨리 밖으로 안 나가?"

비럭질해서 먹는 신세인 주제에 도대체 어디서 뭘 처먹었는지 살이 뒤룩뒤룩 찐 거지 하나가 객잔 안으로 들어왔다가 점소이에게 욕을 얻어먹고 있는 중이었다. 점소이는 맹렬하게 거지에게 욕을 퍼부었지만, 거지는 점소이의 말을 들은 척도 안 하고 성큼성큼 안으로 들어왔다. 그 때문에 점소이는 할 수 없이 빗자루를 집어 들고 거지를 두들겨 팼지만, 거지는 전혀 아파 하는 기색조차 없었다. 거지는 객잔 안을 휙 둘러본 후, 수라도제 일행을 발견하고는 지체치 않고 다가갔다.

"오랜만입니다, 수라도제 대협."

"오, 비육걸개 장로가 아닌가? 반갑구먼. 안 그래도 개방 쪽에 연락을 넣으려고 생각하고 있었는데, 자네를 만나다니……."

하지만 비육걸개가 가깝게 다가오자 수라도제의 인상이 잔뜩 일그러졌다. 그럴 수밖에 없는 것이 비육걸개의 몸에서 지독한 악취가 풍겨 나왔기 때문이다. 수라도제는 코를 감싸 쥐며 투덜거렸다.

"크흐~ 냄새! 자네도 여전하구먼. 제발 딴 거는 모르겠지만 목욕 좀 하게. 코가 심히 괴로우니 말이야."

"크크큭, 원래 거지라는 것이 다 그렇고 그런 놈들 아니겠습니까? 거지한테 바랄 것을 바라셔야죠."

비육걸개는 너스레를 떨며, 넉살 좋게 자리를 차지하고 앉았다. 그런 다음 허락도 구하지 않고 상 위에 차려진 비싼 음식들을 입속에 마구마구 퍼 넣기 시작했다. 그들 간의 대화를 옆에서 유심히 바라보던 점소이는 인상을 찌푸리며 말없이 돌아가 버렸다. 모두들 칼을 차고 있는 무림인들이었다. 그런 그들에게 차마 밖으로 나가 달라고 할 용기가 없었던 것이다.

한참 동안 비육걸개가 맛나게 음식을 먹고 있는 모습을 바라보고 있던 수라도제는 상대가 도대체 아무런 말도 없이 먹기만 하고 있자 참지 못하고 먼저 말을 걸었다. 개방의 장로인 그가 이곳에 나타난 이유가 수라도제로서는 매우 궁금했던 것이다.

"그래, 자네가 여기는 어쩐 일인가?"

비육걸개는 입속에 있는 음식을 대충 씹지도 않고 삼킨 다음, 다른 음식을 손으로 움켜쥐며 대꾸했다.

"하남분타에서 영양 보충 좀 하고 있다가 대협께서 이곳으로 오신다기에 이렇게 달려왔습니다. 그런데 이거 정말 맛있군요, 대협."

"영양 보충이라니?"

"한 며칠 절간에서 지냈었거든요. 원래 절에서 나오는 식사라는 게 그렇고 그렇지 않습니까? 그래서 개 한 마리 잡아 영양 보충하던 중이었습니다."

그제서야 수라도제는 비육걸개도 소림사 문제로 이곳에 왔음을 짐작할 수 있었다.

"자네도 소림사가 봉문한다는 것을 알고 돌아가던 중이었던 게로군."

"예, 대협. 설마 그런 식으로 결론이 날 줄은 본방에서도 예측조차 하지 못했습니다. 그런데, 본방에는 무슨 일 때문에 기별을 넣으려고 하셨습니까?"
 "숭산에서 철수한 금군의 행방을 묻고자 해서 말일세. 그놈들이 어디로 갔나?"
 "호북성 방향으로 급히 남하하고 있는 것으로 알고 있습니다. 아마도 양양성 인근에 포진하고 있는 금군의 주력 부대와 합류하기 위해 이동하는 것이겠죠."
 그 말에 수라도제는 살기 어린 미소를 지으며 중얼거렸다.
 "그래? 잘됐군. 후발대가 도착하는 즉시 추격하여 그놈들을 박살 내 버려야겠어."
 바로 이때, 저쪽 자리에 앉아 있던 묵향이 슬금슬금 다가와서 빙그레 미소 지으며 비육걸개에게 말을 걸었다.
 "본의는 아니었지만 옆에서 듣게 되었는데 말씀이야, 자네가 소림에 있다가 왔다고?"
 새파란 젊은 것이 처음부터 말을 찍찍 놓고 있으니 비육걸개의 속마음이 편할 리 없었다. 허리에 검을 차고 있는 것을 보니 무림인인 듯한데, 수라도제 일행과 합석을 하지 못한 것을 보면 동석하기 힘들 정도로 배분이 낮다고 생각되어졌던 것이다. 비육걸개 또한 개방의 장로인 만큼 묵향의 인상착의 정도는 초상화를 통해 알고 있었다. 하지만 그가 설마 이곳에서 정파의 최고수들 중 한 명인 수라도제와 같은 객잔에 앉아 있을 거라고는 전혀 예상조차 하지 못한 것이 문제였다.
 "허어, 대협과 함께 온 후기지수인 모양이군. 아마 이번이 초출인 모양인데, 상대를 봐 가면서 말을 걸게나."
 이때 옆에 앉아 있던 수라도제가 아차하면서 재빨리 비육걸개에게 어기전성을 날렸다.

《초출이 아니라 마교 교주일세. 말조심 하게나.》

순간 비육걸개의 발그스레하던 뺨은 핏기 한 점 찾아볼 수 없을 정도로 창백해져 버렸다.

"허걱!"

"본좌는 상대를 봐 가면서 말하는 거니 네놈이 그런 걱정까지 해 줄 필요는 없다. 나는 네놈이 개방 출신이고, 또 소림사에 있다가 왔다는 점이 마음에 든 것뿐이니까 말이야. 자, 이제 우리 둘이서 오붓하게 대화나 좀 나눠 볼까?"

상대의 의향은 들어 보지도 않고 묵향은 수라도제에게 말했다.

"이녀석 좀 빌려 가겠네. 죽이지는 않을 테니 걱정 마시게나."

묵향의 말은 절대로 죽이지는 않겠지만, 죽기 직전까지 두들겨 패 줄 수는 있음을 암시하고 있었다.

그런데 수라도제로서도 의외였던 것이, 비육걸개가 순순히 묵향을 따라 객잔을 나가 버렸다는 점이었다. 만약 그가 못 가겠다고 버티면서 수라도제에게 구원을 청했다면 자신이 나설 수도 있었다. 그런데 비육걸개가 순순히 교주를 따라서 나가 버리자 수라도제로서는 그들 사이를 막아설 기회를 놓쳐 버린 것이다.

그렇기에 수라도제는 재빨리 묵향의 뒤를 따라 일어섰고, 다른 무림의 명숙들도 마찬가지였다. 만약 비육걸개가 개 맞듯이 맞고 있는 사태가 벌어진다면 도중에 끼어들어 그를 구출해야 했기 때문이다.

묵향은 멀리 가지도 않았다. 비육걸개를 객잔 뒤편 으슥한 곳으로 끌고 간 후, 궁금한 것을 묻기 시작했다.

"소림사가 왜 봉문을 선택했는지 그 이유를 듣고 싶은데 말씀이야. 입을 열지 않거나, 거짓말하면 어떻게 되는지 알고 있겠지?"

상대의 위협에 비육걸개의 투실투실한 뺨이 파르르 경련을 일으켰다. 그걸 모를 수 있겠는가. 저놈에게 박살 난 제자가 5백을 넘어섰는데 말이다. 오죽하면 개방이 저놈에게만은 정보를 공개하자고 결의했겠는가.

"물론입니다."

"하기야 잘 알고 있겠군. 본좌가 주리를 튼 개방 제자가 헤아릴 수 없을 정도니 말이야. 자, 빨리 말해 보라구."

"그게… 이런 말씀 드리기가 그렇지만, 사실 본방에서도 그 이유를 파악하지 못하고 있습니다."

그것이 진실을 말하기 싫다는 뜻으로 받아들인 묵향은 주먹을 꽉 쥐어 보이며 으르렁거렸다.

"뭣이? 이것이 정말 관을 봐야 정신을 차리려나?"

비육걸개는 난감하다는 듯 황급히 손을 내저으며 대꾸했다. 진실을 말하고 있는데도 불구하고 상대가 믿지를 않으니 그로서도 난처했던 것이다.

"사실입니다. 제가 분명히 수라도제 대협께서 이끄는 구원 세력이 곧이어 도착할 것이라는 정보까지 장문인에게 전달했습니다. 그런데도 예상외로 장문인은 봉문을 결의했습니다. 싸운다면 충분히 승산이 있었을 텐데 말입니다."

"물론 승산이 있고도 남으니까 본좌가 그 망할 놈들이 봉문을 선언한 이유를 네놈에게 묻는 거잖아. 아무도 소림을 돕지 않았다 해도 소림은 싸워서 이길 수 있었어. 그런데 왜 봉문한 것이지?"

그 말에 비육걸개의 투실투실한 살점에 묻혀 있던 자그마한 눈이 번쩍하고 빛났다. 교주는 뭔가 알고 있는 것이다. 개방이 모르고 있는 뭔가를 말이다. 그렇지 않고서야 저런 호언장담을 할 수 있을 리가 없지 않겠는가.

하지만 그걸 자신이 모른다는 걸 교주가 알게 해서는 안 된다. 슬슬 유도 신문을 하여 교주가 뭘 알고 있는 것인지 파악하는 것이 급선무였다. 비육걸개는 개방의 결의 때문에 어쩔 수 없이 교주에게 정보를 넘겨주려고 한 것이었는데, 의외로 오늘 큰 건수를 건지게 될지도 모른다고 속으로 생각했다.

"그러니까…, 봉문을 선언하기 전날 장생전에 고승들이 모여 밤새도록 의논했습니다."

"그래서?"

"그래서 어떤 결론이 났는지 저로서는 알 수 없습니다. 제가 장생전에 들어가서 직접 들을 수 있는 입장이 아니니 말입니다. 어찌 되었건 다음 날 아침이 되자 고승들이 모두 장생전에서 나오더군요. 그런 다음 그들은 모두 소림사 뒤에 있는 산봉우리로 올라갔습니다."

소림사에는 가 본 적도 없는 묵향이었기에 거기에 뭐가 있는지 알지 못했다.

"소림사 뒷산이라……. 거기에는 뭐가 있지?"

"뒷산 쪽으로 가면 먼저 조사전이 나옵니다. 그리고 그 뒤쪽으로 조금 더 올라가면 참회동이 나오지요. 그분들이 가는 방향으로 봐서 조사전으로 가는 것이 아니라 참회동으로 가는 것이 확실했습니다."

"참회동이라고? 그럴 리가."
"아닙니다. 그쪽이 확실했습니다. 자신들이 내린 결정이 선대들이 쌓은 업적을 무너뜨리게 될 것은 당연한 이치니, 어쩌면 그것을 참회하기 위해 가고 있던 것이 아닐까 하고 나름대로 생각해 봤습니다만……."

비육걸개는 자신의 추리를 묵향에게 말했지만, 묵향은 그의 말을 듣지도 않고 있었다. 그들이 참회동으로 갔다? 왜 참회동으로 갔다는 말일까? 모두 다 참회동으로 몰려간 후, 소림의 앞날을 결정할 중차대한 결정이 내려졌다. 그렇다면 참회동에 그런 결정을 내리는 데 결정적인 역할을 할 만큼 비중 있는 인물이 들어 있다는 말이 된다. 하지만 소림 내에서 그만한 발언권을 지닌 인물이 참회동에서 썩고 있을 이유가 없었다. 단 한 가지 가능성을 제외한다면 말이다.

물론 세상 사람들은 그런 가능성이 있음을 모른다. 왜냐하면 모두들 그가 미쳤다고 확신하고 있으니 말이다. 하지만 묵향은 그가 이제 제정신으로 돌아왔음을 잘 알고 있지 않던가.

"허어, 그러고 보니 그 미친놈이 참회동에 있었던 모양이군. 그런데 왜 그런 결정을 내린 것이지? 그가 합해진 소림의 힘이라면 금나라쯤이야 겁날 것이 없었을 텐데 말이야."

강자지존(强者之尊)의 법칙이 통하는 세계에서 성장해 온 묵향으로서는 도저히 소림이 내린 결정을 이해할 수 없었다. 이것은 그야말로 어린애와 어른의 싸움에서 어른이 대충 항복해 준 것이나 다름없지 않은가. 물론 어른이 어린애에게 뭔가 양보할 이유라도 있다면 또 모른다. 상대를 좋아하든지, 아니면 약점을 잡혔든지…….

"약점이라도 잡힌 것인가? 젠장, 도대체 무슨 일이지?"
 중얼거리던 묵향은 비육걸개를 향해 매서운 눈초리를 돌리며 질문했다.
 "그놈의 참회동이 어디 있지? 본좌가 알기 쉽게 설명해 봐."
 비육걸개는 땅바닥에다가 손가락으로 소림사의 내부 건물들을 그리면서 설명했다.
 "여기는 처음이시라고 하셨으니, 알기 쉽게 설명 드리죠. 그러니까 이곳이 저기 보이는 정문, 정문을 들어서서 정면에 보이는 가장 큰 건물이 대웅보전(大雄寶殿)이죠. 대웅보전 뒤편에 있는 건물이 바로 지객당입니다. 그 지객당 뒤편으로 몇 개의 건물들을 통과해서 쭉 더 들어가면 세 개의 건물이 나란히 서 있는 곳이 나옵니다."
 비육걸개의 설명에 묵향은 이해했다는 듯 고개를 끄덕이며 중얼거렸다.
 "흠, 그렇구먼."
 "그 건물들을 통과해서 이쪽으로 더욱 뒤로 들어가면 야트막한 산이 나오는데, 그 중간에 동굴이 하나 있습니다. 그게 참회동이죠. 참회동으로 올라가는 길 이쯤에 조사전이 있으니 아마도 찾기는 쉬우실 겁니다. 교주님의 능력을 의심하는 것은 아니지만, 워낙 경비가 삼엄한지라 손쉽게 침투하시기는 쉽지 않으실 텐데요?"
 비육걸개가 한 말은 사실이었다. 하지만 정파임을 자처하는 개방도가 아무리 방 내의 결의가 있었다고 해도 마교 우두머리에게 소림사 내부를 자세히 알려 주는 짓을 할 수 없는 일이 아닌가. 그렇기에 비육걸개가 선택한 것이 이것이었다. 진실을 알려는 주되, 조사전으로 가기에는 가장 험난한 길을 말해 주는 것이었다. 더군다나 상대는 조사전으로 가는 길을 가장 알기 쉽게 알려 달라고 했으니, 이 이상 더 알기 쉬운 길이 어디 있겠는가. 다른 길들이야 빙빙 돌아가야 하는데 말이다.

그가 알려 준 통로는 곧장 방장실을 통과하게 되어 있었다. 방장실은 소림사 최상급 무승들의 집합체인 팔대호원이 호위하고 있다. 그리고 그쪽으로 가는 도중에 나한전까지 덤으로 붙어 있었다. 그야말로 용담호혈(龍潭虎穴)이라고 볼 수 있었다.

그 설명을 다 들은 묵향은 다시 한 번 더 땅 위에 그려진 지도를 자세히 바라본 후, 비육걸개에게 말했다.

"이렇듯 자세하게 설명해 줘서 고맙군. 그럼 기회가 있다면 다음에 또 보기로 하지. 잘 가게나."

엄청난 속도의 경공을 발휘하여 자신의 시야에서 아스라이 사라지는 교주를 바라보며 비육걸개는 자신도 모르게 감탄할 수밖에 없었다.

"떠그랄! 정말 지랄같이 빠르군!"

잠시 후 비육걸개는 정신을 차린 듯 투덜거리기 시작했다.

"내가 미쳤냐? 너 같은 놈을 다시 보게. 그건 그렇고 저놈을 만났다는 걸 빨리 총타에 알려야겠어."

비육걸개의 두뇌가 재빨리 움직이기 시작했다. 먼저 마교 교주가 숭산에 있다는 것을 총타에 알리는 것이 급선무다. 그리고 혹시 교주가 소림사에서 볼일을 마친 후 수라도제 일행에 재 합류할지도 모르니, 수라도제 일행에다가 개방 제자 몇 명을 파견하는 일도 신속히 처리해야 한다. 그리고 또 뭐를 해야 할까?

이때, 비육걸개의 머릿속에 교주가 마지막에 했던 말이 떠올랐다. 알송달송한 수수께끼 같은 말. 미친놈이 참회동에 있다고? 그런데 미쳤다면 왜 고승들이 그의 말을 듣고 봉문을 했단 말인가. 미친놈 말을 들을 이유가 없지 않은가. 또 그 미친놈만 있으면 소림에게 금나라의 정예 병력 쯤이야 하루아침 해장거리도 안 되는 모양이다. 그 미친놈이 누구길래…….

비육걸개는 방금 전 교주가 한 수수께끼 같은 말이 무슨 뜻인지 파악해 내기 위해 둔중한 비곗덩어리 속에 감춰진 날카롭기 그지없는 두뇌를 맹렬히 회전시켰다.

"미친놈이라……. 그게 교주가 마음에 안 드는 사람을 칭할 때 즐겨 사용하는 욕인가, 아니면 진짜 상대가 미친 건가…….."

이때, 갑자기 비육걸개의 머릿속에 떠오르는 명호 하나가 있었다. 만사불황! 바로 주화입마에 빠져 미쳐 버린 소림사 최강의 무승을 일컫는 명호가 아니었던가. 교주가 말한 미친놈이 바로 그라고 가정한다면, 방금 전에 교주가 한 말이 전체적으로 무리 없이 해석될 수 있었다.

"허어, 바로 그거였군. 공공대사가 돌아왔음이야. 그러고 보니 내가 이러고 있을 때가 아니군."

비육걸개는 수라도제 일행에게 되돌아가서 이별을 고하는 것도 잊어버린 채 하남분타를 향해 전속력으로 경공을 전개해 달려가 버렸다.

이걸 몰래 숨어서 지켜보고 있었던 수라도제 일행 또한 경악감을 감추기는 어려웠다.

"고, 공공대사가 제정신을 차렸다는 말이 사실일까요?"

"방금 비육걸개가 말했지 않습니까? 아마 사실일 가능성이 클 겁니다."

"그렇다면 내가 이러고 있을 때가 아니군. 노부는 소림에 좀 다녀올 테니 남은 일행들을 부탁드리겠습니다."

수라도제도 공공대사를 만나러 가고 싶어 하는 것이리라. 물론 다른 사람들도 공공대사를 만나고 싶은 마음은 한결 같았지만, 그럴 수는 없었다.

공공대사는 참회동에 들어 있다. 그런 만큼 정식적인 경로를 통해서는 그를 절대로 만날 수 없을 것이다. 그렇다면 비공식적인 통로를 통해 만날 수밖에 없는데, 그걸 감행하자면 무공이 뛰어나야 함은 필수적인 요소였다. 소림의 중심지까지 몰래 숨어 들어가자면 보통 실력가지고는 어림도 없는 것이다.

"여부가 있겠습니까? 사돈. 이곳은 안심하시고 다녀오십시오."

수라도제도 소림사의 내부를 소상히 알지는 못한다. 그럴 수밖에 없는 것이 방장실 뒤편으로는 외인의 출입을 불허하는 곳인 것이다. 그렇기에 수라도제 또한 교주가 들어간 방향, 즉 비육걸개가 알기 쉽게 설명해 준 길을 통해 참회동으로 갈 수밖에 없었다.

과연 소림사가 지닌 저력은 막강한 것이었다. 실질적으로 무승들이 경비를 서고 있는 건물은 몇 군데 되지 않았다. 하지만 그런 드러나 있는 경비보다 숨어 있는 경비들이 더욱 무서웠다. 매복해 있는 자들의 실력은 세인들이 말하는 신검합일급에 달하는 막강한 실력을 지닌 승려들이었다.

물론 한밤중에 몰래 숨어든다면 조금 더 손쉬웠을지도 모르지만, 지금은 대낮이었다. 거기에다가 묵향이 통과하는 경로 상에는 방장실이 있지 않던가. 점점 더 안으로 들어갈수록 삼엄해지는 경비에 묵향 같은 탈마급 고수로서도 어려움을 느낄 정도였지만, 그렇다고 통과를 못할 정도는 아니었다. 아마도 마교 총타처럼 진세라든지, 함정까지 골고루 깔려 있었다면 그가 아무리 탈마급이라고 해도 몰래 통과한다는 것은 불가능에 가까웠을 것이다.

'저기 있는 것이 조사전인가? 그렇군, 저기 현판에 조사전이라고 쓰여 있네. 그 뚱뚱이가 제대로 설명했군. 그럼 저 길로 올라가면 되겠군.'

묵향이 참회동을 찾는 것은 어렵지 않았다. 워낙 비육걸개가 설명을 자세하게 해 준 덕분이었다.

'바로 이곳이군.'

묵향의 생각이 맞다는 것을 증명이라도 하듯 커다란 동굴 위에 '懺悔洞(참회동)'이라는 현판이 붙어 있었다.

그런데 묵향이 그곳에 도착하자마자 참회동 안에서 웅후한 음성이 들려왔다.

"들어오시게나."

상대가 어딘가에 숨어서 기습을 가해 올 수도 있음에도 불구하고 묵향은 서슴지 않고 참회동 안으로 들어가며 말했다.

"제법이로군. 본좌가 왔음을 바로 눈치 채는 것을 보면 말이야."

"교주와 빈승 간에 상당한 거리가 있었으니 그것을 어찌 알겠소이까? 다만 자연의 소리가 누군가 이곳에 들어왔음을 알려줬을 뿐이지요."

몇 날 며칠 동안 동굴 안에서만 기거해 온 공공대사였다. 그렇기에 주위에서 들려오는 풀벌레 소리라든지 바람 소리 등등 각종 소리들을 들을 수 있었다. 어느 시각에는 어떤 소리가 들려오는지 파악하고 있었던 그였기에 순간적인 외부인의 침입을 파악해 낼 수 있었던 것이다. 거기에다가 침입자가 이토록 가깝게 접근해 있는데도 불구하고 자신이 상대의 기척을 파악해 낼 수 없자, 오히려 그것으로 인해 침입자의 정체가 누군지 짐작할 수 있었다. 자신의 이목을 속이고 가깝게 접근할 수 있는 자는 그가 알기에 단 한 명뿐이었기에.

"흠, 그럴 수도 있겠군. 그건 그렇고, 전에 봤을 때보다 좀 야윈 것 같군."

"허헛, 한 줌 흙으로 돌아갈 육신인데 조금 야위면 어떻겠소이까. 그런데 시주께서는 어찌하여 이곳까지 오셨소?"

"한 가지 물어볼 것이 있어서 왔지."

"말씀해 보시구려."

"왜 봉문을 결정했는가? 소림은 엄청난 힘이 있어. 그것은 그 무엇보다 자네가 잘 알잖아? 그놈의 교리 때문에 살생을 하기 싫었던 것인가? 아니면 뭔가 약점이라도 잡힌 것인가?"

"시주, 이곳은 불도를 닦는 곳이라오."

왜 당연한 소리를 떠드는 것인지 의아하게 여기며 묵향이 퉁명스럽게 대꾸했다.

"그건 본좌도 알고 있어."

"그걸 아신다면서 왜 이곳까지 오셨소이까?"

"그야……."

말대답을 하려던 묵향은 자신의 실책이 무엇이었는지 깨닫고 입을 다물었다. 그렇다. 상대는 불도를 닦는 승려가 아닌가. 승려가 추구하는 것은 모든 욕망을 버리는 해탈이다. 사실 오욕칠정(五慾七情)의 모든 욕망을 버리는 것이 쉬운 일인가? 묵향이 살아오면서 그런 참된 구도의 길을 가는 승려는 본 적도 없었다. 그런데 지금 그의 앞에 그런 승려가 하나 서 있는 것이다. 그렇다보니 묵향으로서는 그의 마음을 도무지 이해할 수가 없었다.

하지만 과거 옥영진 대장군부에서 식객으로 있을 때, 엄청난 양의 독서를 했던 묵향이다. 자신의 감정으로는 도저히 이해할 수 없는 일이었지만, 어떤 일이 닥쳤을 때 제대로 된 길을 가는 승려라면 어떤 결정을 내릴지는 어렴풋이나마 생각해 낼 수 있었다. 물론 묵향보고 그 길을 가라고 한다면 결단코 사양하겠지만 말이다.

멈칫 한 발자국 뒤로 물러선 묵향은 공공대사를 새삼스레 다시 한 번 찬찬히 훑어봤다. 혜안이 어린 듯 깊숙이 가라앉은 눈동자. 얼마나 금식하며 참회했는지 헐렁한 가사 자락 사이로 깡마른 그의 육신이 드러나 있었다. 그렇게 생각하고 봐서 그런지 처음 그를 만났을 때에 비해 너무나도 달라져 있었다.

"대사께서는 도(道)를 얻은 모양이구려."

"허허헛, 얻은 것도 없고 잃은 것도 없소이다."

공공대사가 옅은 웃음을 짓고 있을 때, 밖에서 요란한 소리가 들려왔다. 커다란 종소리가 요란하게 들리고 누군가가 격투를 벌이는 듯, 병장기 소리와 폭음이 들려왔다.

"오늘 본사에 손님이 많은 듯하구려."

"나가 보지 않을 거요?"

"빈승이 꼭 나가 봐야 할 이유라도 있소이까?"

"물론 저 녀석도 대사의 손님이니까 그렇지. 간간이 들려오는 폭음. 뇌전도법이 지니는 특징이 아닌가. 아까 객잔에서 거지 녀석하고 얘기하고 있을 때 그놈이 엿듣고 있는 건 알았지만, 따라올 줄은 생각지도 못했군."

하지만 공공대사의 반응은 담담하기 그지없었다.

"서문세가에서 뛰어난 인재를 배출한 모양이구려."

"대사도 알 거외다, 서문길제라고."

아마 공공대사도 알 것이다. 공공대사보다는 30년 정도 연배가 뒤쳐지지만, 그가 미치기 전쯤에 이미 수라도제는 뛰어난 도객으로서 명성이 자자했었으니 말이다. 하지만 공공대사는 무림의 일에 더 이상 관심이 없는 듯했다.

"이제 하실 말씀 다 하셨으면 돌아가 주시겠소이까? 빈승은 할 일이 있어서……."

축객령에 묵향은 돌아서서 몇 발자국 나가는 듯하더니 순식간에 반전하여 공공대사를 향해 쏘아져 들어갔다 도대체 그가 언제 돌아서서 달려들었는지 눈치 채지도 못할 정도로 빠른 움직임이었다. 언제 뽑아 들었는지 묵혼검이 푸른 궤적을 남기며 빛과 같은 속도로 공공대사를 향해 찔러 들어갔다.

"왜 안 피하는 게요? 대사의 능력이면 충분할 텐데……."

묵혼검은 공공대사의 세 치 앞에 멈춰 서 있었다. 하지만 묵향이 무의식적으로 시전한 어검술에서 뿜어 나오는 푸른 강기로 인해 공공대사의 옷은 조금 찢어져 있었고, 옅은 선혈이 배어 나오고 있었다. 그것만 봐도 공공대사는 내공을 한 올도 끌어올리지 않은, 그야말로 무방비 상태였던 것을 알 수 있었다.

공공대사는 감정이 없는 어조로 대답했다.

"시주와 싸울 이유가 없소이다."

공공대사는 묵향의 검에서 살기가 느껴지지 않자 가만히 있었던 것이다.

그렇게 대답하는 공공대사의 눈에서 묵향은 더 이상 승부욕 따위는 찾아볼 수도 없었다. 만약 예전의 공공대사였다면 적이 자신을 죽일 마음이 있건 없건 호승심 때문에라도 맞상대를 해왔을 것이다. 엄청난 무위를 과시하며 승부욕에 불타오르던 공공대사를 마주한 지 얼마나 시간이 흘렀다고 사람이 이렇게 바뀔 수 있단 말인가.

자신이 추구하는 강함과는 다른 길을 걸어가고 있는 공공대사를 향해 묵향은 존경심을 가지지 않을 수 없었다. 그는 재빨리 검을 거두며 정중하게 말했다.

"대사는 정말 도를 얻었구려. 내가 이런 말 할 처지는 아니지만, 어쨌든 잘해 보시오. 그럼 이만 가 보겠소."

뒤돌아서는 묵향을 향해 공공대사가 말을 걸었다.

"그러고 보니 서문 시주가 교주를 따라왔다고 하셨소?"

"그렇소만."

"그런데 어찌하여 이곳으로 오기에 가장 어려운 길로 오셨소? 그 방향은 방장실이 있어서 가장 경비가 삼엄한 곳이라오. 그러니 갈 때는 다른 길로 가시는 것이 편할 거외다."

"고맙소."

묵향의 대답은 아무런 감정이 섞여 있지 않은 듯했지만, 그 속마음은 달랐다. 이따위로 길 안내를 한 비육걸개를 다음에 만나면 뼈를 추려 놓겠다고 마음속으로 다짐하고 있었던 것이다.

'그놈이 감히 가장 지독한 통로를 안내해? 내 이놈을 가만히 두나 봐라.'

묵향은 참회동을 나서자마자 곧장 자신이 왔던 방향으로 몸을 날렸다. 숨어 들어올 때야 인기척을 숨길 필요가 있었지만, 볼일 다 마쳤는데 그럴 이유가 없는 것이다. 전속력을 다해 경공술을 전개하고 있는 묵향을 따라올 수 있는 인물은 거의 없다고 봐도 과언이 아니기 때문이다.

묵향이 보라는 듯 엄청난 파공성을 흘리며 나한전 근처를 통과할 때, 수라도제가 승려들에게 포위된 채 뭔가 대화를 나누고 있는 장면이 보였다. 그가 뇌전도법을 사용한 이상, 승려들은 곧장 상대가 누군지 파악했을 것이고 아마도 그쯤에서 서로 간의 다툼은 끝이 난 모양이었다.

"잘해 봐라. 그래 가지고야 백날 가도 공공대사를 만날 수 있겠냐? 주제 파악을 할 줄 알아야지. 크흐흐훗."

묵향이 비웃음을 흘리며 지나가는 모습을 수라도제라고 못 봤을 리가 없었다. 수라도제 같은 고수가 저렇듯 엄청난 파공성을 흘리며 쏘아져 나가는 상대의 기척을 모른대서야 말이 안 되는 것이다. 한껏 비웃음을 짓고 있는 묵향의 얼굴을 본 순간 수라도제의 얼굴이 똥이라도 씹은 듯 일그러졌다. 엄청나게 자존심이 상했던 것이다.

"어엇! 저자는 뭐냐?"

"어디서 온 거지?"

수라도제를 포위하고 있던 승려들은 동요하기 시작했다. 이때 그들 중에서 나이가 지긋해 보이는 승려가 일갈했다.

"동요치 마라. 저자는 밖으로 나가는 자가 아니냐?"

이때, 수라도제와 대화를 나누고 있던 장문인이 침중한 안색으로 그에게 말했다.

"사질, 자네는 빨리 조사전으로 가 보게. 아무래도 그가 튀어나온 방향으로 보아 그쪽인 듯싶으이."

"예, 방장 스님."

그 승려가 달려가려 할 때, 수라도제가 입을 열었다. 그의 어조에는 씁쓸함이 짙게 묻어 있었다.

"조사전이 아니라 참회동일 것이외다."

"아니, 그건 무슨 말씀이십니까? 서문 시주."

"노부는 마교 교주의 뒤를 쫓아서 이리로 왔소이다. 나는 들켜서 여기 있고, 그는 아마 들어가는 데 성공한 모양이오. 그가 저렇듯 기척을 숨기지 않고 달려가는 것을 보니, 이제 볼일은 다 마쳤다는 뜻이겠지요."

그 말에 장문인의 안색이 더욱 창백해졌다.

"빨리 참회동으로…, 아니 노납이 직접 가지."

"이보시오 방장 대사, 노부도 함께 가면 안 되겠소?"

"아미타불. 서문 시주, 그곳은 절대로 외인의 출입이 허용되지 않는 소림의 중지외다. 노납이 그걸 어기면서까지 시주의 청을 들어드릴 수는 없소이다. 용서하시길 바라오이다."

나한전 소속의 무승 몇을 거느리고 재빨리 달려가는 장문인의 뒷모습을 바라보며 수라도제는 자신이 경솔했음을 후회했다. 이토록 경비가 엄중할 줄 알았다면 밤에 들어왔을 것이다. 밤이라면 자신의 실력으로 충분히 뚫고 들어갈 수 있었을 텐데……. 교주와 자신의 실력 차는 생각하지도 않고 괜히 따라 들어와서 이런 개망신을 당할 줄이야 그가 생각이나 했겠는가. 사실 그도 무림에서 열 손가락 안에 들어갈 정도의 초강자인데 말이다.

"그러고 보니 시주님께서는 본사를 위해서 이곳에 오셨었군요. 처음부터 그렇게 말씀해 주셨다면 서로가 좋지 않았겠습니까?"

아마도 이 승려는 수라도제가 마교 교주가 소림사에 침입한다는 사실을 알고 그것을 막기 위해 이곳으로 달려온 것으로 착각한 모양이었다. 하기야 수라도제 같은 무림의 명숙이 무슨 할 짓이 없어서 소림의 담장을 넘었겠는가? 절간에서 재물을 훔치기 위해 왔을 리도 없고, 무공서를 훔치기 위해 왔다는 것도 있을 수 없는 일이었다. 특히 승려에게 그런 심증을 더욱 명확히 굳혀 주는 것이 그가 밤도 아니고 낮에 소림의 담을 넘었다는 사실이었다.

승려가 오해를 하건 말건 수라도제야 지어 놓은 죄가 있다 보니 아무 대꾸도 힐 수 없었다.

"……."

"남은 일은 빈승들이 처리할 것이니 시주께서는 그만 돌아가 주시겠습니까? 어쨌건 교주가 이곳에 침입한다는 것을 아시고 여기까지 달려와 주신 점, 방장 스님을 대신해서 빈승이 깊이 감사드리겠습니다."

"그렇게 말하는 데야 노부도 어쩔 수 없지. 그럼 수고들 하게나."

더 이상 방법이 없음을 알고 수라도제는 발길을 돌릴 수밖에 없었다.

## 공동파로 가는 길

 수라도제가 객잔으로 돌아왔을 때, 객잔 한편에서 만통음제와 교주가 앉아 있는 모습이 눈에 들어왔다. 간간이 미소까지 짓고 있는 것을 보면 저 둘은 어기전성으로 뭔가 대화를 나누고 있는 모양이었다.
 공공대사가 뭐라고 하더냐는 질문을 묵향에게 던지려던 수라도제는 곧 마음을 돌렸다. 비웃음을 흘리며 옆으로 지나가던 묵향의 모습이 떠올랐기 때문이다. 수라도제는 내심 이빨을 갈며 다짐했다.
 '으드드득! 오냐, 오늘 밤에 월담을 해 주마. 아무리 많은 땡중들이 지키고 있다고 해도, 밤이라면 해낼 수 있어.'
 수라도제가 객잔으로 들어오는 모습을 보고 아직까지 자리를 지키고 있던 종리영우와 제갈기가 반겨 맞이했다.

〈그래, 어찌 되셨습니까? 공공대사는 만나셨습니까?〉

〈부끄럽게도 만나지 못했습니다.〉

모두들 의문에 찬 시선으로 자신을 바라보자, 수라도제는 씁쓸한 미소를 지으며 덧붙였다.

〈어이없게도 들켜 버리고 말았거든요. 그래서 밤에 다시 한 번 더 가 보려고 합니다.〉

〈과연 소림의 저력이 대단하긴 대단한 모양입니다. 아무리 낮이었다고는 하지만, 사돈께서 침투하시는 것을 발견해 내는 것을 보면 말입니다.〉

〈그런 이유도 있지만, 노부의 생각으로는 그 녀석이 알려 준 침투 경로에도 문제가 있는 듯했습니다. 나한전을 가로질러 방장실을 통과하라니, 그게 제정신을 지닌 자가 선택할 침입로겠습니까? 나한전과 팔대호원에서 무승들이 쏟아져 나오는 것을 보고서야 그 망할 녀석에게 당했다는 게 느껴지더군요.〉

종리엉우와 재갈기는 이제서야 이해기 간다는 듯 고개를 끄덕였다. 어쩐지 비육걸개가 교주에게 너무나도 쉽게 소림사 내부를 알려 준다고 생각했는데, 그런 교묘한 함정이 숨어 있을 줄이야. 아마도 비육걸개는 교주가 소림승들에게 들켜서 치도곤을 당하기를 바랬는지도 모른다. 하지만 저쪽에 멀쩡한 모습으로 술잔을 들고 있는 교주의 모습으로 보아 아쉽게도 비육걸개의 계책은 실패한 모양이다.

이때, 객잔 문이 벌컥 열리며 또다시 비육걸개가 뚱뚱한 모습을 드러냈다. 얼마나 다급히 달려온 것인지, 그의 몸은 땀으로 흠뻑 젖어 있었다.

"마침 계셨군요, 수라도제 대협."
"어? 자네는 간 것이 아니었나?"
비육걸개가 거친 숨을 내쉬며 다급히 말했다.
"급한 전갈을 받고 되돌아왔습니다."
"급한 전갈이라니…, 도대체 그게 뭔가?"
바로 이때, 묵향이 비육걸개의 뒤로 슬쩍 다가와서 살기 어린 미소를 지으며 말을 걸었다.
"호오, 안 그래도 자네를 만나고 싶었는데 정말 잘되었군. 정말 잘되었어."
그 말에 비육걸개는 아연한 표정으로 몸을 사리며 중얼거렸다.
"예? 그건 또 무슨 말씀이십니까?"
묵향은 비육걸개의 멱살을 그러쥐며 으르렁거렸다.
"본좌에게 사지로 들어가는 길을 알려 줘? 그러고도 네놈이 무사할 줄 알았더냐?"
그 말에 비육걸개의 안색이 창백하게 질렸다. 상대의 옷매무새는 몇 시진 전에 봤을 때와 전혀 다르지 않았다. 소림사 내에서 격전을 벌였다면 그가 아무리 대단한 고수라도 뭔가 흔적이 남았을 텐데, 전혀 그렇지 않았다. 그걸 보면 교주는 아무런 문제없이 소림사 내부를 들락거렸다는 말이 된다. 다시 한 번 교주의 실력이 얼마나 공포스러운 것인지 비육걸개는 실감할 수 있었다.

비육걸개는 필사적으로 항변했다.
"저는 잘못한 것이 없습니다. 교주께서는 분명히 알기 쉽게 설명하라고 하셨지 않습니까? 그 길이 가장 이해하기 편하죠. 그렇게 설명하지 않고, 어떤 산 쪽으로 가서 그쪽에서 동남방으로 몇 리를 가라는 둥, 이런 식으로 설명하면 교주께서는 이 일대 지리를 하나도 모르실텐데, 이해하셨겠습니까?"

딴은 일리 있는 말이었기에 비육걸개의 멱살을 쥔 손아귀의 힘이 조금 풀렸다. 그것을 느낀 비육걸개는 재빨리 말을 이었다.

"그리고 저는 교주께서 설마 대낮에 소림의 담장을 넘으실 것이라고는 상상도 하지 못했습니다. 밤이라면 교주님의 실력으로 미루어 충분히 성공하고도 남으실 거라고 믿었기에 감히 그 길을 알려 드린 것이었습죠."

"그런 생각을 하고 있었다니, 본좌가 오해해서 미안하구먼."

자신의 변명이 먹혀 들어가는 듯하자 비육걸개는 속으로 안도의 한숨을 내쉬었다. 하지만 잠시의 시간 여유를 두고 묵향의 이죽거림이 이어져서 들려왔다.

"…하고 말할 줄 알았지?"

갑작스런 상황의 반전에 비육걸개는 아연한 표정으로 되물었다.

"예? 그건 무슨 말씀?"

"이유가 어찌 되었건 너는 좀 맞아야 되겠어."

그 말에 비육걸개의 안색이 창백하게 질렸다.

"그… 그럴 수가! 맞을 때 맞더라도 이유는 알아야……."

"맞는 데 이유가 필요해? 그러면 들려주지. 본좌는 지금 네놈을 두들겨 패고 싶어. 그게 다야."

이어서 화려한 묵향의 몸놀림이 번개처럼 이어졌고, 퍼퍼벅하는 요란한 격타음이 객잔 안에 울려 퍼졌다.

"크아아악!"

"살결이 물컹물컹한 것이 감촉이 좋구먼. 몇 대 더 패도 되겠어."

"제… 제발, 그 정도면 되셨지 않습니까?"

겉으로 봤을 때 비육걸개의 신색은 두들겨 맞은 사람처럼 보이지도 않았다. 방금 전에 객잔 안에 울려 퍼졌던 요란한 소리만 아니라면 비육걸개가 엄살을 떤다고 생각할 수밖에 없으리라. 하지만 수라도제 같은 고수들은 알고 있었다. 묵향이 방금 전에 비육걸개에게 얼마나 지독한 내가중수법을 가했는지 말이다. 겉모습이야 어떤지 몰라도 비육걸개는 지금 혈도가 뒤틀리고 내장이 뒤집혀 극심한 고통을 당하고 있을 것이 분명했다. 그런 상황에서 기절하지 않고 서 있는 것을 보면 비육걸개의 정신력도 그 비대한 덩치만큼이나 대단한 것인 모양이다.

이때, 수라도제가 슬쩍 앞으로 나서며 묵향을 말렸다.

"그 정도면 과하게 손을 쓰신 것 아니겠소이까? 이제 그만 하고 용서하시는 것은 어떻겠소이까?"

순간 묵향의 살기 어린 시선을 받자 수라도제는 기가 질리는 것을 느꼈다. 하지만 그렇게 수라도제를 바라보는 것은 아주 짧은 순간에 불과했다. 묵향은 언제 자신이 수라도제를 그렇게 바라봤냐는 듯 부드러운 어조로 말했다.

"자네도 저놈 때문에 꽤 고생했을 텐데, 용서해 줄 마음이 나는 모양이지?"

그 순간 수라도제의 마음속에는 엄청난 살심이 솟구쳐 올랐다. 감히 이런 식으로 자신을 희롱하는 놈이 있을 줄이야……. 하지만 갑자기 상대와 자신의 실력 차가 떠올랐다. 지금 달려들어 봐야 필패. 어쩔 수 없는 노릇이었다.

이를 악물며 정신을 수습한 수라도제는 먼저 비육걸개의 뒤틀린 혈도를 바로잡아주며 묵향에게 대꾸했다.

"그건 노부의 실력이 모자라서 그리 된 것이니 누구를 탓하고 싶은 마음은 없소이다."

"뭐, 그렇게 생각한다면 어쩔 수 없겠지. 하지만 누구나 다 자네처럼 생각하는 것은 아니야. 본좌에게는 본좌의 방식이 있는 거라구. 좀 더 지근지근 밟아 놔야 다시는 그런 짓을……."

살기 띤 어조로 묵향이 다가서는데, 이번에는 뒤에서 패력검제와 황룡무제까지 가세하여 묵향을 말렸다.

"노야, 이제 그만하고 용서해 주시는 것이 어떻겠습니까?"

객잔 안의 분위기를 살피던 만통음제가 묵향을 향해 손짓하며 말했다.

"적당히 하고 이리 와서 술이나 마시세. 금군을 앞에 두고 동도들끼리 싸울 필요가 없지 않은가?"

만통음제까지 나서는 데야 묵향은 물러설 수밖에 없었다.

"한 달은 족히 정양해야 히도록 만들 생각이었는데…, 너 오늘 운수대통한 줄 알아라."

비육걸개는 입가로 흘러내리는 핏물을 소맷자락으로 닦으며 공손하게 대답했다.

"가, 감사합니다, 교주님. 쿨룩쿨룩! 그건 그렇고 공공대사는 만나셨습니까?"

이 질문은 비육걸개의 함정이었다. 만약 교주가 대답만 해 준다면 자신의 추리가 맞았는지, 틀렸는지 곧장 알 수 있을 것이다. 또, 대답을 안 해 준다손 치더라도 그 질문을 들은 상대의 표정만 봐도 어느 정도 짐작을 할 수 있지 않겠는가.

그 지독한 통증이 온몸을 휘감고 돌아 서 있기도 힘든 상황임에도 불구하고, 그런 계책을 쓰는 것을 보면 비육걸개도 보통 인물은 아닌 모양이었다.

묵향의 표정에 이채가 어렸다.

'어쭈! 미련 곰탱이처럼 생겨가지고, 생긴 것 답지 않게 제법이구먼.'

"본좌가 공공대사를 만나러 갔었음은 어찌 알았나?"

비육걸개는 어색한 미소를 지으며 대꾸했다.

"눈치 하나로 먹고사는 개방 제자가 아니겠습니까? 그 정도는 금방 알지요."

"미련해 보이는 덩치에 비해서는 제법이로군. 다시 봐야겠어. 하지만 쓸데없는 호기심은 화를 부른다는 것을 명심하라구."

그렇게 대답한 후 묵향은 자기 자리로 돌아가 버렸다.

자신의 추리가 사실이었음을 확인한 비육걸개가 골똘히 뭔가 생각하고 있을 때, 수라도제가 답답하다는 듯 짜증 어린 어조로 말했다. 방금 전 일어났던 일에 대해, 자신이 교주를 막기에는 역부족이었음을 느끼고 그는 매우 기분이 안 좋은 상태였다.

"급한 전갈이라는 것이 도대체 뭔가?"

비틀비틀 간신히 걸음을 옮겨 의자에 주저앉은 비육걸개는 긴 한숨을 푹 내쉰 후, 수라도제의 질문에 대답하기 시작했다.

"지, 지금 1천여의 금군이 엄청난 속도로 서북쪽으로 이동하고 있답니다."

비육걸개의 대답은 대단히 실망스러운 것이었다. 겨우 저따위 소리를 하기 위해 여기까지 와서 악취를 풍기다니……. 돼지고기

구울 때 육수가 흘러내리듯, 아직까지 땀이 줄줄 흘러내리고 있는 비육걸개를 보며 수라도제는 더욱 짜증이 솟구치고 있는 중이었다. 땀까지 가세하고 보니 그의 몸에서 풍겨 나오는 악취는 평상시보다 두 배는 지독하게 느껴졌다.

'뭔가 특단의 조치를 내려야겠군. 도저히 이놈의 악취는 못 참겠어.'

속으로 이빨을 갈며 수라도제는 퉁명스런 어조로 되물었다.

"겨우 1천의 금군이 움직이는 것이 뭐가 그리 큰일이라고 그렇게 달려온 것인가?"

"그게 아닙니다. 대협께서도 금군이 종남파를 멸문시킨 것을 잘 알고 계시지 않습니까? 쿨룩! 그, 그때 본방에서도 사람을 파견하여 조사했었습니다. 시체가 많이 훼손되어 자세한 것까지는 알기 힘들었지만, 상당한 수준의 무공이 사용되었다는 것만은 확실했습니다. 종남파를 멸문시킨 것은 수많은 금군 병사들에 의해 이뤄진 것이 아니라, 극소수의 정예들에 의해 이뤄진 것입니다."

수라도제는 문득 비육걸개의 몸에서 풍겨 나오는 악취가 참을 만하다는 생각이 들기 시작했다.

"그게 사실인가?"

"제가 왜 거짓말을 한단 말씀이십니까? 모든 게 분명한 사실입니다. 본문의 정보가 아니라 무영문에서 흘러 들어온 정보니까 말입니다. 그들의 이동 속도가 워낙 번개 같기에 본방의 제자들로는 그들을 감히 감시할 엄두조차 낼 수 없습니다. 꼭 이동 방법이 마……."

여기까지 말한 비육걸개는 고개를 살짝 돌려 힐끔 묵향의 눈치를 살핀 후 재빨리 말을 이었다.
"그러니까 이동 방법이 천마신교의 상급 무력 단체들과 흡사하다는 겁니다. 인적이 없는 산길을 통해 고속 이동을 하는 것이죠. 본방의 제자들이 많다고는 하지만 직업의 특성상 마을처럼 사람이 많은 곳에 집중되지 않습니까? 그렇다 보니 아예 그들의 움직임 자체를 파악하지 못하고 있었는데, 무영문에서는 용하게도 그것을 포착한 모양입니다."
수라도제는 고개를 주억거리며 중얼거렸다.
"무영문에서 보내온 정보라면 신뢰할 수 있지. 그래, 무영문은 그놈들의 목표가 어디라고 예상한다던가?"
"공동파일 가능성에 9할을 주고 있었습니다. 그리고 본방에서의 판단도 그렇고요."
"그 말은 다른 작전을 펼치기 위해 움직였을 가능성도 있다는 말이로군."
"예. 사실 그 방향으로 움직였을 때, 몇몇 군소방파들도 자리 잡고 있지 않습니까? 또, 그 방향으로 계속 움직인다면 곤륜파까지도 사정거리에 잡을 수 있습니다. 그런 만큼 1할의 가능성을 딴 곳에다가 남겨 둔 것이겠지요."
옆에서 잠자코 듣고 있던 종리영우가 끼어들었다.
"아무래도 곧장 움직이는 것이 좋겠습니다."
"저도 형님의 의견에 찬성입니다."

반 시진 후, 수라도제가 거느리는 고수들은 또다시 이동을 시작했다. 소림사까지 달려온 피로를 채 풀기도 전에 또다시 하게 된

강행군이다. 1천여의 고수들을 모두 다 거느리고 가는 것이 훨씬 도움이 되겠지만, 정작 적을 만났을 때 너무 지쳐 버린다면 오히려 짐이 될 것이 분명했다. 그렇기에 수라도제는 피로하여 또다시 강행군을 할 수 없는 자들은 이곳에 남아 있다가 몸을 추스른 후 양양성으로 되돌아가라고 지시했다. 그리고 돌아가는 길에 후발대들과 연락을 취해 그들 또한 양양성으로 돌아가게 하라는 지시도 내렸다.

"본좌는 이곳에 남겠소."

교주가 생각지도 못한 말을 하자 수라도제의 눈썹이 꿈틀거렸다.

"진정이시오?"

"진정이오. 여기까지 달려온 후 곧바로 술 한잔했더니 아직 피로가 안 풀려서 말이오."

교주는 누구도 이해할 수 없는 변명을 뻔뻔스럽게 내뱉은 후 당당하게 객잔의 객실로 들어가 버렸다. 기가 막혀서 뭐라고 말도 못하고 있는 수라도제를 남겨 놓고 말이다. 이때, 객실로 향하는 교주를 잠시 멍하니 바라보고 있던 만통음제 또한 다급히 말했다.

"노부도 빠지겠소. 어어, 과음을 했나? 뒷골이 뻐근하구먼."

속 보이는 궁색한 변명을 늘어놓으며 허둥지둥 만통음제까지 빠져 버리고 나자, 수라도제는 어이가 없었다. 강력한 적을 앞에 두고 가장 뛰어난 고수들 중 둘이 빠져 버린 것이다. 하지만 그렇다고 그들을 끌고 갈 강제적인 수단은 전무한 상태였다.

"이제 빠질 사람은 다 빠진 것 같으니 서둘러 출발하시는 것이 좋겠습니다."

황룡무제의 말에 패력검제 또한 덧붙였다.
"아마 그는 이곳에서 할 일이 남아 있는 모양이지요. 그가 있으면 좋겠지만, 사실 없다고 해도 금군쯤이야 충분히 상대할 수 있지 않겠습니까?"
딴은 맞는 말이었다. 그렇기에 수라도제는 출발 명령을 내렸다. 이제 5백으로 그 수는 줄어들었지만, 훨씬 더 정예화된 고수들을 이끌고 말이다.

"정말 안 갈 건가? 동생. 자네가 이렇게 단독 행동을 하면 수라도제는 물론이고 무림맹도 별로 좋아하지 않을 텐데……."
만통음제의 물음에 묵향은 피식 미소 지으며 대꾸했다.
"그런 거 신경 쓰지도 않습니다. 과거부터 원수지간이었고, 또 이번 합작만 끝나고 나면 또다시 원수지간이 될 텐데 그놈들 입맛에 맞춰 움직여 줄 이유가 없죠."
"그거야 그렇네만…, 동생이 무슨 생각을 하는지 모르겠지만 공동파를 살리는 것이 우선이 아니겠나?"
묵향은 창문을 통해 수라도제가 거느리는 고수들이 떠나는 모습을 훔쳐보며 말했다.
"무림에 수많은 문파들이 있지만, 제가 가장 싫어하는 문파는 딱 하나뿐이죠. 안 그래도 멸문당해 버렸으면 좋겠다고 생각하는 문파를 금나라 녀석들이 대신해서 없애 주겠다는데, 제가 그걸 방해할 이유가 없습니다."
그 말에 이제야 이해가 가는지 만통음제는 고개를 주억거리며 말했다.

"공동파와 원한이 있었던 모양이군."

"예, 전대 무림맹주 옥청학이 공동파 출신이 아니겠습니까? 그럴 수밖에 없죠."

묵향의 뇌리에는 옥청학 외에 또 다른 한 사람의 얼굴이 떠오르고 있었다. 옥령인. 잊고 싶었지만, 도저히 잊을 수 없는 얼굴이었다. 자신의 손이 그녀의 뱃속을 파고들었을 때, 입가로 피를 흘리며 슬픈 눈매로 자신을 바라보던 그녀의 표정.

"이런 젠장!"

묵향은 그녀의 뱃속을 꿰뚫었던 자신의 오른손을 꽉 움켜쥐었다. 그녀의 뱃속을 헤집을 때의 느낌이 손목을 타고 전해져 오는 듯했기에 그 느낌을 떨쳐 버리려고 했다. 하지만 그것이 여의치 않자 묵향은 고개를 세차게 가로저은 후, 한숨을 내쉬었다.

'아직까지도 잊지 못하고 있었다니……. 하지만 공동파가 사라지고 나면 어쩌면 잊을 수 있을지도 모르지. 더불어 그놈의 옥씨들까지 몽땅 다 뒈져 버렸으면 좋겠어. 그녀의 눈매를 닮은 놈들은 모두 다 말이야.'

뭔가를 깊이 생각하고 있는 묵향의 옆모습이 왠지 슬퍼 보인다고 느끼는 만통음제였다.

'허어, 말은 그렇게 했지만, 뭔가 깊은 속사정이 있는 모양인 게로군. 과거의 원한을 떠올리는 사람이 저런 모습일 리 없으니 말이야.'

문득 그게 뭔지 궁금해지는 만통음제였다. 하지만 만통음제는 그런 말을 입 밖에 담지 않았다. 쓸데없는 호기심을 보여 동생의 마음을 상하게 할 만큼 미련한 그가 아니었기에.

## 흑살마왕 장인걸

 봉문을 선언한 소림사를 제외하고, 9파1방에 속한 문파들의 대부분의 사정은 요 근래에 멸문당한 종남파의 그것과 거의 유사한 것이었다. 무림맹에서의 위치를 공고히 하기 위해 그곳에 일정수의 고수들을 파견해야만 했고, 체면 유지를 위해 양양성에도 상당한 수의 고수들을 보내야만 했던 것이다.
 특히 그들 중에서도 감숙성 남쪽에 위치한 공동파는 무림맹에 다른 문파들보다는 훨씬 더 많은 고수들을 파견해 놓고 있는 상황이었다. 그럴 수밖에 없는 것이, 무림맹주가 무당파의 태극검황으로 바뀐 후에도 자신들의 기득권을 유지하기 위해서는 무림맹 내에 공동파의 세력을 더욱 확장시켜 놓을 필요성이 있었기 때문이다.
 하지만 오늘 공동파의 장문인은 무림맹에서의 세력 유지를 위해 많은 고수들을 파견해 놓은 것을 뼈저리게 후회하고 있는 중이었다.

"크흐흐흣, 천하의 공동파도 별것 아니었구먼."

공동파에 혈겁을 일으키고 있는 괴한들 중의 한 명이 내뱉는 말에 장문인은 감히 반박하지 못했다. 사실 공동파를 침입한 괴한들의 대부분은 그렇게 뛰어난 고수들이라고 할 수 없었다. 그런데 문제는 무시무시한 마기를 뿜어내는 수십 명의 고수들의 존재였다. 그 몇 안 되는 고수들이 공동파를 시산혈해로 만들고 있는 것이다. 만약 뛰어난 실력을 지닌 고수들을 외부에 파견하지 않고 이곳에 남겨 두기만 했어도, 이토록 심하게 밀리지는 않았을 것을…….

"귀하는 천마신교에서 왔소?"

"물론이지. 본교가 아니라면 누가 있어 이토록 많은 고수들을 키운단 말이냐? 알았으면 순순히 항복하거라."

"참으로 가증스럽도다. 겉으로는 무림맹과 합작 하는 척하면서 뒤로는 세력 확장을 위해 본문을 치다니. 그게 인간으로서 할 짓이냐?"

"물론, 승자에게 그런 작은 허물쯤은 용서되는 법이지."

상대는 넉살 좋게 대꾸했다. 문파의 수장인 장문인 주위에는 그 문파가 보유한 가장 뛰어난 고수들이 포진해 있기 마련이다. 그렇기에 장문인이 서 있는 그 부근에는 고수들 간의 격돌로 인한 여파로 검기와 검풍이 사방으로 흩뿌려지고 있었다. 그런데도 상대는 이 격전장의 중심에 태연히 서서 대화를 나누고 있는 것이다.

'허어, 이거 오늘은 흉다길소(凶多吉小)한 날이로다. 저런 뛰어난 고수들을 이끄는 자가 약자일 리는 없는 법. 그런데도 불구하고

전혀 마기가 느껴지지 않는 것을 보면 설마, 저자가 말로만 듣던 극마의 고수라는 말인가?'

한없이 약해지려는 마음을 추스르며 장문인은 상대를 향해 일갈했다.

"그런 돼먹지 못한 궤변은 파락호들에게나 늘어놓게."

"쯧, 그렇다면 협상 결렬인가?"

상대는 가볍게 혀를 차며 이죽거리는 듯했는데, 어느 순간 장문인을 향해 엄청난 속도로 돌진해 오고 있었다. 공포스러울 정도로 빠른 몸놀림을 이용한 기습적인 공격이었다.

"헉!"

다급한 신음 소리를 삼키며 장문인은 다급히 검을 뽑아 들었다. 그의 몸이나 다름없이 수십 년을 함께해 온 보검을 뽑아 들자, 과연 공동파라는 거대 문파의 수장답게 장문인은 뛰어난 무위를 드러내기 시작했다.

백류매화검법(白流梅花劍法)과 공동파 장문인에게만 전수되는 비전 통천검법(通天劍法)을 절묘하게 구사하며 상대와 격전을 벌였지만, 누가 봐도 장문인이 괴한에게 밀리고 있음을 확연히 느낄 수 있었다. 곧이어 장문인 주위에서 마인들과 접전을 벌이고 있던 장로 세 명이 장문인을 돕기 위해 달려들었다.

"크흐흐흣, 이 정도는 되어야 싸울 맛이 나지. 하지만 종남파도 그랬지만 공동파도 허명만 높을 뿐, 명성에 맞는 실력을 지니지는 못하고 있다는 게 유감이야. 본좌는 이렇게 싱거운 싸움을 원한 게 아니었거든."

그와 동시에 괴한의 손이 기괴한 움직임을 드러냈다.

"크업!"

펑!

한순간 괴한을 포위하고 있던 네 명의 고수들이 뒤로 튕겨 나갔다. 어떻게 당했는지도 모를 정도로 빠르면서도 괴이한 한 수에 당한 것이다. 물론 그들도 공동파가 자랑하는 고수들인 만큼 그 정도에 무너질 리는 없었다. 재빨리 방어 자세를 갖추며 다시 한 번 접전을 벌일 태세를 갖췄다.

하지만 이때, 뭔가 몸에 이상이 있음을 눈치 챈 것은 그들 중에서 가장 뛰어난 실력을 지니고 있었던 장문인이었다.

"도대체 무슨 짓을 한 게요? 독이요?"

그 말에 다른 사람들도 서둘러 자신의 몸 상태를 점검했다. 방금 상대의 장력에 격중된 부위에 뭔가 부조화가 감지되었는데, 조금씩 시간이 지날수록 그 부조화는 더욱 커지기 시작했다. 조금 쓰라리던 부위가 점차 시간이 지나자 엄청난 통증을 유발하고 있었던 것이다.

"크흐흐훗, 지금껏 본좌는 독 따위를 쓰는 놈들을 벌레 보듯했거늘, 하물며 본좌가 그따위 유치한 장난을 치겠느냐? 네놈들은 본교가 자랑하는 흑살마장(黑殺魔掌)에 죽게 된 것을 자랑스럽게 생각해라."

"흑살마장……."

중얼거리는 장문인의 어조에는 절망감이 묻어 있었다. 장력에 스치기만 해도 그 부위가 시커멓게 썩어 들어가는 지독한 마공이 바로 흑살마장이었다. 지금 당장 치료하면 생명은 건질 수 있을 것이다. 하지만 저렇게 막강한 고수를 눈앞에 두고 어떻게 치료를 받는다는 말인가.

　물론 지독하기 그지없는 흑살마장이라고 해도 단점이 없을 수 없다. 공력을 뿜어내는 데 걸리는 시간이 많이 필요하고, 장력이 발출되는 거리도 다른 장공들에 비해 상대적으로 짧다. 더군다나 그것을 10성까지 익힌다는 것은 거의 불가능에 가까울 정도로 어려운 일이었다. 그렇기에 마교 고수들 중에서 극히 일부만이 이것에 도전해 보는 것이다.

　그런 약점을 지닌 것이 흑살마장인데도, 상대는 한순간에 네 번의 장력을 발출했다. 거기에다가 설상가상으로 엄청나게 뛰어난 신법마저도 지니고 있지 않은가? 그런 자에게 장력의 사거리 따위는 무의미했다. 장력이 미치는 사거리까지 순식간에 파고들어 일격을 가할 수 있기 때문이다.

　상처에서 치밀어 오르는 통증이 점점 더 강렬해지자 장문인은 신음성을 내뱉지 않을 수 없었다.

　"크으윽! 귀하는 유감스럽게도 10성을 다 연성한 모양이구려."

　장문인의 질문에 상대는 호기롭게 대꾸했다.

　"10성뿐이겠느냐? 12성 대성(大成)하였느니라."

　그 말은 곧 더 이상 흑살마장이라는 초식에 얽매이지 않는다는 말이었고, 그것이 지닌 단점을 뛰어넘었다는 선언과도 같았다.

　"그, 그렇다면 설마… 귀하가 흑살마왕(黑殺魔王)?"

　그 말에 흑살마제 장인걸은 눈에 이채를 발하며 이죽거렸다.

　"호오, 아직까지도 본좌를 기억하는 자가 있을 줄은 몰랐군. 본좌가 누군지 알아챈 그 안목을 높이 사 제일 마지막에 죽여주마."

　모두들 점점 더 극심해져 오는 통증에 신음성을 흘리면서도 장인걸의 공격에 대비했다. 그런 그들에게 비웃음을 던지며 장인걸이 이죽거렸다.

"본좌의 흑살마장에 격중된 이상 살아남기는 힘들 것이야. 괜히 힘 빼지 말고 순순히 죽음을 받아들이는 것이 좋을 게다. 크흐흣."

바로 이때, 어디선가 긴 휘파람 소리가 들려왔다. 문제는 그 휘파람 소리에 엄청난 내력이 실려 있어 공동산 전체를 뒤흔들고 있다는 점이다. 장인걸의 안색이 조금 다급해졌다. 단번에 죽일 수도 있었음에도 불구하고 쥐를 가지고 노는 고양이처럼 괜히 시간만 낭비했다는 생각이 든 것이다. 그만큼 장소성에 실려 있는 내력은 너무나도 웅후하여 장인걸 같은 극마의 고수조차도 감히 경시할 수 없을 정도였다.

장인걸은 망설임 없이 즉각 손을 썼다. 과연 극마의 고수답게 그의 움직임은 너무나도 빨랐다. 신형이 번뜩인다 싶은 순간, 이미 그의 몸은 장문인의 코앞에 다가와 있었다. 장인걸의 손에서 시커먼 기운이 일렁거린다 싶은 순간 평하는 굉음과 함께 장문인의 몸이 뒤로 튕겨 나갔다. 복부에 정면으로 흑살마장을 맞은 장문인이 즉사해 버리자, 그 모습을 지켜본 다른 세 명의 고수들 또한 자신들의 처지가 어찌 될 것인지 눈치 채지 못할 리가 없었다. 앉아서 죽느니 적의 팔 하나라도 자르는 것이 지금 공동파를 향해 접근해 오는 누군가를 도와주는 길이 될 것이다. 서로의 눈과 눈이 마주친 순간, 오랜 세월 공동파에서 함께 수련해 온 그들은 서로의 마음을 눈치 챘다. 그리고 망설임 없이 장인걸을 향해 몸을 날렸다.

"크흐흣, 가소로운 것들."

퍼펑!

장인걸을 향해 몸을 날린 공동파 장로들의 의기는 가상한 것이었으나, 불행히도 그들의 실력은 장인걸 같은 극마급 고수를 상대함에 있어서 너무나도 격이 떨어지는 것이었다. 그들의 몸이 성할 때도 장인걸을 어떻게 하기 힘들 텐데, 그들은 지금 극심한 부상을 당한 상태였다. 장인걸은 그들을 잔인하게 죽여 나갔다.

장문인과 세 명의 장로들을 죽여 버린 것에 만족하지 못하고, 장인걸은 다시금 몸을 날렸다. 장문인이 있는 전각 주위에는 공동파의 최정예 고수들이 포진하고 있었고, 그들은 지금 침입한 적도들과 사력을 다해 격전을 벌이고 있었다. 그런 상태에서 장인걸 같은 엄청난 고수가 끼어들어 그들의 뒤통수를 치니 어떻게 해 볼 도리가 없었다.

그냥 가만히 놔두기만 해도 천마혈검대의 고수들이 알아서 처리할 수 있었겠지만, 장인걸이 손수 손을 쓴 이유는 미지의 적에 대한 막연한 두려움이었다. 지금 달려오고 있는 적의 실력은 결코 자신의 아래가 아닐지도 모른다는. 그렇다면 지금 당장 후퇴해야 하는 것이다.

전각 주위에 포진하고 있던 공동파의 상층부 고수들을 몽땅 해치워버린 장인걸은 아직도 격전이 벌어지고 있는 장내를 향해 명령했다.

"철수하라!"

단 한마디의 명령이었음에도 불구하고 그가 이끌고 있는 병사들은 재빨리 격전을 멈추고 철수하기 시작했다. 사실 이때가 공동파로서는 장인걸의 수하들을 도륙 낼 수 있는 처음이자 마지막 기회였다. 하지만 그들은 그렇게 하지 못했다. 이미 장인걸과 그가 거느리고 간 천마혈검대 때문에 공동파의 장로급 이상의 수뇌부는 거의 다 죽음을 당한 상태였기에, 공동파 제자들을 통솔할 만한 인물이 없었던 탓이었다.

 장인걸이 철수한 지 채 반각(7분 정도)도 지나지 않아 수라도제가 이끄는 5백여 명의 고수들이 공동파에 도착했다. 숭산에서 수라도제가 급히 출발했을 때, 장인걸과는 거의 하루하고도 반나절에 걸친 시간차가 있었다. 하지만 수라도제는 일행들을 독려하여 그것을 겨우 몇 시진의 차이로까지 좁혀 놓는 데 성공했다. 하지만 그가 공동파에 도착했을 때, 수라도제는 자신이 너무 늦었음을 깨달을 수밖에 없었다.
 "장문인은 어디 계시느냐?"
 멍한 표정으로 앉아 있는 공동파 제자를 붙잡고 질문을 던지자 그는 힘없이 중앙에 서 있는 큰 전각을 가리킬 뿐이었다. 그 제자는 아직까지도 자신이 이 아수라장에서 기적처럼 살아남은 것이 믿어지지 않는 모양이었다.
 수라도제가 전각으로 급히 달려갔을 때, 그곳에는 수백 구가 넘는 시신들을 수습하고 있는 공동파 제자들의 모습이 보였다.
 "장문인은 어디 계시느냐?"
 그 말에 제법 나이든 제자 한 명이 나서며 대답했다.
 "장문인께서는 괴한들의 손에 돌아가셨습니다."
 "뭣이?"
 수라도제는 제자를 닦달하여 급히 장문인의 시신이 있는 곳으로 갔다. 그는 타 문파 장문인의 시신에 손대는 것이 실례임을 알면서도 시신에 난 상처를 헤집기 시작했다. 흉수가 누구인지 흔적을 찾기 위해서였다. 곧이어 그는 장문인의 내부 장기가 시커멓게 썩어 들어가는 것을 보고 신음성을 흘리지 않을 수 없었다.

"흐으음, 흑살마장이로구나. 그 저주받은 마공을 쓰는 놈이 아직까지 존재할 줄이야."

그 말에 옆에 서 있던 황룡무제가 놀랍다는 듯 되물었다.

"흑살마장이라면…, 마교가 관계되어 있다는 말씀이십니까?"

"그런지도 모르지. 교주가 말도 안 되는 궁색한 변명을 늘어놓으며 동행을 거부했지 않았는가. 아무래도 교주가 우리들에게 말하지 않은 은밀한 뭔가가 있는 듯하구먼. 그자가 함께 왔으면 이게 도대체 어찌 된 일인지 당장 추궁했을 텐데……."

이때 저쪽에서 공동파 제자들과 뭔가 대화를 주고받던 패력검제가 다급히 다가와 말했다.

"그자들이 이곳에서 철수한 지 1각이 채 되지 않는다고 합니다."

"놈들의 수는 얼마나 된다고 하던가?"

"갑자기 급습을 당했기에 그들의 수가 얼마나 되는지는 확실히 알 수 없답니다. 하지만 적들 중에서 대단히 뛰어난 고수들이 몇 명 섞여 있는 것은 확실한 모양입니다."

"그렇겠지. 그런데 설마 마교가 금과 어떤 연관을 지니고 있을 줄은 생각도 못했군. 지금 당장 출발하세."

수라도제의 명령에 따라 무림 연합의 최정예 고수들은 금군의 흔적을 찾아 내달리기 시작했다.

숭산을 향해 달려가던 제2진의 고수들이 피곤에 지친 안색으로 휴식을 취하고 있을 때, 제1진으로 가장 선두에 달려갔던 무림 연합 고수들 중 5백여 명이 모습을 드러냈다. 제2진을 이끌고 있던 공동파 장로는 즉시 그들을 알아보고 말을 걸었다.

"아니, 무슨 일인가? 집결지는 숭산이 아니었는가?"

제1진의 고수들 중 한 명이 공동파 장로에게 포권하며 인사를 건넨 후 대답했다.

"수라도제 대협께서 양양성으로 돌아가라고 명하셨습니다."

"수라도제 대협께서? 노부는 이해할 수가 없구나. 대협께서 왜 그런 명령을 내리셨다는 말이냐?"

"소림사는 금의 압력에 굴복하여 10년 동안 봉문하겠다고 선언했습니다. 그런 만큼 소림을 돕기 위해 달려갈 필요가 없어진 것이지요."

그 말에 공동파 장로는 장탄식을 터뜨리며 되물었다.

"허어, 그게 사실이냐?"

"제가 어찌 감히 대협께 허언을 아뢸 수 있다는 말씀이십니까?"

"소림사가 그런 선택을 할 줄이야. 정말이지 형편없는 작자들이 아닌가?"

이때 제1진의 무사들과 함께 행동하고 있던 묵향이 슬그머니 나서며 공동파 장로에게 말을 걸었다.

"남 걱정하지 말고 자네 걱정이나 하는 것이 좋지 않겠나?"

그런 말을 한 것이 마교 교주임을 알아본 장로는 감히 발작하지는 못하고 불쾌한 듯 대꾸했다.

"그건 또 무슨 말씀이시오? 교주."

"돌아가라는 지시만 내려놓고, 정작 그 지시를 내린 당사자인 수라도제는 왜 여기에 없겠는가."

잠시 장로를 비웃는 듯한 시선으로 바라보던 묵향이 말을 이었다.

"물론 자네의 그 머리통으로는 죽었다 깨어나도 알 수 없을 테니, 본좌가 가르쳐 주지."

그 말에 공동파 장로의 안색이 붉으락푸르락 변하기 시작했다. 그것을 보고 처음에 장로와 인사를 나눴던 장한이 다급히 중간에 끼어들었다.

"교주님, 그런 말씀을 하실 필요가……."

"아아, 필요가 있고 없고는 본좌가 결정해. 네놈이 참견할 일이 아니란 말이야. 자, 어디까지 얘기했더라? 맞아. 그 늙은이가 어디로 갔느냐 하면, 바로 자네의 사문인 공동파로 달려갔다네."

'무슨 일로 말이오?' 하고 말하는 듯 의문에 찬 시선으로 자신을 바라보는 공동파 장로에게 묵향이 자세히 설명해 줬다.

"금군이 공동파를 기습하기 위해 움직인다는 정보가 개방에서 들어왔지. 수라도제는 그 소식을 듣자마자 즉시 공동파로 갔다네."

공동파 장로는 나지막하게 콧김을 내뿜으며 시큰둥한 어조로 대꾸했다. 마교 교주가 옆에서 깐죽거리는 바람에 상당히 화가 나 있었던 것이다.

"흥, 겨우 금군 졸개들이 움직인 것 가지고 그런 말씀을 하다니요. 교주께서 본문을 걱정해 주시는 것은 감사드립니다만, 본문은 그렇게 나약한 문파가 아니외다."

하지만 묵향은 비웃음을 가득 머금은 채 혀를 끌끌 차며 어린애라도 가르치듯 말했다.
"쯧쯧, 그게 아닐걸? 그놈들 때문에 9파1방에 자리를 잡고 있던 종남파도 멸문당했다네. 공동파도 혈겁을 피하기는 힘들걸?"
다른 사람들은 아직까지 모르고 있었지만, 장인걸이 공동파를 멸문시키려고 작정했다면 무슨 짓을 해서라도 목적한 바를 이룰 것임을 묵향은 잘 알고 있었다. 오랜 시간 장인걸과 싸워 왔기에 상대의 습성을 잘 알고 있기 때문이다.
교주의 지적에 공동파 장로의 안색이 조금 창백해졌다.
"서, 설마 그럴 리가……."
"자네는 확신하나? 공동파가 지닌 힘이 종남파보다 더욱 강하다고 말이야."
"……."
공동파 장로가 아무런 대꾸도 하지 못하자, 묵향은 싸늘한 비웃음을 던지며 말을 이었다.
"수라도제가 다급히 움지인 것을 보면 그는 공동파가 위험하다고 판단한 거야. 만약 공동파가 충분히 적들을 막아 낼 수 있을 거라고 그가 생각했다면 뭐 하려고 힘 빼가며 공동산으로 달려갔겠냐? 숭산을 포위했다가 물러가는 금군 놈들의 뒤통수를 쳤겠지. 안 그래?"
여기까지 들은 공동파 장로는 정신이 하나도 없는 모양이었다. 사문인 공동파에 위기가 도래했다는데 교주와의 사소한 시비가 문제가 아닌 것이다.
"이렇듯 본문을 걱정해 주셔서 가, 감사드립니다, 교주."
공동파 장로는 주위의 만류를 뿌리치고는 제자들을 이끌고 다급히 공동파를 향해 길을 떠났다. 사문의 안위가 걱정스러웠기 때문일 것이다. 하지만 다른 문파의 고수들은 움직이지 않았다. 이곳까지 급히 달려오느라 모두들 지쳐 있기도 했지만, 제1진에 속한 고수들을 통해 양양성으로 돌아가라는 수라도제의 지시가 내려져 있는 상태였기 때문이다. 사실 다른 문파의 입장에서 본다면 공동파가 박살 나든 말든, 남의 집에 불난 것과 다를 것이 하나도 없었다.

  길을 떠나는 공동파 제자들 중에 옥대진과 능비화도 끼어 있었다. 그들의 피로에 지친 뒷모습을 묵향은 아주 만족스러운 시선으로 바라봤다. 공동파 장로에게 일부러 이 사실을 알린 것도 다 그곳으로 꽁지가 빠지게 달려가라고 한 것이었으니 말이다. 물론 지금 공동산으로 달려가 봐야 모든 게 다 끝난 후일 테니 도착한 후에는 더욱 허탈해질 것이 분명했다. 그것이 묵향의 기분을 더욱 즐겁게 만들어 주고 있었다.

## 흔들리는 무림맹

　시일이 지나자 공동산에서 벌어진 엄청난 혈겁이 개방을 통해 사방으로 전해졌다. 때마침 수라도제가 이끄는 무림 연합의 고수들이 도착하여 멸문당하는 사태까지는 벌어지지 않았지만, 공동파가 입은 피해는 너무나도 막대한 것이었다. 장문인 이하 모든 장로급들, 그리고 실력 있는 제자들의 대부분이 사망한 것이다.

　하지만 지금에 이르러서 생각해 보면 고수들의 상당수를 무림맹이나 양양성 방면에 파견해 놓은 것이 정말 공동파로서는 다행스런 일이었다. 그들이 살아 있었기에 공동파는 언젠가는 그 세력을 회복할 가능성을 지니고 있는 셈이었다. 물론 그게 가까운 시일 내에는 불가능하겠지만 말이다.

　이번 사건을 통해 무림맹은 금이 지닌 저력이 엄청나다는 사실에 경악하고 있는 중이었다. 중원의 북부에 산재해 있던 수많은 무림의 방파들이 산산조각이 난 것이다. 그것도 종남파와 공동파 같은 거대 문파까지 포함해서 말이다.

거기에다가 무림맹 수뇌부들을 더욱 긴장시킨 것은, 그들과 직접 사투를 벌인 수라도제의 보고 때문이었다. 적들을 포착하여 격멸시킨 것까지는 좋았지만 그 피해가 너무나도 막심했다. 1백여 명이 사망하고, 3백여 명이 중상을 당하는 엄청난 피해를 당한 것이다. 그리고 무림맹의 수뇌부를 더욱 놀라게 한 것은 그 중상자들 중에는 황룡무제까지 끼어 있다는 점이었다.

아무리 피해가 크다고 해도 적들을 완전히 끝장내 버렸다면 무슨 문제가 되겠느냐고 생각하는 사람도 있을 것이다. 물론 맞는 말이다. 하지만 무림맹의 수뇌부들을 고민에 빠뜨린 것은 적도들 중에서 상당수가 포위망을 뚫고 탈출해 버렸다는 수라도제의 보고 때문이었다.

"허어, 어찌 이럴 수가 있다는 말이오? 적도들 중에서 화경급 고수와 상대할 만한 초절정급 고수가 존재하다니……. 그게 말이나 되오?"

일찍이 수하들을 거느리고 황제를 암살하기 위해 연경으로 쳐들어갔었던 백량 장로가 아주 당연하다는 듯 태평스럽게 말했다.

"노부가 직접 연경에서 놈들과 싸운 적이 있소. 수하들을 다 잃고 노부만이 간신히 살아서 도망쳤을 정도로 그놈들은 뛰어난 고수들을 보유하고 있었소이다. 거기에 화경급이 몇 명 섞여 있다고 해서 뭐가 그리 놀라운 일이겠소?"

"허어, 그렇게 속 편하게 말할 게 아니외다."

점잖은 질책이었지만 그것이 백량 장로의 속을 뒤집어놓은 모양이었다. 벌떡 자리에 일어선 백량 장로는 살기등등하게 외쳤다. 자신의 허리에 애검이 매여져 있었다면 당장 검을 뽑았겠지만, 아쉽게도 공식적인 회의 석상에는 무기의 휴대가 금지되어 있었다. 그렇기에 그의 손은 자신의 애병이 걸려 있던 허리 부근을 무의식적으로 더듬고 있는 중이었다.

"뭣이? 속 편하게? 네놈이 노부의 마음을 어찌 알고 그딴 소리를 한단 말이냐?"

방금 전까지 말은 빈정거리듯했지만, 그의 마음이 그렇게 편할 리가 없었던 것이다. 자신의 사문인 종남파가 적도들의 손에 피바다가 되지 않았던가. 그 사실을 알고도 태연하다면 그건 사람이 아닐 것이다.

"어허, 이게 무슨 짓이오? 맹주님 앞이오. 당장 자리에 앉으시오."

백량 장로는 분노 어린 시선으로 상대를 한참 노려보더니, 자리를 박차고 나가 버렸다. 백량 장로가 자리를 뜸으로 인해 회의 분위기는 더욱 어색해져 버렸다.

오랜 시간 지속된 침묵은 공수개 장로가 입을 열면서 끝이 났다. 공수개 장로는 주위의 눈치를 살피더니 아무래도 이런 식으로 회의가 끝나면 안 된다고 생각했는지 지금 가장 시급히 처리해야 할 문제를 조심스럽게 꺼냈다.

"본방에서 한 가지 정보가 올라왔는데, 아무래도 이 점은 여러분들께서도 아시는 것이 좋을 듯해서 말씀을 올리겠소이다."

모두의 시선이 자신에게 쏠리자 공수개 장로는 낮게 헛기침을 한 후 말을 이었다.

"어흠, 모두들 아시다시피 이번 혈사로 인해 금의 세력이 결코 만만하게 볼 수 없음이 만천하에 드러났소이다."

그 말에 모두의 시선에 의문이 떠올랐다. 모두 다 알고 있는 사실을 공수개 장로가 말하는 이유가 뭘까? 하지만 곧이어 그들은 알 수 있었다. 그게 얼마나 큰 파장을 몰고 올 수 있는 것인지.

"금은 그들의 영토 밖에 있는 공동파까지 박살 내 버렸소. 그렇다 보니 지금 무림의 각 문파들은 양양성에 내보냈던 정예 고수들을 불러들이고 있소이다. 무림의 대의를 따르는 것도 좋지만, 우선 집안을 튼튼히 해 놓고 보자는 뜻이겠지요."

그 말에 맹주의 오른팔이라고 할 수 있는 청호진인이 놀라서 외쳤다.

"아니, 그게 사실이오?"

"자세히 알아보면 곧 들통 날 일인데 거짓말을 해서 무엇 하겠소? 노부의 말은 사실이외다."

"허어, 이것 큰일이구려. 그렇다면 모처럼 집결시켜 놓은 무림연합의 세력이 급격히 저하될 것은 자명하지 않소이까? 소림까지 봉문한 상태인데 일이 어찌 되려고 이러는지……."

"참, 소림 얘기가 나왔으니 말인데, 소문 들으셨소? 사실인지는 모르겠지만, 소림의 장문인이 물러났다고 하던데."

누군가 소림사에 대해 들은 풍문을 입에 담자 여기 모인 장로들 중에서 가장 정보가 빠른 공수개 장로가 그 진위를 알려 줬다.

"대덕대사(大德大使)가 물러나고 새로이 덕량대사(德良大使)가 방장직에 올랐다는 연락을 받았소이다. 하지만 그것도 다 얄팍한 술수에 지나지 않다고 본방에서는 추측하고 있소."

"그건 무슨 말씀이시오? 공 장로."

"수라도제 대협이 소림의 정문을 파괴하며 응징하겠다는 선언을 했으니 소림사로서는 겁이 날 만도 하지 않겠소이까? 그걸 피해 가기 위해 대덕대사는 자신이 모든 책임을 진다는 명목 하에 장문직을 아랫사람에게 넘긴 것이겠지요."

"허어, 그런 속셈이 있었구려. 하여튼 말로만 중생들을 구제한다고 떠들면서 하는 짓거리가 정말 얄팍하기 그지없구려."

"그러게 말이외다."

모두들 소림사의 행동에 실망감을 감추기 힘든 모양이다. 이때, 청호진인이 묵직한 어조로 입을 열었다.

"어찌 되었건 소림이 봉문을 선언한 이상 그들을 끌어들일 수는 없소이다. 우선 당면 과제는 고수들을 빼내는 이기적인 문파들을 어떻게 처리하는 것이 좋겠느냐는 것이 아니겠소? 빈도의 생각으로는 몇몇 문파들을 골라내어 본보기로 응징을 가하는 것이 좋을 듯한데……."

청호진인이 심각한 어조로 해결책을 제시했지만 공수개 장로는 고개를 가로저으며 말했다.

"그건 불가능하외다. 청호진인의 사문인 무당파의 경우 양양성에서 거리가 멀지 않기에 위급할 때는 즉시 양양성에 주둔 중인 고수들의 도움을 받을 수 있겠지만, 다른 문파들은 그렇지 못하오. 만약 그들이 이 사실을 들고 나오며 자신들의 안전을 보장해 달라고 한다면 어찌 하시겠소이까?"

공수개 장로의 지적은 정곡을 찌르는 것이었기에 청호진인으로서도 딱히 반박할 말이 없었다. 그러자 공수개 장로는 그것보라는

흔들리는 무림맹 195

듯 청호진인을 잠시 바라보더니 말을 이었다.

"지금 가장 시급히 해야 할 일은 금군이 보유한 정예군들의 수준을 파악하는 일이외다."

"놈들의 능력은 이번에 거의 드러났지 않았소이까? 공동파와 종남파를 파괴할 수 있었던 것으로 보아 거의 9대문파급, 아니면 그보다 조금 더 강력한 정도의 전력을 보유하고 있다는 것을 말이오."

"물론 그렇소이다. 하지만 그보다는 좀 더 자세한 정보가 필요하오. 놈들의 능력을 정확히 파악해야 이번처럼 뒤통수를 얻어맞지 않을 수 있지 않겠소? 이번에 일어났던 일도 다 놈들의 능력을 정확히 파악하지 못한 데서 비롯된 것이 아니겠소이까?"

"허어, 참. 개방에서조차 그 사실을 모르는데, 빈도가 그걸 어찌 알아낸단 말이오? 혹시 무영문 쪽에다가 의뢰를 한다면……."

청호진인은 공수개 장로의 안색이 노기로 시뻘겋게 변하는 것을 보고 황급히 말을 멈췄다. 무의식중에 자신이 공수개 장로의 역린(逆鱗)을 건드렸음을 느꼈던 것이다.

이때, 지금까지 말없이 듣고만 있던 맹주가 문득 입을 열었다.

"서로 다툴 필요 없네. 금이 보유하고 있는 핵심 전력은 이미 파악해 냈으니까."

그 말에 공수개 장로는 놀라서 외쳤다.

"정말이십니까? 맹주님."

"물론일세. 노부가 여러 가지로 조사해 본 바에 따르면, 일단의 마교 세력이 금군에 협조하고 있다는 점이 드러났다네."

그런 말은 개방 출신인 공수개 장로도 처음 듣는 것인지라 불신

감 어린 표정으로 반문했다.

"도대체 그 정보의 출처는 어딥니까? 맹주님."

맹주는 잠시 고민하는 듯하더니 말문을 열었다.

"무영문일세."

그 말에 공수개 장로의 안색이 일그러졌다. 또다시 무영문에 한 발 뒤진 것이다.

맹주는 공수개 장로의 표정을 보며 재빨리 말을 이었다.

"그리고 공수개 장로도 그 사실을 알려 줬지 않은가?"

이어진 맹주의 말에 공수개 장로는 어리둥절한 표정으로 되물었다.

"예? 그건 무슨 말씀이십니까? 저는 그런 보고를 올린 기억이 없습니다."

"과거 노부는 공 장로에게 완옌 렌지에라는 인물을 조사해 달라고 청한 일이 있었네. 안 그런가?"

"그… 그렇습니다."

"그때 공 장로가 노부에게 들려준 답변과 무영문에서 흘러 들어온 정보를 종합해 보고 노부는 그런 결론을 내렸던 것일세."

"그렇다면 맹주님께서는 마교가 금의 뒤에 있다고 생각하시는 것입니까?"

그러자 또 다른 장로가 외쳤다.

"그놈들이 갑자기 협정을 맺자고 할 때부터 그 저의가 의심스러웠소이다. 이런 썩을 놈들!"

장내가 소란스러워지자 맹주는 손을 슬며시 치켜들며 그들을 진정시켰다.

"자자, 모두들 조용히 하게나. 노부는 분명히 말했네. 마교 세력의 일부가 금에 넘어갔다고 말이야. 만약 지금 마교가 전폭적으로 금을 밀고 있다면 사태는 절망적이겠지만, 원시천존께서 도우셔서 그런 일은 벌어지지 않았다네. 지금 금에 협력하고 있는 존재는 과거 마교에서 암흑마제와 교주 자리를 다투다가 쫓겨난 인물일세."

그 말에 장로들은 저마다 생각에 잠겼다. 암흑마제와 권력다툼을 벌이다가 쫓겨난 자라. 이 순간 그들의 뇌리에 한 가지 명호가 떠올랐다. 맹주는 말을 멈추고 좌중을 쓱 훑어본 후 말을 이었다.

"사파에서는 흑살마제라고 부르고, 우리 쪽에서는 흑살마왕이라고 부르는 장인걸 전 교주가 바로 그 당사자지. 노부는 그가 탈출할 때 천마혈검대까지 거느리고 갔다는 정보까지 입수했다네."

그 말에 모두들 작금의 사태를 어느 정도 이해할 수 있었다.

"그렇다면 마교는 일찍이 그 사실을 알고 동맹을 요청했다는 말씀이십니까?"

"물론일세. 그들도 흑살마왕을 치기 위해서는 자신들만의 힘으로는 힘들다고 결론을 내렸겠지. 수라도제의 보고에 따르면 지금 교주는 양양성에 와 있는 모양이야. 교주가 직접 움직일 정도로 마교는 이번 일을 중대하게 생각하고 있다고 보면 되겠지."

"오오, 그런 일이……. 그런데 맹주께서 좀 더 빨리 그 사실을 밝히셨으면, 이토록 엄청난 피해를 당하지는 않았을 것이 아닙니까?"

"그건 노부가 여러 장로들에게 사과하겠네. 그 정보를 알려 준 옥화 봉공은 그 사실을 비밀에 붙여줄 것을 부탁했었네. 흑살마왕이 금에 있다는 것을 조사하여 마교 교주에게 알려 준 것이 무영문이었거든. 무영문은 지금까지 한 가지 정보를 한 곳에다가만 판매한다는 규칙을 고수해 오지 않았나? 그걸 노부 때문에 깨뜨리게 된 것이나 다름없게 된 것이니, 노부가 그 사실을 공포하면, 그걸 노부에게 알려 준 옥화 봉공의 처지는 어떻게 되겠나? 태상문주가 문의 법규를 어긴 것이니 아주 곤란한 처지에 놓이게 되겠지. 그렇기에 노부는 지금까지 그 사실을 비밀에 붙일 수밖에 없었다네."

이제 모든 상황을 이해한 공수개 장로는 잠시 생각해 보더니 말을 꺼냈다.

"그렇다면 금이 지니고 있는 세력은 그렇게 크지 않을 수도 있다는 말씀이시군요. 흑살마왕과 그가 거느리는 천마혈검대. 물론 천마혈검대가 엄청난 힘을 지닌 세력임을 부인할 생각은 없습니다만 소수 정예라는 단점을 안고 있습니다."

소수 정예가 단점이라는 말에 다른 장로들은 의아스러운 듯했다. 사실 소수 정예가 지니는 이점이 더욱 크지 않은가? 하지만 그들은 이어지는 공수개 장로의 말에 그가 뭣 때문에 수수 정예가 단점이라고 한 것인지 이해할 수 있었다.

"백량 장로가 금의 황궁에 침입했을 때 그곳에 일단의 마교 고수들이 지키고 있었다는 사실을 생각한다면, 천마혈검대는 지금 두 토막이 나 있다고 보는 것이 옳겠지요. 일부는 황궁을 지키고, 일부는 흑살마왕이 거느리고 있을 테니 말입니다. 안 그래도 1백 명 남짓한 소수로 이뤄진 천마혈검대를 두 개로 나눈다는 것은 치명적인 약점이 될 수도 있습니다."

"흑살마왕이 마교에서 쫓겨난 후 20여 년이 흘렀소이다. 그가 또 다른 고수들을 키웠을 가능성도 생각해야 하지 않겠소이까?"

우려 섞인 지적이었지만 그 말에 공수개 장로는 코웃음을 치며 대꾸했다.
"흑살마왕이 제아무리 능력이 뛰어난 자라고 해도 여진족들을 상대로 무공을 가르쳐 봐야 얼마나 가르쳤겠소이까? 쓸 만한 고수 2천을 키웠다면 정말 많이 키운 것일 겁니다. 안 그렇습니까?"
공수개 장로의 지적에 다른 장로들도 고개를 끄덕일 수밖에 없었다. 그들 또한 무공을 익힌 고수들이 아닌가. 뛰어난 고수 한 명을 만드는 데 얼마만한 시간과 노력이 투자되어야 하는지 잘 아는 것이다.
"공수개 장로의 말이 옳습니다."
"허어, 금이 엄청난 세력을 지니고 있다고 생각했더니, 그게 아니었던 모양이구려. 이건 완전히 자신이 지닌 총력을 다하여 외줄타기를 한 것이 아니오이까?"
지금까지 아무런 말없이 가만히 있던 옥진호 장로가 입을 열었다.
"기왕에 알게 된 사실이니, 우리들은 그걸 적절히 이용하는 것이 좋겠소이다."
"오오, 옥 장로께 뭔가 고견이 있으시오?"
"천마혈검대 하나뿐이라고는 하지만, 그 지닌바 능력은 엄청나다고 할 수 있소이다. 그들을 없애려면 이쪽의 피해도 적지 않을 게 분명하오. 구태여 그런 피해를 자초할 것이 아니라 마교의 일은 마교가 해결할 수 있도록 도와주는 것이 좋지 않겠소이까?"
"그렇게 처리하는 것이 좋겠지요. 그렇다면 천마혈검대는 그렇게 처리한다고 하고, 지금 당면한 과제인 양양성에 주둔 중인 고수들의 이탈은 어찌 해결하는 것이 옳겠소이까?"

"일단 각 문파들에 맹의 일에 협조해 달라는 서신을 돌리는 정도로만 해 두는 것이 좋겠소이다. 정파 쪽이 더 이상 피해를 당한다면 나중에 금과의 전쟁이 끝난 후, 마교에게 밀릴 가능성이 크니까 말입니다."

"노부의 생각도 그렇소이다."

모든 장로들의 의견이 어느 정도 합해지자 가만히 앉아 있던 맹주는 결정을 했는지 공수개 장로를 향해 말했다.

"공수개 장로."

"예."

"개방의 정보력을 총동원하여 천마혈검대가 어디에 있는지 찾아내게. 흑살마왕이 거느린 주력의 위치만 예의 주시한다면 언젠가는 좋은 기회를 잡을 수 있을 게 아니겠나?"

"명대로 따르겠습니다, 맹주님."

"청호 장로는 각 문파에 서신을 돌려 양양성에서 고수들을 빼내지 못하도록 당부해 주게."

"예."

"옥진호 장로는 휘하의 고수들을 천마혈검대의 공격권 밖에 위치한 문파들에 파견하여 고수들을 빼내지 못하게 압력을 가하게. 사실 공격권 내에 위치한 문파들이 고수들을 빼내는 것이야 이해해 줄 수 있겠지만, 그렇지 않은 문파들이 고수들을 빼내는 것까지 용납해 줄 수는 없지 않겠나?"

"명대로 따르겠나이다."

장인걸은 공동산에서 정파 연합의 고수 5백 명과 대규모 혈전을 벌인 결과 예상 밖의 큰 피해를 당했다. 어쩌면 장인걸 자신마저도 하마터면 그곳에서 뼈를 묻을 뻔했을 정도로 상대방의 전력은 막강했다.

전 중원을 통틀어 열 명도 안 되는 화경급 고수가 무려 셋이나 한꺼번에 등장할 줄은 예상도 하지 못했던 것이다. 이때, 장인걸로서 불행 중 다행이었던 것이 그들 중에 황룡무제가 끼어 있었다는 점이었다.

황룡무제가 극성으로 익힌 무공은 청월검법. 청월검법은 전전대 교주였던 한중길이 철저히 연구하여 파훼법까지 만들어 놓은 검법이었다. 그렇기에 장인걸은 상대의 공격로를 환히 꿰뚫고 있었고, 그것이 장인걸의 목숨을 살려 줬다.

황룡무제가 쓰러지는 순간 삼재진(三才陣)은 깨져 버렸고, 그 틈을 이용하여 장인걸은 탈출에 성공했다. 장인걸과 함께 탈출에 성공한 수하들은 4백도 채 안 되었다. 그나마 천마혈검대 소속의 고수들을 단 한 명도 잃지 않았다는 것이 장인걸로서는 큰 위안이었다.

장인걸은 생존자들을 수습하여 곧바로 남양으로 돌아왔다. 적들의 실력을 감안했을 때 아무래도 남양의 수비가 마음에 걸렸던 것이다.

공동파를 향해 떠날 때의 모습과는 달리 남양으로 돌아온 장인걸과 그 수하들의 모습은 패잔병의 그것과 크게 다르지 않았다. 그 모습을 보고 편복대주는 오체복지하여 사죄했다.

"속하를 죽여 주시옵소서, 교주님."

씁쓸한 미소를 지은 장인걸은 슬그머니 공력을 일으켜 편복대주를 일으켜 세웠다.

"싸우다 보면 이길 수도 있고, 질 수도 있는 일이다. 패배할 때마다 수하들의 목을 베어서야 어찌 대업을 이루겠느냐? 다만 똑같은 실수만 되풀이하지 않으면 된다."

이번 장인걸의 패배는 전적으로 편복대주의 책임이 컸다. 그가 모든 정보를 담당하고 있는 만큼, 정파 쪽에서 동원 가능한 전력이 어느 정도인지 정확히 파악했어야 했다. 하지만 이번에 정파 쪽에서 동원한 전력은 편복대주가 예측한 것의 세 배를 넘어서는 것이었다.

편복대주는 장인걸의 관대함에 감격의 눈물을 흘리며 말했다.

"다시는 그런 실수가 없도록 하겠사옵니다."

"어찌 되었건 놈들의 세력이 상상 이상으로 강력하다는 것을 알아낸 것은 큰 성과였다고 할 수 있다. 화경급 고수를 셋이나 투입하다니……. 그놈들은 마교가 뒤통수를 치지 않을까 걱정되지도 않는 모양이지?"

"마교와 불가침 조약을 맺은 때문이 아니겠사옵니까?"

"어찌 되었건 이번 사건으로 한 가지 사실은 명백해졌다. 될 수 있으면 무림맹 놈들과는 정면충돌을 하지 않는 편이 이롭다는 것 말이다. 편복대주."

"옛, 교주님."

"사로잡은 인질들의 명단은 준비되었느냐?"

"예, 교주님."

"그것을 무림맹에 보내거라. 그것을 통해 무림맹 세력들을 이간질한다면 아마도 큰 성과를 볼 수 있을 거라고 생각된다."

"예."

"그리고 비교적 방비가 허술한 무림맹 소속의 문파들이 있는지 조사해 보도록."

장인걸의 명령에 편복대주는 의아한 모양이었다.

"예? 그것은 왜……?"

"본좌가 이곳으로 오면서 생각해 둔 계책이 있다. 비교적 방비가 허술한 문파 몇 개를 치면서 마교도들이 그렇게 한 것처럼 꾸미는 것이다. 그렇게 되면 지금까지 원수처럼 지내 왔던 마교와 무림맹은 어찌 되겠느냐?"

그 말에 편복대주는 감탄스럽다는 듯 말했다.

"훌륭하신 계책이십니다, 교주님. 당연히 휴전은 깨질 것이고 둘은 다시금 아귀다툼을 벌일 것이 분명하옵니다."

장인걸은 흡족한 듯 미소 지으며 말했다.

"그렇게 되면 무림맹은 더 이상 양양성에 저만한 고수들을 집중시키지 못할 것이야."

"지금 즉시 시행하라."

"옛, 교주님."

편복대주는 서둘러 달려 나갔다. 이번에야 말로 실수하지 않고 정파 놈들을 제대로 함정에 빠트려야겠다고 속으로 다짐하면서 말이다.

## 운이 좋았다

 묵향이 양양성으로 돌아온 후, 며칠이 흐르자 공동파에 갔던 수라도제가 돌아왔다. 처음 공동파를 구원하기 위해 달려갈 때의 자신만만한 모습과는 달리 그의 어깨는 축 늘어져 있었다.
 돌아오는 무림 연합 고수들을 멀리서 바라보고 있던 마화가 문득 입을 열었다.
 "교주님께서 함께 가셨어야 했어요."
 사실 장인걸이 거기에 있는 줄 알았다면 자신이 직접 가서 목을 땄을 것이다. 하지만 묵향은 그놈이 설마 거기 있을까 하는 생각에 가지 않았고, 결과적으로 장인걸은 살아서 돌아간 것이다. 물론 묵향이 기대한 대로 공동파는 묵사발이 되어 버렸지만 말이다.
 묵향은 그것이 너무나도 아쉬운지 가볍게 혀를 차며 대꾸했다.
 "본좌도 알고 있다. 천마혈검대만 보내도 충분했었을 텐데…, 설마 그 녀석이 직접 움직일 줄이야……."
"이번에 흑살마제도 큰 곤욕을 치뤘을 테니, 다시는 이런 모험을 하지 않을 거예요."
장인걸이 이번에 크나 큰 고생을 했을 것이 분명했다. 화경급 고수를 무려 세 명이나 상대해야 했을 테니 말이다. 그곳에 천마혈검대가 없었다면 아무리 장인걸이 기괴한 마공들을 익히고 있었다고 해도 살아서 돌아가기는 힘들었을 것이다.
"어쩔 수 없지. 하지만 언젠가는 기회가 다시 올 거야."
잠시 생각을 정리하던 묵향은 마화를 향해 입을 열었다.
"마화!"
"예, 교주님."
"총타에 연락을 넣어 초류빈과 철영에게 혈랑대와 수라마참대 그리고 천랑대를 이끌고 대별산맥에서 은밀히 대기하라고 일러라."
상대는 장인걸이었다. 그렇기에 혹시 자신이 없는 상황에서도 그와 대등하게 싸울 수 있을 정도의 인선을 해 둘 필요가 있는 것이다. 그리고 대별산맥은 양양성과 지척에 위치해 있는 험준한 산맥이었다. 고수들을 숨겨 뒀다가 써먹기에도 편리하겠지만, 혹시 무슨 일이 벌어졌을 때 묵향이 그곳으로 달려가기도 용이할 것이다.
"드디어 움직이실 생각이십니까?"
"아니, 당분간은 아니야. 이번처럼 절호의 기회를 잡았다고 해도, 본교의 주력이 십만대산에 틀어박혀 있어서는 도저히 손쓸 기회를 잡을 수가 없어. 좀 더 가까운 곳에 불러들여 놓는 게 좋을 것 같아서 하는 말이야."
"그런 이유라면 초류빈 부교주님은 빼시는 게 낫지 않겠습니까? 아직 부상이 완쾌되지 않은 걸로 알고 있는데요."
"그럴 수도 있겠군. 대신 초류빈에게는 몸이 다 나으면 철영과 합류하라고 지시해."
"예, 그렇게 전하겠습니다."
묵향은 싸늘한 공기를 가슴 깊이 들이마시며 중얼거렸다.
"아마 봄이 되면 그놈이 다시 움직이기 시작할 거야. 조용히 참으면서 기회를 노리다 보면……."
"걸려들지 않을 수도 있습니다. 이번에 그만큼 혼이 났으니까요."
"그럴지도 모르지. 하지만 그건 그때 가서 다른 방법을 궁리해 보면 되겠지. 그건 그렇고, 봄이 되기 전에 그 연놈들부터 처리해야겠군. 지금이 적기인 듯하니까 말이야."
그 말에 미회는 의이힌 듯 되물었다.
"연놈들이라뇨?"
묵향은 빙긋 미소 지으며 대꾸했다.
"마화는 몰라도 돼. 본좌의 사소한 원한일 뿐이니까."
이때, 밖에서 경비를 서고 있던 흑풍대 소속 무사의 목소리가 들려왔다.
"교주님, 수라도제가 만통음제 대협과 함께 급히 와 달라고 사람을 보내왔습니다."
"그래? 알겠다. 가겠다고 일러라."
"옛."

급히 만통음제와 함께 와 달라는 수라도제의 전갈을 받은 묵향은 도대체 무슨 일일까 하는 기대감을 가지고 그곳으로 갔다. 그 노회한 너구리가 이번에는 어떤 것을 들고 나올지 궁금하기 짝이 없었던 것이다.

싸늘한 표정을 짓고 있는 수많은 무사들이 대기하고 있을까? 아니면 또 다른 무슨 함정이라도?

묵향이 수라도제가 와 달라고 부탁한 곳에 만통음제와 함께 도착해 보니 뜻밖에도 그곳에는 수라도제 외에 황룡무제와 패력검제도 자리에 앉아 있었다. 황룡무제는 내상이 아직 완치되지 않은 탓인지 안색이 조금 창백해 보였다. 묵향은 그 셋을 훑듯이 살펴본 후 퉁명스레 말을 걸었다.

"본좌를 부른 이유는?"

"뭐가 그리 급하시오? 우선 자리에 앉으시지요. 차를 드시겠소? 아니면 술을?"

그렇게 말하는 수라도제의 어투는 결코 호의적이지 않았지만 묵향은 태연자약했다. 몇 가지 안줏거리 옆에 놓여 있던 빈 술잔을 집어 들고 술을 따르며 만통음제에게 화기애애하게 말했다. 꼭 술 한잔하기 위해 객잔에라도 온 듯.

"형님도 한잔 드시죠."

"아니, 됐네."

이런 냉막한 분위기 속에서 어찌 술맛이 난단 말인가. 그것을 증명이라도 하듯 다른 사람들의 앞에도 모두 찻잔이 놓여 있었다.

수라도제는 꼭 범인을 신문하듯 싸늘한 어조로 질문을 던졌다.

"흑살마왕이 금에 있다는 걸 알고 계셨소?"

묵향은 한 잔 쭉 마신 후 고개를 끄덕였다. 수라도제는 인상을 더욱 찡그리며 말했다.

"그렇다면 단 한마디 언질이라도 해 줄 수 있었잖소. 만약 그랬다면 절대로 그놈이 살아서 돌아갈 수 없었을……."

이때 갑자기 묵향이 수라도제의 말을 끊으며 으르렁거렸다.

"내 먹이에 손대지 마. 그놈은 본좌가 직접 명줄을 끊어 놓을 거야. 알겠나?"

하지만 수라도제는 콧방귀를 뀌며 싸늘하게 대꾸했다.

"그렇다면 이번에 교주가 직접 갔으면 되었겠구려. 그곳에 가지도 않았으면서 그런 말도 안 되는 요구를 하다니……."

"이번에는 본좌가 판단을 조금 잘 못했을 뿐이야. 그놈이 거기 있을 줄은 예상하지 못했으니까……."

"그런 요구를 하고 싶다면 지금 당장 칼을 들고 그놈을 찾아가서 죽여 없애시오. 그럴 능력이 안 된다면 그딴 요구는 하지도 말고 말이오."

"말 다 했는가?"

묵향이 싸늘한 표정으로 으르렁거렸지만 수라도제로서도 할 말은 있었다. 뭐 묻은 놈이 뭐 묻은 놈을 나무란다더니, 그 짝이 아닌가.

"아직 다 못 했소. 중원이 얼마나 넓은데, 그놈이 어디에서 튀어나올 줄 알고 당신에게 그런 약속을 하겠소? 당신이 있는 자리에서 그놈을 만난다면 기꺼이 놈을 당신에게 양보해 주겠소. 하지만 당신이 없는 자리라면 노부는 그놈을 죽여 없애기 위해 최선을 다할 거요. 안 그러면 내가 당할 테니 말이오."

수라도제가 그런 말을 할 만했다. 직접 싸워 본 결과 상대는 상상을 초월하는 괴물이었으니까.

묵향은 잠시 생각했다. 사실 이번에 자신이 따라가지 않은 것이 잘못이었으니, 상대를 탓할 수는 없는 노릇이었다. 그리고 자신이 그런 요구를 할 만큼 놈은 만만한 상대가 아니었다. 조금이라도 실수하면 목숨을 보장하기 힘들 정도로.

"그건 귀하의 말이 맞는 것 같군. 본좌가 조금 감정에 치우친 듯하니 이해하게."

수라도제는 또다시 범인이라도 신문하듯 싸늘하게 질문을 던졌다.

"그놈이 익힌 무공이 뭐요? 도대체 어떤 망할 놈의 무공을 익혔기에 도무지 죽지를 않는 거요? 노부가 만약 그런 치명상을 입었다면 목숨이 열 개라도 살아남기 힘들었을 텐데, 어떻게 그놈은 멀쩡할 수 있다는 말이오?"

그게 묵향의 비위를 건드렸는지 그는 될 대로 되라는 듯 이죽거렸다.

"대답하기 싫은데?"
"대답하시는 게 신상에 좋을 거외다."
"신상에 좋을 거라고? 흥! 좋을 대로 해 봐라."

그들의 대화를 옆에서 듣고 있던 만통음제가 끼어들었다. 이런 식으로 감정적으로 대립해 봐야 좋을 게 하나도 없기도 했지만, 괴이한 무공에 대한 흥미도 적지 않았다.

"도대체 상대가 어느 정도로 상처를 입었기에 수라도제 대협이 그런 말씀까지 하신단 말씀이시오?"

수라도제는 마지못해 대답했다.

"강기에 격중당해 장부가 완전히 뒤흔들렸을 것임이 분명한데도, 전혀 타격을 받은 것 같지도 않았기에 하는 말이외다. 우리 셋이서 그놈을 합공했으니, 그놈의 실력이 현경급이 아닌 다음에야 살아 돌아가기 힘들었을 것이 아니오? 그런데도 불구하고 놈은 유유히 살아서 도망쳤소. 황룡문주에게 부상까지 입혀 놓고 말이외다."

그 말에 만통음제는 경악할 수밖에 없었다. 지금껏 극마급의 고수와 화경급의 고수가 정면 대결을 벌인 적은 거의 없었기에, 서로 간의 우열에 대한 정보는 거의 없었다. 하지만 세인들은 서로 엇비슷한 실력일 거라고 추측하고 있었고, 만통음제 또한 그렇게 생각하고 있었다. 그런데 수라도제의 말을 들어 보니 이건 그게 아니지 않은가.

"도대체 어떻게 된 일인가? 동생."

수라도제를 생각하면 단 한마디도 대답해 주고 싶은 마음이 없었다. 하지만 만통음제가 질문을 던지니 어쩌겠는가. 묵향은 씁쓸한 미소를 지으며 술잔을 단숨에 비운 다음 어쩔 수 없이 대꾸했다.

"귀혼강신대법(歸魂?身大法). 그것을 익히면 거의 불사에 가까운 신체를 얻을 수 있습니다. 웬만한 상처 따위는 곧바로 치료되어 버리죠."

"정말 천마신교의 무공은 너무나도 기괴하구먼. 그런 무공이 존재할 줄이야······."

"본교의 무공이 아닙니다."

"그렇다면 도대체 어디의 무공인가? 그런 무공이 있다는 소리는 지금껏 들어 본 적도 없는데 말일세."

"혈교의 것이라고 보시면 맞겠죠. 아마도 혈교에 그 비슷한 무공이 있는데, 그걸 본교의 무공과 연결하여 더욱 발전시킨 모양입니다."

"허어, 참. 무공의 한계는 도무지 상상조차 할 수가 없구먼. 그런 게 가능할 줄이야……."

묵향과 만통음제가 나누는 대화를 묵묵히 듣고 있던 수라도제가 입을 열었다.

"귀혼강신대법이라……. 그걸 상대할 수 있는 방법은 뭐요?"

"알아서 생각해 봐. 본좌가 대답해 줄 이유는 없으니까."

수라도제의 얼굴이 분노 때문에 시뻘겋게 달아올랐다.

그 둘의 눈치를 살피던 만통음제가 또다시 끼어들었다.

"우형의 생각으로는 그 무공은 상처 회복의 속도를 비정상적일 정도로 빠르게 만드는 것인 모양이군. 하지만 상처 회복을 방해한다면 충분히 상대할 가능성도 있겠지. 예를 들어 양강의 무학을 통해 살을 태워 버린다거나, 아니면 극음의 무학으로 살을 얼려 버린다거나……."

가만히 듣고 있던 패력검제와 황룡무제가 끼어들었다. 그들 둘다 극양이나 극음의 무학 따위는 익힌 적도 없었기 때문이다.

"그런 것을 익히지 않았을 때는 어떻게 합니까? 사실 극음이나 극양의 무학을 익힌 자는 흔치 않지 않습니까? 더군다나 절정의 경지에 오르기 위해서는 음양의 조화가 중요합니다. 한쪽에 치우친 무학만으로 절정에 오른다는 것은 말도 안 되는 짓이죠. 그런데, 어찌 극양이나 극음의 무공을 논하십니까?"

"허어, 황룡 대협의 말이 전적으로 옳소이다. 그렇다고 극양이나 극음의 속성을 지닌 신병이기를 구한다는 것도 쉬운 일은 아니고……."

옆에서 듣고 있던 묵향이 도저히 참지 못하겠다는 듯 만통음제에게 말했다.

"뭘 그렇게 복잡하게 생각하십니까? 여기만 박살 내면 되지 않습니까? 여기!"

그러면서 묵향은 자신의 머리를 손가락으로 톡톡 쳤.

그 말에 수라도제를 비롯한 다른 고수들은 처음에는 '그렇게 쉬운 방법이!' 하는 듯 안색이 환하게 밝아지는 듯했다. 하지만 곧이어 그들의 안색은 더욱 어두워졌다. 그만한 고수의 머리통을 박살 내는 게 쉬운 일이 아니라는 것에 생각이 미쳤던 것이다.

절정의 고수들 간에 있어서 실력의 차이는 종이 몇 장 간격 정도밖에 안 된다. 그렇기에 이쪽이 조금 더 실력이 높다고 하더라도 방심하면 한순간에 죽음을 당하기도 한다는 말이다. 그런데, 그런 상황에서 공격 목표를 머리로 한정해야만 한다니……. 이건 말도 안 될 정도로 불리한 조건에서 싸워야 한다는 소리가 아닌가.

"정녕 그것 외에는 방법이 없습니까?"

패력검제의 질문에 묵향은 고개를 갸웃하며 대꾸했다.

"글쎄……. 그건 생각해 보지 않아서 잘 모르겠는걸? 사실 본좌는 그 방법만으로도 충분했으니까."

"난제로군요."

"뭐 어려운 문제랄 것도 없네. 적의 장점을 알려 줬으니 이번에는 각자 자신이 지닌 장점을 충분히 고찰해 볼 필요가 있겠지. 적의 장점을 죽이고, 이쪽의 장점을 극대화시키는 것이 대결에 있어서 가장 먼저 선행되어야 할 과제가 아니겠는가?"

그 말에 수라도제는 티껍다는 듯 대꾸했다.

"그걸 누가 모르겠소? 그건 그렇고, 귀교에는 그 대법을 익힌 자가 많소? 이번에 그들과 싸울 때, 베어도 죽지 않는 인간 같지도 않은 놈들이 꽤 많았기에 하는 말이외다."

그걸 익힌 자가 마교에도 많다면, 앞으로 마교를 상대하기가 매우 까다로울 수도 있겠다고 생각하며 수라도제가 던진 질문이었다. 하지만 묵향은 상대의 생각을 아는지 모르는지, 가소롭다는 듯 대꾸했다.

"쯧, 생과 사가 오가는 지극히 짧은 순간에 주어지는 것이 깨달음인 것이야. 처음부터 목숨을 잃기 싫은 놈이 어찌 지고한 경지를 개척할 수 있겠나? 본좌가 집권할 때 그런 놈들은 몽땅 다 목을 따 버렸지."

패력검제가 충분히 동감한다는 듯 고개를 끄덕이며 찬성했다.

"교주님의 말씀이 전적으로 옳소이다."

어쩌면 답보 상태에서 머물러 버릴지도 모르는 자신에게 한 가지 돌파구를 제공해 준 것이 교주와의 대결이었다. 교주는 어떻게 생각했는지 모르지만, 그 순간 패력검제는 목숨을 걸었었다. 그리고 그 대가는 주어졌다. 그걸 어떻게 풀어 갈지는 자신의 몫이었지만 말이다.

잠시 침묵이 흐르고…, 황룡무제가 문득 입을 열었다.

"교주님을 만난 김에 한 가지 여쭤 볼 것이 있습니다."
"뭔가?"
"제가 익힌 것이 청월검법이라는 사실은 아시겠지요?"
묵향이 고개를 끄덕이자 황룡무제는 다시금 말을 이었다.
"귀교에서는 청월검법에 대해 어느 정도 알고 있는 겁니까?"
"어찌 본좌에게 그런 질문을 하는가?"
"흑살마왕은 제가 공격하자마자 기다렸다는 듯 정확하게 빈틈을 찾아 맞받아쳤습니다. 만약 제 깨달음이 조금만 미약했다면 이 자리에 앉아 있지도 못했겠죠. 물론, 그가 다른 사람들의 공격을 그토록 손쉽게 상대했었다면 이런 말은 드리지도 않았을 겁니다."

황룡무제를 지긋이 바라보며 잠시 침묵하던 묵향은 이윽고 결정을 내렸는지 입을 열었다.

"파훼법이 있어."

"끄응……."

자신의 짐작이 옳았음을 알고 황룡무제는 신음성을 흘렸다. 하지만 그런 황룡무제를 향해 묵향은 부드러운 어조로 질책했다.

"파훼법 따위에 초식을 벗어난 화경급 고수가 걸려들었다는 것은, 자네가 그만큼 상대를 경시했다는 말이 되겠지. 하기야 3대 1로 싸우는 상황이니 그럴 수도 있겠다는 생각은 들지만…, 그런 쓸데없는 의문을 가지기에 앞서서 자네의 미흡함을 먼저 반성하게. 그게 옳은 수순인 듯하군."

옆에서 이걸 듣고 있던 수라도제는 자신이 한 가지 모르고 있었던 사실이 있음을 알 수 있었다. 그런 부분을 물어보는 황룡무제나, 그에 대한 답을 친절하게 해 주는 교주나 자신이 봤을 때 둘 다정상은 아니었다. 교주가 황룡무제의 사부도 아니면서 왜 그런 의문에 일일이 대답을 해 줘야 한단 말인가.

'허어, 내가 모르고 있는 사실이 있군.'

그러면서 그는 다른 사람들을 주의 깊게 살펴봤다. 자신이 매우 특이하다고 생각했던 것을 다른 사람들은 어떻게 이해하고 있는지가 궁금했던 것이다.

만통음제는 재미있게 듣고 있더니 자신까지 덩달아 끼어들어 상대방이 어떤 식으로 공격해 왔는지 물어보고 있었다. 하기야 저렇듯 호기심이 많으니 만통음제라는 명호를 얻게 되었을 것이다.

그리고 패력검제는 이들의 대화를 아주 당연하다는 듯 받아들이고 있었다. 한 번씩 자신이 궁금하다고 여기고 있었던 것까지 서슴지 않고 질문을 던지고 있는 것을 보면, 그가 교주를 어떻게 생각하고 있는지 대충은 짐작할 수 있었다.

수라도제가 양양성 내의 최고수들을 모두 다 집합시킨 것은, 이번의 실패가 있게 만든 원인을 제공한 교주를 문책하고, 또 장인걸 일당이 지닌 전력에 대한 정확한 정보를 얻기 위해서였다. 그런데 지금 회의장의 분위기는 이게 뭐란 말인가? 각자가 지닌 심득을 나누는 토론장이 되어 버렸다. 딱딱한 회의장의 분위기를 보고 처음에는 차를 시켰던 패력검제나 만통음제가 탁자 위에 놓인 술잔을 집어 든 것을 보면 대화를 아예 본격적으로 시작할 작정인 듯했다.

'뭔가 있어. 그 이전부터 이들이 교주와 교류가 있었음이 분명해. 안 그렇다면……'

교주가 후진양성을 위해 자신이 지닌 것을 아낌없이 베풀 가능성도 있었다. 하지만 수라도제는 그 생각을 애써 억눌렀다. 누가 봐도 그건 가능성이 없는 추리였으니까 말이다. 어느 미친놈이 장차 적이 될지도 모르는 자들에게 무공을 가르친단 말인가? 그것도 얻는 것이 하나도 없는 상황에서 말이다.

원래 무림이라는 것은 약육강식의 비정한 세계다. 협이니 뭐니 떠들어 대는 정파라 해도 그건 사정이 다를 바 없었다. 얼마나 세력이 강하냐에 따라 문파들의 등급이 매겨지고, 그에 합당한 대접을 받는 곳이다. 그렇기에 강한 문파들은 더욱 강해지기 위해 최선을 다하며, 한편으로는 약한 문파가 강성해지는 것을 철저히 억압한다. 자기가 강해지지 못하면 남이라도 약하게 만들어 놔야 자신의 강함이 유지되는 것이니까 말이다.

그런 정파들보다도 더욱 강함을 추구하는 곳이 마교가 아닌가. 그곳의 교주가 타인의 세력이 커지도록 방치하는 것을 넘어서, 오히려 도와줄 리가 없는 것이다.

하지만 생각이야 어떻던 고급스러운 무공론이 흘러나오자 수라도제도 체면 불구하고 은근슬쩍 거기 끼어들지 않을 수 없었다. 상대의 의도가 어찌 되었건, 이런 기회는 천금을 들여도 얻기 힘든 것이었으니 말이다.

물론 상대가 거짓을 말할 수도 있다. 아니, 분명 거짓말을 할 것이다. 하지만 진실이라는 것은 거짓과 종이 한 장 차이가 아닌가. 완전히 없는 말을 지어내서 거짓말을 할 수 없듯, 거짓말들을 종합하여 유추하면 진실을 얻어 낼 수도 있을 것이다. 그렇기에 수라도제는 이곳에서 오고가는 대화를 한 꺼풀씩 자신의 방식으로 이해하며 대화에 동참하고 있는 것이다. 진실을 오해하면 거짓이 된다는 사실도 모르고……

## 남양에 던진 미끼

"장로님, 큰일 났습니다."
"무슨 일인데 그러느냐?"
다급히 들어오는 거지를 바라보는 장로의 눈빛은 그의 깊은 수련도를 말해 주듯 침착하기 그지없었다. 그가 바로 개방 최고수라는 부운걸개(浮雲乞丐) 장로였다. 그의 무공이 가장 강했기에 2천의 방도를 거느리고 이곳 양양성이라는 사지(死地)에 파견 나와 있는 것이다.

혹자는 이렇게 생각할 것이다. 그의 무공이 가장 강하다면 방주도 이길 수 있지 않겠느냐고……. 하지만 그건 그가 초식의 묘리를 벗어난다는 화경에 등극했다면 모를까 불가능한 일이었다. 그걸 방지하기 위해 개방 방주에게만 내려오는 반룡장(反龍掌)이라는 무공이 있었기 때문이다.

누구나 다 알다시피 개방 최강의 무공은 강룡십팔장(降龍十八掌)이다. 그 무공에 대해서 극성인 무공이 바로 반룡장인 것이다. 개방의 선대들은 개방 방주의 권위를 높이고 항차 있을지도 모르는 모반 따위를 방지하기 위해 반룡장을 개발해서 방주에게만 전수하는 치밀함을 보였던 것이다.

거지는 다급히 말했다.

"방금 전에 교주를 만났습니다."

부운걸개 장로는 나른한 듯 하품을 쩍 하더니 퉁명스레 대꾸했다.

"여기 교주가 있다는 사실을 모르는 사람이 없는데, 뭐 그게 큰 일이라고……."

"그게 아닙니다. 교주가 저한테 남양에 대해서 물어보더군요."

부운걸개 장로의 눈이 번쩍 빛났다.

"남양이라고? 남양이라면 금군이 군량미를 대량으로 쌓아 두고 있는 그곳 말이냐?"

"물론이죠. 금군의 포진 상황과 어느 정도 수준의 고수들이 배치되어 있는지 뭐 이런 세세한 것들에 대해서 묻더군요."

"그래서?"

"총타의 지시대로 제가 아는 한도 내에서 상세하게 대답해 줬습니다. 하지만 그놈은 그것만 가지고 만족하지 못한 듯, 2주일 이내로 정확한 정보를 파악하여 자신에게 알려 달라고 하더군요. 만약 그렇지 않으면 재미없을 거라고 협박하면서 말입니다."

부운걸개는 고개를 갸웃하며 중얼거렸다.

"흐음, 그놈이 왜 남양에 관심을 보이는 거지?"

"어쩌면 그곳을 기습 공격하려는 것이 아닐까요? 흑풍대는 지금까지 매우 적극적으로 금군과 전투를 벌여오지 않았습니까? 이곳에 수많은 무림 연합의 고수들이 와 있지만 그들만큼 금군에게 피해를 가한 단체는 없지 않습니까?"

잠시 그 가능성에 대해 궁리하던 부운걸개 장로는 고개를 끄덕이며 말했다.

"흐음, 그 말이 맞는 것 같구나. 너는 지금 당장 총타에 전서구를 띄워라."

"……"

전서구야 띄우겠지만 그 전통에 무슨 내용을 집어넣으라는 말인가? 거지가 멍청한 표정으로 서 있자 부운걸개 장로는 짜증난다는 듯 덧붙였다.

"교주가 원하는 정보를 최대한 빨리 파악하여 이곳으로 보내라는 것과 그놈이 그 정보를 이용하여 남양을 칠 생각인 것 같다고 알리란 말이다."

"옛, 장로님."

서둘러 달려 나가는 거지의 뒷모습을 향해 부운걸개 장로는 못마땅한 시선을 보냈다.

양양성에 파견 나가 있는 부운걸개 장로로부터 날아온 전서 한 장. 마교 교주가 남양에 배치되어 있는 금군 병력에 대한 세밀한 정보를 요구한다는 내용이었다. 그 전서에는 자신들이 이미 마교 교주에게 전달한 대략적인 정보의 내용을 밝히고, 이보다 더욱 상세한 정보를 2주일 내로 원하는 것으로 보아 아마도 그가 남양을 칠 생각이 있을지도 모른다는 뜻을 조심스럽게 밝히고 있었다.

남양이 지니고 있는 전략적 가치를 잘 알고 있는 개방 수뇌부였기에, 처음 그 전서를 접하자 환호하지 않을 수 없었다.

"허어, 이거 교주가 마음에 드는 일을 계획할 때도 있군요. 남양만 불바다로 만든다면 금군은 어쩔 수 없이 철군할 수밖에 없을 거외다."

"그러게 말이오. 하루라도 빨리 남양의 상황을 철두철미하게 조사하여 부운걸개 장로에게 보내라고 지시해야 하겠소이다."

"놈들의 군량만 불사를 수 있다면 연경을 탈환할 수 있는 것도 꿈은 아니겠소이다."

이런저런 고무적인 말들이 장로들 사이에서 오고 갔다. 그럴 만도 한 것이 남양에 쌓인 군량미는 60만 대군이 몇 달씩이나 먹을 수 있을 만큼 엄청난 양이 아닌가. 그게 모두 잿더미가 된다면 향후 금군은 그 정도 군량미가 비축되기 전까지는 그만한 병력을 끌어 모은다는 것 자체가 불가능하게 될 것이 분명했다.

이때, 지금까지 침묵을 지키고 있던 취선개 장로가 신중한 어조로 말했다.

"그렇게 간단하게 생각할 일이 아니외다."

"취선개 장로는 또 다른 의견이 있으시오?"

"여러 장로님들의 생각이 틀렸다는 말은 아니오. 다만 그렇게 간단하게 생각할 일은 아니라는 말이지요. 자, 생각해 보시오. 이쪽에서 넘겨 준 정보만 해도 남양을 치는 데 무리는 없을 거외다. 하지만 그놈은 더욱 많은 정보를 요구했소. 경비 상태라든지 뭐 그런 자세한 것까지 요구한다는 것은 남양을 칠 생각이 있긴 있되, 정면 공격이 아님을 의미하는 것이 아니겠소?"

 취선개 장로의 지적에 다른 장로들도 생각을 다시 가다듬을 수밖에 없었다. 취선개 장로의 추측이 상당히 신빙성이 있었으니까.

 "그, 그렇겠지요. 하지만 어찌 되었건 성공만 한다면 남양의 군량미가 잿더미가 된다는 것에는 변함이 없지 않겠소?"

 그 말에 다른 장로들도 고개를 끄덕이자, 취선개 장로는 화를 벌컥 내며 짜증스럽게 외쳤다.

 "이런 답답한 사람을 봤나! 그렇게 밖에 생각하지 못하겠소? 그놈은 소수의 고수들을 남양으로 침투시켜 군량미를 불태울 수 있는 가능성이 있다고 판단한 것이오. 놈이 할 수 있는 일을 우리들이라고 못할 이유가 있겠소?"

 그 말에 다른 장로들은 취선개 장로에게로 시선을 모았다.

 "과거 무림맹의 백량 장로가 황궁에 침입했다가 뜨거운 맛을 본 일이 있지 않소이까? 그런데……."

 "황궁과 그곳은 다르다고 노부는 생각하오. 거기에다가 무림맹에 가 있는 공수개 장로는 금군이 자랑하는 가장 뛰어난 고수들이 바로 천마혈검대라는 전갈을 보내왔소. 바로 마교 고수들이 상대라는 말이지요. 마공을 익힌 고수들이 지니고 있는 특징은 누구보다도 여러분들이 잘 알지 않소이까?"

 그 말이 주는 의미를 파악한 다른 장로들이 탄성을 내질렀다.

 "옳거니! 취선개 장로의 지적이 옳소이다."

 "마기(魔氣)!"

 "호오, 마기가 있었구료."

 취선개 장로는 고개를 끄덕이며 말했다.

"마교 고수들은 매복을 하지 않소. 왜냐하면 아무리 숨기려고 해도 은연중에 뿜어 나오는 마기 때문에 자신들의 기척이 금방 드러나니까 말이오. 그 말은 천마혈검대의 고수들이 그곳에 매복하고 있다고 해도 곧바로 알 수 있으니 그놈들만 피해서 군량미에 불을 지르는 것쯤 일도 아닐 수도 있다는 말이오. 안 그렇소?"

"호오, 맞구려. 그 말이 옳소이다. 교활하기 짝이 없는 교주 놈은 그 사실에 착안하여 작전을 구상하고 있는 것이 분명하오."

"그것이 분명하오. 그놈이 지금 거느리고 온 흑풍대는 마교로서는 드물게도 마기를 내뿜지 않는 자들로 구성되어 있다고 들었소. 그들을 이용하여 기습을 펼친다면 틀림없이 성공할 수 있을 거외다."

가만히 듣고 있던 방주는 심려 섞인 표정으로 조심스럽게 말했다.

"듣고 보니 취선개 장로의 지적도 옳구려. 하지만 그놈이 구상한 작전을 이쪽에서 가로챈다는 것은 상당한 위험 부담을 안고 있다고 봐야 할 걸세. 안 그래도 그놈은 개방을 못 잡아먹어서 안달인데, 그런 좋은 건수를 안겨 준다면 아예 씨를 말려 버리려고 들 것이 분명하지 않겠는가?"

취선개 장로는 눈빛을 교활하게 빛내며 대꾸했다.

"그건 걱정하실 필요가 없습니다. 무림맹에 그 죄를 뒤집어씌우면 되니까요."

"무림맹에?"

"예, 무림맹에 작전의 전모를 밝히고 정보를 넘긴다면 무림맹은 본방을 더욱 중히 여기지 않겠습니까? 또 본방에서 이 일을 처리하여 타 문파들의 질시를 받는 것보다는 그편이 훨씬 좋고 말입니다."

그 말에 충분히 공감한다는 듯 방주는 고개를 주억거렸다. 이윽고 그는 결단을 내렸는지 장로들에게 지시했다.

"맹에 전서를 띄우게. 나머지는 공수개 장로가 알아서 처리하겠지."

"옛."

방주는 회심의 미소를 지으며 중얼거렸다.

"드디어 본방이 무영문을 앞지를 날도 멀지 않았구먼. 크흐흐흣."

한편, 양양성에서는 또 다른 일이 벌어지고 있었다.

"허어, 자네 오랜만이로구먼."

교주를 발견한 팽대성의 안색은 한순간 샛노래졌다. 양양성으로 오면서 그에게 당했던 일은 지금까지도 그의 잠을 설치게 만들고 있었다. 악몽이라는 형태를 빌어서 말이다. 그런 자를 또다시 보고 싶겠는가?

기골이 장대한 팽대성이었지만, 오늘 그는 생긴 것 답지 않은 일을 하고야 말았다. 그는 얼굴 가득 거짓 웃음을 지으며 교주를 환대했던 것이다. 두 번 다시 그런 지옥을 경험하고 싶은 생각은 없었으니까.

'이런 떠그랄! 왜 이 새끼가 여기 있는 거야?'

"노야께서도 안녕하셨습니까? 정말 오랜만입니다."

팽대성은 워낙 솔직담백한 위인이라 기껏 꾸민다고 꾸민 표정이었지만, 싫은 표정이 역력하게 드러났다. 하지만 묵향은 그것을 눈치 채지 못한 척 부드럽게 말했다.

"그러게 말일세. 그때, 양양성으로 올 때는 본좌가 좀 과했지? 그냥 따끔하게 충고나 한마디 한다는 게, 조금 심했었던 것 같아서 그게 마음에 걸리더구먼."

교주가 자신의 속마음을 눈치 채지 못한 듯하자 팽대성은 자신의 교활함에 스스로 만족하면서 더욱 연기의 질을 높이고 있었다.

'개새끼! 알기는 제대로 아는군.'

"과하다니요. 절대로 그렇지 않으니 마음 놓으십시오."

"황실을 위해 그리고 무림의 앞날을 위해 목숨 걸고 일어선 자네들이 아닌가? 그런 사소한 것이 무에 그리 중요하다고, 그렇게 손을 썼었는지……."

뒷말을 슬쩍 흐리는 묵향이었다.

"아닙니다, 저희들로서도 많은 공부가 되었었습니다."

이런 식으로 팽대성을 잡고 시간을 끌며 묵향은 대화를 나누기 시작했다. 최대한 자애롭게 보이는 척하면서 말이다. 한참 동안 대화를 나누던 묵향은 문득 한 가지를 들고 나왔다.

"팽가의 본거지는 하북이지?"

그 질문에 팽대성은 기가 막힐 수밖에 없었다. 물론 팽씨세가는 여기저기에 있다. 그렇기에 편의상 그들과 구분 짓기 위해 하북팽가라고 부르는 것이다. 하지만 그 모든 팽가들의 힘을 하나로 합친다고 해도 하북팽가 하나를 이길 수 없을 정도로 하북팽가의 힘은 막강했다. 그렇기에 팽가하면 하북팽가를 말하는 것이 되어 버렸다. 그런데 하북팽가의 적자를 눈앞에 두고 본거지가 하북이라니?

그 말은 자신이 누군지 안중에도 없었다는 말이 아닌가?

슬쩍 열이 뻗쳤지만 그렇다고 발작할 수는 없었다. 상대는 팽가 따위 물로 봐도 하등의 이상이 없는 인물이었으니 말이다.

"예, 지금은 오랑캐가 점령하고 있어 남쪽으로 터전을 옮긴 상태입니다만, 언젠가는 돌아갈 수 있겠지요."

"허어, 참. 자네 본좌를 만난 것을 천행으로 여기게."

'이건 또 무슨 뚱딴지같은 소리야? 그거하고 네놈 만난 거 하고 무슨 상관이 있다고…….'

팽대성이 어떤 생각을 하고 있건 간에 교주의 말은 계속 이어졌다.

"2주일 내로 본좌는 남양을 칠 거야."

교주가 남양을 치건말건 그거하고 자신하고는 아무런 상관도 없다고 여겼기에 팽대성은 시큰둥한 어조로 장단을 맞춰 줬다.

"예? 그러십니까? 축하드립니다."

그 표정을 가만히 바라보던 묵향은 기가 막혔다. 척하면 알아들을 줄 알았는데, 이렇게 멍청한 놈일 줄이야. 어떻게 이런 놈이 최고의 후기지수들 중의 한 명이라는 평을 듣는지 이해할 수가 없었다. 하지만 묵향은 그런 내색은 하지 않고 상대에게 자신이 하고자 하는 일이 얼마나 중요한 것인지 설명하기 시작했다.

"자네 남양이 어떤 곳인지 아는가?"

"제가 미흡하여……."

"그곳은 금군이 군량을 대량으로 쌓아 놓은 곳이지. 본좌는 그걸 모두 다 잿더미로 만들 계획이야. 먹을 게 떨어진 그놈들은 후퇴할 수밖에 없을 테고, 그만한 군량이 마련되기 전까지는 두 번 다시 남하해 올 엄두도 못 내겠지."

"그렇게 중요한 곳이라면 방비 또한 만만치 않겠군요."

"그렇지는 않지. 자네도 알다시피 상대는 무공도 모르는 졸개들이다 그 말이야. 고수 몇이 숨어 들어가서 군량에 불 지르는 것쯤 손바닥 뒤집는 것처럼 손쉬운 일이 아니겠나? 그리고 그런 식으로 군량에 큰 타격을 받으면 금군은 막상 60만 대군을 먹여 살리기가 힘들 테니 상당한 곤욕을 치르게 될 테지. 굶주린 병사들은 힘을 쓰지 못하니 연경을 탈환하는 것도 이제 꿈이 아니란 말이야. 이제 내 말을 이해하겠나?"

다시금 고향으로 돌아갈 수 있겠다는 생각에 팽대성의 눈이 번쩍 뜨였다.

"그, 그렇습니까?"

"자, 자네가 고향으로 돌아갈 수 있도록 수고해 주고 계시는 본좌를 위해 오늘 술 한잔 사는 게 어때? 응?"

"……."

갑자기 말이 이상한 방향으로 흘러가 버리자 팽대성은 황당스러울 수밖에 없었다.

상대방의 의사도 물어보지 않고 교주는 팽대성을 끌고 객잔으로 들어갔다. 그곳에서 무려 한 시진에 가깝게 질펀하게 퍼마신 후에야 교주는 떠났다. 그리고 그 뒤에 남겨진 팽대성은 교주의 말을 어디까지 믿어야 할지 알 수가 없었다. 어떻게 보면 자기가 지닌 힘을 자랑하는 철부지 같은 모습이었고, 어떻게 보면 술 한잔 얻어 마시기 위해 공갈을 일삼는 파락호 같은 모습이었지 않은가. 하지만 가만히 생각해 보면 교주 정도 되는 사람이 술 한잔 마실 돈이 없어서 거짓말을 할 이유가 없지 않은가. 또, 그런 거짓말을 해 봐야 무슨 이득이 있다고……. 아무리 팽대성이 미래에는 팽씨세가를 물려받게 된다고 하더라도 지금은 아니지 않은가.

한동안 교주의 술 상대를 해 준 팽대성은 기분 전환도 할 겸 친구인 옥대진을 찾아갔다. 술을 마시며 교주의 비위를 맞춰 주고 있자니 오장육부가 뒤집어질 것 같았던 것이다. 간단하게 차를 나누며 얘기를 하던 팽대성이 방금 전까지 자신을 황당하게 만들었던 교주에 대해 짚고 넘어가지 않았을 리가 없다.

"하여튼 별 미친놈을 다 봤다니까."

하지만 그 말을 자세히 들은 옥대진의 생각은 달랐던 모양이다. 단순한 팽대성에 비해 그는 매우 교활했으니까.

"가만히 생각해 보니 그게 아닐 수도 있다는 생각이 드는구먼."

"그건 또 무슨 말인가?"

"이러고 있을 게 아니라 조금 움직이세. 그 말이 사실인지는 금방 알 수 있지 않겠나?"

옥대진은 팽대성을 이끌고 양양성에 파견 나와 있는 개방도를 찾아갔다. 평소에 친분이 있는 개방 제자였기에 그들은 일의 전말을 어느 정도 자세하게 들을 수 있었다. 물론 그 개방도가 겨우 4결 제자라서 가장 중요한 사항에 대해서는 알 수 없었지만 말이다. 개방도와 헤어진 후, 그들은 그제서야 놀라움에 가득 찬 속마음을 털어놓을 수 있었다. 교주의 말은 사실이었던 것이다.

"정말 사람 놀라게 만드는군."

"그러게 말일세. 그게 사실일 줄이야……. 어쩌면 고향으로 돌아갈 날도 그리 멀지 않은 듯하이. 오늘 기분도 좋은데 같이 술이나 한잔하겠나?"

팽대성은 들뜬 목소리로 말했지만, 옥대진은 그의 말을 듣지 않고 있었다. 이건 정말 엄청난 기회였다. 사문에 대한 복수를 할 수 있는 기회임과 동시에 자신의 무명(武名)을 무림에 알릴 수 있는 두 번 다시 찾기 힘든 절호의 기회였다.

"우리 둘만 마시기는 뭣하니, 친구들을 모두 다 모으는 것이 어떤가? 오랜만에 같이 술이나 한잔하자구."

그 말에 팽대성은 시원스럽게 동의했다.

"그거 좋지. 바로 연락하겠네."

반 시진이 흐른 후, 양양성 한쪽 구석에 자리 잡은 작은 객잔에 7룡4봉의 젊은이 다섯 명이 모였다. 폭풍검 서량의 모습이 보이지 않자 옥대진이 팽대성에게 말했다.

"폭풍검은 언제 온다고 하던가? 다른 사람들은 벌써 다 모였는데……."

"아, 그는 오지 못한다고 사람을 보내왔네. 요즘 워낙 수련하느라 정신이 없어서 도저히 시간을 낼 수 없는 모양이야."

묵향이 진팔을 수련시키는 데 자극받은 패력검제는 요즘 들어 더욱 수련에 정진하도록 아들인 서량을 닦달하고 있는 중이었다. 바로 코앞에서 하루가 다르게 성장해 가는 진팔의 모습을 본 상태에서 자신의 아들을 가만히 놔둘 패력검제가 아니었던 것이다.

"뭐 어쩔 수 없지. 자, 모두들 바쁜 와중에 이렇듯 시간을 내주어 고마워."

오랜만에 청춘남녀들이 또다시 한자리에 모였으니 분위기 좋은 술자리가 시작되었다. 이곳 양양성에 도착한 후에는 각 문파별로 흩어져서 저마다 바쁘게 움직였기에 서로 할 말들이 많았다. 거기에다가 종남파와 공동파가 박살이 났고, 소림까지 봉문했으니 화제 또한 풍성했다. 술잔을 나누며 얘기하다 보니 시간은 금방 흘러갔다.

모두들 적당히 술을 마셨을 때, 옥대진은 자신의 가슴에 묻어 두고 있던 계획을 밝혔다.

"이번에 마교가 남양을 기습한다는 극비 정보를 입수했지."

"뭣? 그게 정말인가?"

"개방 쪽 사람에게 물어봐서 그 진위 여부까지 확인했어. 기가 막히게도 그게 정말이지 뭐가."

"허어, 마교가 이번 전쟁에 꽤나 적극적으로 나서는군. 사파라는 것들은 쓰레기라고 들으며 컸는데, 요즘 보니 그게 아닌 것 같아."

"황보 오빠 말이 맞아요. 오히려 마교 쪽에서 훨씬 더 많은 전공을 세우고 있잖아요? 정파라고 콧대만 세우고 있지 정작 중요한 일에서는 모두들 몸만 사리고 있는데 말이에요."

방금 전에 입을 연 황보룡과 당소진의 의견이 지금 현재 대부분의 무림인들이 느끼고 있는 감정일 것이다. 그만큼 양양성 공방전에서 세운 마교의 공이 컸으니까.

하지만 옥대진은 고개를 가로저으며 말했다.

"이런 말 할 것은 아니지만, 마교는 상당히 실리적으로 싸우고 있다고 생각해. 사실 그들은 큰 테두리는 보지 않고, 한곳에 전력을 집중하여 전공만 세우고 있다고 봐야 할 거야. 조금만 생각해 봐도 그런 건 뻔히 알 수 있잖아. 전번 전투에서 정파는 양양성을 사수하는 것에 모든 것을 걸고 있었어. 하지만 마교는 양양성에 얽매이지 않고 외부에서 싸웠지. 결론은 그놈들에게 좋게 흘러갔지만, 최악의 사태가 벌어졌을 때도 생각해 보지 않을 수 없지. 만약 양양성이 무너졌으면 정파는 치명타를 입었겠지만…, 마교는 슬쩍 뒤로 후퇴하기만 하면 되었잖아. 그것만 생각해도 그놈들은 아주 교활하기 짝이 없어. 사실 그놈들에게 있어서 양양성 따위 함락되나 안 되나, 대 송제국이 무너지느냐 안 무너지느냐 그런 것은 안중에도 없다고 봐야 해. 내 말이 틀렸나?"

가만히 생각해 보니 맞는 말이었다. 그렇기에 모두들 고개만 주억거릴 뿐 이의를 제기하지 못했다. 그것에 자신을 얻은 옥대진은 자신이 생각하고 있는 것을 밝혔다.

"지금 마교가 남양을 치려는 것은 정면 도발을 말하는 게 아니야. 소수의 고수만을 보내어 적의 군량을 불사르겠다는 거지. 남양을 10만에 달하는 대군이 철통같이 수비하고 있다고 하지만, 그들은 모두 다 무공도 익히지 않은 잡졸들이잖아. 그들의 이목을 속이고 침투하는 것쯤은 너무나도 손쉬운 일이지. 안 그래?"

"허, 그럴 수도 있겠군."

"일단 불만 지르고 나면 모두들 불끄기에 정신이 없을 테니 그 혼란을 틈타 탈출하기도 쉬울 거야. 마교는 이렇게 아주 손쉬우면서도 전공은 크게 세울 수 있는 일거리만 찾고 있다는 말이지. 치사한 새끼들!"

그 말에 고개를 끄덕이며 황보룡이 외쳤다.

"자네의 말을 듣고 보니, 마교도들은 전공에만 목숨을 걸고 있는 소인배들이 아닌가!"

"바로 그 말이야. 그래서 하는 말인데…, 그걸 우리들이 해치우면 좋지 않겠나?"

"그건 무슨 말인가?"

"우리들이 남양을 불사른다면 얼마나 큰 공을 세울 수 있겠나? 그리고 여기에 오면서 그 망할 교주 놈에게 당한 것에 대한 앙갚음도 할 수 있는 것이고 말이야."

"크흐흐흣, 그거 좋은 생각이네. 마교 교주 놈은 남양을 불사른다고 계획만 실컷 세우고 있다가 헛물만 켜는 게 되겠군."

"내 말이 바로 그 말이야."

"하지만 남양에 포진한 금군에 대한 정보가 거의 없는데, 우리들만의 힘으로 그게 가능할까?"

"허어, 그건 걱정하지 말게. 그 정도는 내가 어떻게 해 보지. 자, 오늘은 오랜만에 만났으니 실컷 마셔 보세."

옥대진의 뒤에는 무림맹의 장로 옥진호가 있지 않은가. 마교 교주는 정보를 정식으로 개방에 요청한 모양이지만, 옥대진은 나름대로 정보를 취득할 방법을 이미 생각해 두고 있었다.

양양성에는 외부로 전서구를 보낼 수는 있지만, 전서구가 날아오지 않는다. 왜냐하면 여기서 키운 비둘기가 단 한 마리도 없었으니까. 지금 개방도들이 뒤늦게 우수한 품종의 비둘기들을 가져다 키우고 있는 모양이지만, 그 결실을 보려면 최소한 6개월은 족히 필요했다. 그런 상황이기에 지금 현재 양양성 일대의 모든 정보를 총괄하는 곳은 개방의 하남분타였다.

옥대진은 바로 이 하남분타에 직접 찾아가 남양 일대의 금군 포진상황에 대한 정보를 알아 볼 생각을 하고 있었다. 하남분타에 개인적으로 친분이 있는 사람도 몇 있었기에 우선 그들을 통해 알아

보고, 그것이 안 된다면 자기 할아버지의 이름이라도 팔 작정이었다. 무림맹 옥진호 장로의 이름을 팔면 안 되는 일이 거의 없었으니 말이다.

아직 남양에 침투할 세부적인 계획이 짜진 것도 아닌데 그들은 마치 그 일이 성공이라도 한 듯 기분 좋게 술잔을 나눴다. 일의 성패를 떠나서 자신들끼리 뭉쳐서 어떤 일을 결행한다는 것만으로도 햇병아리들인 그들은 신이 났던 것이다. 거기에다가 만약 이 일만 성공시킬 수 있다면 자신들의 명성을 무림에 크게 떨칠 수 있을 것이 아닌가? 축배를 들지 않을 수 없었다.

한편, 팽대성에게 수작을 부린 묵향은 진팔이 기다리고 있는 연무장으로 향했다. 아침부터 얼큰하게 술을 퍼마신 탓인지, 아니면 애송이들을 상대로 함정을 파놓은 탓인지 그의 마음은 흥겹기 그지없었다. 묵향의 말을 빌리면 남의 불행은 곧 자신의 행복이었으니까. 그것도 특히나 원한이 있는 상대라면 더 이상 말할 필요도 없을 것이다.

'어라, 웬일이래? 이렇게 늦게 나타나다니 말이야.'

진팔은 묵향이 늦게 나타나자 한 대라도 적게 맞게 되었기에 매우 기분이 좋았다.

"오, 열심히 수련하면서 기다리고 있었구먼. 제법이야."

'당연하지. 한 대라도 적게 맞으려면 어쩔 수 없잖아.'

하지만 그걸 표정에 드러낼 수는 없는 노릇이었기에 진팔은 가능한 한 무표정하게 인사를 건넸다.

평상시라면 이 상태에서 곧바로 진팔과 비무를 시작했을 묵향이었다. 하지만 그는 술기운 때문인지 평상시에는 하지 않던 행동을 하고야 말았다.
"차 한잔 줄 수 있겠느냐?"
"예, 교주님. 잠시만 기다려 주십시오."
 소연이 차를 준비하는 것을 지켜보며 묵향은 옛날 생각이 났다. 그 작고 연약했던 아이가 지금은 우아한 여인으로 성장해 있는 것이다. 그녀를 곁에서 계속 지켜본 것이 아니라 어쩌다 한 번씩 만난 것이었기에 묵향이 느끼는 소연의 변화는 너무나도 놀라웠다.
 '이제 제대로 된 짝만 하나 구하면 모든 게 완벽하겠구나. 정말 너 같은 딸을 둬서 나는 너무나도 행복했었다.'
 이게 딸을 가진 부모들의 공통적인 심사일까? 어떤 녀석이 괜찮은 배필일까 이리저리 생각하던 묵향의 뇌리에 갑작스럽게 아르티어스의 모습이 떠올랐다. 자신이 과거 여자의 모습이었을 때, 아르티어스도 이런 생각을 했었을까하는 생각이 떠오르자 피식 미소가 떠올랐다.
 '내가 참 무슨 생각을 하는지……. 나는 남자인데 말이야.'
 생각을 고치며 묵향은 소연에게 말을 걸었다.
"형님한테 듣자 하니 마음에 두고 있는 사내가 있다면서?"
 묵향은 소연의 배필이 너무나도 궁금해서 생각 없이 꺼낸 말이었지만, 소연의 안색은 그 말을 듣는 순간 확 일그러졌다. 매파 노릇을 해 오는 만통음제에게 그토록 정중히 거절했건만, 그게 먹히지 않자 본인이 직접 수작을 걸려고 한다는 생각이 들었던 것이다.
 그래서 그런지 대답하는 소연의 목소리에는 당혹감이 어려 있었다.

"예, 교주님."

하지만 묵향은 아직까지도 소연의 기분을 눈치 채지 못한 채 미소 지으며 질문을 던졌다.

"그래, 그 행운아가 누군지 내게 알려 줄 수는 없겠나?"

"죄송합니다, 교주님."

소연의 냉정한 목소리를 듣고서야 묵향은 정신이 번쩍 들었다. 하지만 이미 때는 늦어 버렸다. 소연은 차를 묵향에게 가져다준 다음 벌레를 피하듯 서둘러 자리에서 떠나 버렸던 것이다. 홀로 찻잔과 함께 남겨진 묵향은 허탈한 듯 미소 지을 수밖에 없었다.

"너무 많은 것을 원했구나. 만족할 줄 알았어야 했거늘……."

한꺼번에 차를 쭉 들이켠 묵향은 옆에 세워 놓은 몽둥이를 집어 들었다. 손아귀 가득 몽둥이의 단단한 감촉이 느껴지자 묵향은 지금 자신이 해야 할 일이 뭔지 떠올랐다. 그녀의 무공을 완성시키는 것. 그러기 위해서 진팔은 희생양이었다.

'뭐 죽어도 어쩔 수 없는 것이지.'

그날 진팔은 평상시의 두 배는 더 두들겨 맞아야만 했다.

## 덫에 걸린 옥대진

 묵향이 장인걸을 슬며시 끌어들여 무림맹과 개방 그리고 7룡4봉을 상대로 장난질을 시작했을 때, 장인걸은 자신을 이용하여 장난질을 할 인물이 있을 거라는 생각은 해 보지도 않고 있었다. 그 또한 강호에서 손가락에 꼽힐 정도로 잘난 인물이었기에.
 사실 장인걸은 지금 새로운 계획을 세우고 그것을 실행하고 있는 중이었다. 그것은 바로 마교와 무림맹의 이간질이었다. 그것을 위해 장인걸은 천마혈검대 고수 다섯 명을 선택하여 은밀히 불러들였다.
 "본좌가 너희들을 부른 것은 한 가지 명령을 내릴 것이 있기 때문이다."
 그 말에 다섯 고수들은 일제히 고개를 조아리며 외쳤다.
 "하명하시옵소서."

"이것을 읽어 보거라."

장인걸의 말이 떨어짐과 동시에 탁자 위에 놓여 있던 두툼한 문서 뭉치가 마치 날개라도 달린 듯 천천히 날아올라 부복하고 있는 고수들 앞에 놓였다. 그것은 편복대주가 그동안 조사하여 장인걸에게 올린 무림맹에 소속된 각 문파들의 정보였다. 장인걸은 그들 중에서 별로 강하지 못한 군소문파 몇 군데를 선택해서 살생부를 만든 것이었다.

"거기에는 너희들이 공격해야 할 문파들에 대한 모든 것이 기록되어 있다. 물론 그 문파들을 멸문시킬 필요는 없고, 마교의 소행이라는 증거만 남겨 두면 된다. 알겠느냐?"

"마공을 사용해도 된다는 말씀이시옵니까?"

"물론이다. 가급적이면 정파 쪽에 많이 알려진 초식들을 사용하도록 하거라. 자, 즉시 출발하라."

"존명."

다섯 명의 고수들은 엄청난 속도로 경공을 발하며 순식간에 사라져 버렸다. 그들이 점차 멀어지는 것을 보며 장인걸은 회심의 미소를 짓고 있었다. 장인걸은 마교가 본격적으로 개입해 오고 있다는 사실을 아직 모르고 있었다. 그렇기에 그는 이 정도만으로도 충분히 서로를 이간질할 수 있을 거라고 생각했던 것이다.

"크흐흐흣, 그래. 마교도의 사명은 마도천하를 이룩하는 것. 묵향 네놈은 본좌를 위해 정파 놈들과 피 터지도록 싸워야만 해. 그동안 본좌는 마도천하라는 것이 과연 무엇인지 세인들의 머릿속 깊이 각인시켜 주도록 하마."

장인걸은 자신이 중원의 패권을 쥐기만 하면 정파 무림을 완전히 재기불능이 되도록 짓밟아 놓을 작정이었다. 그리고 더불어 자신을 이 꼴로 만들어 놓은 묵향이라는 놈도 함께 말이다. 그것을 생각하면 더욱 기분이 좋아지는 장인걸이었다.

 모두들 꿍꿍이속을 지니고 여러 가지 일들을 벌이다 보니 시간은 화살처럼 빠르게 흘러갔다. 개방은 개방대로 단편적이기는 하지만 남양의 정보를 끌어 모아 그것을 무림맹에 전달해 주느라고 바빴고, 무림맹은 그 정보들을 취합하여 비밀리에 공격 작전을 완성하느라고 바빴다. 그리고 그사이에 끼여 있는 옥대진은 한편으로는 개방으로부터 정보를 빼내어 마교보다 먼저 남양을 칠 계획을 짜느라고 바빴다. 그리고 덫을 놓고 있는 묵향은 느긋하게 진팔을 족치면서 기다리고 있었다. 그리고 그 덫의 중심에 서 있는 장인걸은 정파와 마교의 이간질에 정신을 팔고 있는 상황이었다.
 이윽고 마교 교주가 통보했던 2주일이라는 시간이 다 되어 갈 무렵 수라도제에게 무림맹주의 작전 명령이 하달되었다.
 "태상문주님, 무림맹에서 전령이 도착했습니다."
 "전령이 도착했다고? 그런데……."
 수라도제는 총관의 손을 슬며시 훑어봤다. 그런데 총관의 손에는 그 어떤 서신도 들려 있지 않았다. 총관은 수라도제의 의중을 눈치 챘는지 재빨리 입을 열었다.
 "태상문주님께 직접 전해야만 한다고 했습니다."
 "그래? 들라고 하게."
 "옛."
 잠시 후 실내로 안내되어 온 전령은 수라도제에게 인사를 건넨 후, 품속에서 봉서를 꺼내어 바쳤다.

수라도제가 봉서에 찍힌 봉인을 보니 무림맹주의 인장이 찍혀 있는 것이 아닌가. 그것을 보면 대단히 중요한 서신인 모양이다. 수라도제는 서신을 쭉 읽어 본 후, 그때까지도 부복하고 있던 전령에게 말했다.

"맹주님의 뜻을 받들겠다고 전하게."

"옛, 그렇게 전하겠나이다."

전령이 나가고 난 후, 수라도제는 총관에게 지시했다.

"자네는 빨리 가서 황룡무제와······."

여기까지 말하던 수라도제는 갑자기 말을 끊었다. 처음에는 패력검제와 황룡무제에게 조력을 청할 생각이었지만, 아무래도 그들과 교주와의 관계가 마음에 걸렸던 것이다. 봉서에는 분명히 마교 교주가 눈치 채지 못하게 비밀리에 처리하라고 쓰여 있지 않았던가.

"아니지, 본문의 고수들 중 실력 있는 자를 열 명만 추려 놓게. 경공술과 은잠술이 뛰어난 자들로 말이야."

"옛, 그렇게 하겠습니다."

그날 저녁, 수라도제는 10여 명의 수하들을 거느리고 몰래 양양성을 떠났다. 혹여나 마교 교주가 눈치라도 챌세라 몰래 양양성의 높은 성벽을 뛰어넘는 수고까지 아끼지 않으며 말이다.

수라도제 같은 엄청난 실력을 지닌 고수마저도 몰래 이동하는 판에, 묵향이 던진 미끼를 덥석 문 철부지들은 태평스럽게도 모닥불까지 활활 피워 놓고 야영을 즐기고 있었다. 벌써 금의 영토에 들어선 지 며칠이 흘렀건만, 그들은 자신의 실력을 과신하고 이렇듯 조심성 없는 행동을 하고 있는 것이다.
 깊은 어둠 속에서 모닥불을 피워 놓으면 그 불빛은 아주 먼 곳에서도 관찰할 수 있다. 그 불빛을 보며 왕정(王晶)은 무심결에 욕지거리를 내뱉었다.
 "제길! 생각이 있는 건지 없는 건지……."
 설풍검(雪風劍) 왕정은 공동파가 자랑하는 이름 있는 고수들 중 하나였다. 정파의 명숙들 중의 한 명인 그가 마치 3류문파의 살수라도 되는 듯 시커먼 야행복에 복면까지 뒤집어쓰고는 모닥불을 향해 욕설을 내뱉는 신세가 될지 누가 알았겠는가.
 "강호 경험이 일천해서 그런지 너무나도 미숙해! 출발하기 전에 단단히 주의를 줬어야 했는데……."
 그가 이곳에 서 있는 이유는 단 하나. 저 멀리에서 철없이 재잘재잘 떠들고 있는 놈들 중에 옥대진이 섞여 있기 때문이었다. 그는 무림맹 장로인 옥진호의 손자이기도 했지만, 공동파의 제자들 중 한 명이었다. 그의 배경이 아무리 화려하고, 실력이 뛰어나다고 해도 왕정 같은 고수가 봤을 때 그는 아직까지도 미숙한 철부지나 다름없었다.
 옥대진은 남양을 기습할 계획을 은밀하게 왕정에게 말했고, 그에게 자신을 보호해 달라고 부탁했다. 동료들에게는 큰소리를 쳤지만, 위험도가 높은 일인 만큼 조금 겁이 났던 것이다. 만약 조금이라도 일이 잘못되었을 때는 목숨이 날아갈 것이 아닌가?
 그런 청을 해 온 인물이 자신의 동문사제기도 했지만, 그의 할아버지인 옥진호의 얼굴을 봐서라도 왕정은 그 청을 거절하기 힘들었다. 그렇게 되어 왕정이 옥대진의 주위에서 어슬렁거리게 된 것이다.

"참자, 참아. 몇 년 더 지나고 나면 괜찮아지겠지."

왕정은 다시 한 번 주위를 둘러보기 위해 은밀하게 자리를 옮기기 시작했다. 어제도 이렇게 둘러보다가 한 놈 잡았지 않은가. 오늘 또 하나 나타나지 않는다는 보장은 없었다.

은밀히 자리를 옮기던 왕정은 뭔가 섬뜩한 기척을 느꼈다.

'헛!'

생각할 것도 없었다. 그가 재빨리 몸을 옆으로 굴리자, 방금 전까지 그가 숨어 있던 지점 근처에 서 있던 나무에 퍽 하는 소리와 함께 뭔가가 박혀 들어갔다. 그것만으로도 왕정으로서는 상대의 방향과 위치를 파악하는 데 무리가 없었다. 화살이라면 모를까, 암기를 던질 수 있는 거리라면 뻔하니까.

왕정은 기쾌한 신법을 사용하여 미지의 적을 향해 돌진해 들어갔다.

"헛! 추귀보(追鬼步)? 자, 잠깐!"

공동파가 자랑하는 보법이 추귀보다. 아마 상대가 그것을 알아본 모양이지만, 그렇다고 놈의 요구대로 멈춰 줄 왕정이 아니었다.

순식간에 왕정의 허리에서 뽑혀 나온 그의 애검은 괴한의 목숨을 끊기 위해 파고 들어갔다. 상대방 또한 자신과 같이 시커먼 복색을 하고 있는 놈이었다. 떨리는 상대의 눈이 극도로 당황한 듯한 그의 심경을 나타내 주고 있었지만, 그렇다고 사정을 봐줄 왕정이 아니었다.

'제법 실력은 있는 모양인데, 네놈은 사람을 잘못 택한 거야.'

하지만 그 순간 위기를 느낀 상대방이 재빨리 보법을 전개하여 왕정의 공격권에서 벗어났다. 그런데 상대가 방금 전에 사용한 현란한 보법은 왕정도 잘 아는 것이었다. 오늘날 명문들 중의 하나인 황보세가가 있게 해 준 보법이었으니까.

"어엇! 천왕보(天王步)? 어떻게……."

멍청하게 서 있는 왕정을 향해 상대는 소리 죽여 웃으며 복면을 벗었다.

"크흐흐흣, 여기에 온 것이 노부 혼자만은 아닌 모양이군."

상대의 얼굴을 확인하는 순간, 왕정은 재빨리 인사를 건넸다.

"왕정이 절파검(切破劍) 장로님을 뵙습니다. 무례를 용서해 주시기를……."

그 말에 절파검 황보청(皇甫淸)은 손을 내저으며 말했다.

"무례는 무슨 무례. 그래도 서로 간에 큰 사고가 안 일어나서 다행이구먼. 첫 일격에 최선을 다했었다면, 자네 시체를 볼 뻔했어. 오늘 낮에 본 놈 생각하고 그저 그러려니 하고 대충 공격한 덕분에 목숨 건진 줄 알게."

절파검 황보청이 이런 말을 할 만도 했다. 황보청은 왕정에 비하면 격이 다를 정도로 뛰어난 고수였던 것이다. 황보청 같은 뛰어난 고수가 이런 곳에서 어슬렁거리는 것을 보면 아마도 황보룡도 목숨이 아까워 위쪽에 살짝 도움을 청한 모양이다.

황보청은 다시금 복면을 뒤집어쓰며 말했다.

"자네가 온 줄 알았다면 노부는 오지 않았을 텐데……."

그만큼 자신을 띄워 주는 말이었기에 왕정은 매우 기분이 좋아졌다.

"과찬의 말씀이십니다. 제가 오히려 장로님과 동행하게 되어 든든할 따름입니다."

"그런가? 어찌 되었건 자네까지 여기 와 있는 것을 보면, 잘하면 다른 녀석들도 누군가 조력자를 불렀는지도 모르겠군. 다음부터 손 쓸 때 좀 더 주의해야겠어."

"아, 그럴 수도 있겠군요."

황보청과 왕정은 그때부터 함께 움직이기 시작했다. 독자적으로 움직이는 것보다는 함께 행동하는 것이 훨씬 유리하니까 말이다.

수라도제가 양양성을 떠난 지 이틀이 지난 다음에야 묵향에게 개방에서 보낸 사자가 도착했다. 묵향은 그날 관지 그리고 마화와 함께 앞으로의 행동에 대해 여러 가지로 의논을 하고 있는 중이었다.

"수석장로님께서 선물을 보내셨다고 합니다."

철영 부교주가 거느린 주력(主力)이 출발했다는 의미였다. 총단에서 날린 전서가 호북분타에 도착하고, 그것을 또다시 양양성으로 가져오는 데 걸린 시간을 고려한다면 부교주가 거느린 주력은 넉넉잡아도 5일 전에 출발했다는 뜻이 아닌가?

"그렇다면 늦어도 3주 후면 도착하겠군."

아무래도 야밤에 몰래몰래 이동하려면 시간이 두 배는 필요로 하기 때문이기에 하는 말이었다.

"예, 그럴 것 같습니다."

이때, 밖에서 정중한 목소리가 들려왔다.

"교주님, 개방에서 사람이 왔습니다."

그 말이 들려옴과 동시에 마화는 묵향을 슬쩍 바라봤다. 묵향이 고개를 살짝 끄덕이자 그녀는 재빨리 넓은 탁자 위에 놓여져 있던 커다란 지도를 접어 구석에다가 치웠다.

마화가 어느 정도 실내를 정리한 후에야 묵향은 문밖에 대고 말했다.

"들어오라 일러라."

"옛."

잠시 후 문이 열리며 땟국물이 흐르는 거지 하나가 들어왔다. 비공식적인 자리라서 매듭이 지어진 허리띠를 차지 않고 있었지만, 상대가 내뿜는 전체적인 기도로 판단했을 때 아마도 4결이나 5결 제자쯤이 아닐까 생각되는 거지였다.

"부운걸개 장로님께서 이것을 전하라 하셨습니다."

거지가 내미는 것은 두툼한 봉서(封書)였다. 묵향은 그것을 받아 들자마자 서둘러 봉인을 뜯어 내고 내용물을 정신없이 읽으며 거지에게 손짓을 했다. 그 손짓이 나가라는 뜻임을 눈치 챘지만 거지는 잠시 시간을 끌며 교주가 그 봉서를 정신없이 읽는 모습을 확인했다. 그런 다음 그는 교주가 자신을 보고 있지도 않은데 정중히 인사를 건넨 후 밖으로 나갔다.

거지가 밖으로 나가자마자 묵향은 봉서의 내용물은 이제 더 이상 읽을 가치도 없다는 듯 획 집어던지고 오히려 봉인이 뜯겨 나간 겉봉만을 세밀히 관찰하기 시작했다. 그런 그의 모습을 옆에서 지켜보고 있던 관지 장로는 도저히 상관의 의중을 알 수 없었는지 조심스럽게 질문을 던졌다.

"화급을 요하는 서신이 아니었습니까?"

하지만 묵향은 겉봉만을 살피며 시큰둥한 어조로 대꾸했다.

"전혀! 미끼를 던졌는데 어떤 놈이 걸려들지 그게 궁금하단 말이야. 무림맹일지, 아니면 옥대진 그 새끼일지……. 생각 같아서는 그놈이 걸렸으면 더 이상 바랄 게 없지만…, 모든 게 내 마음대로 되는 것은 아니니까 욕심은 버려야겠지. 허, 참. 그놈이 도중에 봉서를 가로채서 읽었다면 뭔가 표시가 있을 줄 알았는데, 재주가 좋은 건지… 아니면 안 읽었는지 겉봉만 살펴서는 도저히 알 수가 없구먼."

"미끼라니요?"

"먹음직한 걸 던졌거든. 참, 자네는 오늘 밤 쓸 만한 놈 열댓 명 정도 데리고 몰래 성을 빠져나가게."

"예? 그건 무슨 말씀이십니까?"

"자세히 알 거는 없고 은밀히 남양 인근에 갔다가 오면 돼."

"적정을 살피고 오리는 말씀이십니까?"

"정찰을 하라는 말이 아니라 그냥 은밀히 갔다 오란 말이야. 이런 봉서까지 받았는데 거기 갔다 오지도 않으면 말이 안 되는 거거든. 그냥 갔다가 한 이틀 정도 숨어 있다가 돌아와. 그러면 돼. 그렇게 해야지 이쪽에서 계략을 썼다는 게 드러나지 않지."

그 정도 말만으로는 도대체 일이 어떻게 된 것인지 도무지 알 길이 없었다. 하지만 관지 장로는 고개를 깊숙이 조아리며 대답했다.

"존명."

남양 인근에 도착한 수라도제는 뭔가 일이 잘못되었다는 것을 느꼈다. 수많은 금군 병사들이 성난 벌 떼라도 된 듯 사방을 헤집고 다니고 있었고, 개중에는 제법 무공을 익힌 듯한 금군 병사들까지 왔다 갔다 하고 있는 것이다.

수라도제는 모르고 있었지만 지금 남양에는 장인걸이 그의 정예 무사들과 함께 와 있었다. 그렇기에 현재 남양의 경비 상태는 그 어느 때보다도 엄중해져 있는 상태였다.

"이런 젠장, 어떤 놈이 벌써 벌집을 쑤신 모양이군."

"이대로 침투하시겠습니까? 태상문주님."

"지금 들어가 봐야 좋을 게 하나도 없다. 아쉬운 일이지만 돌아갈 수밖에……."

수라도제는 발길을 돌리며 생각에 잠겼다. 도대체 어떤 놈이 먼저 여기에 다녀갔을까? 금군이 군량을 야적해 놓은 곳에서 불길이 치솟지 않는 것을 보면 먼저 온 놈은 실패한 모양이었다.

'마교인가?'

수라도제는 곧 고개를 가로저었다. 마교 교주를 옆에서 지켜본 지도 꽤 오랜 세월이 흘렀지 않은가. 그런 실력자가 일을 처리하면서 이렇게 어리숙하게 끝내 놓지는 않았을 것이다.

'그렇다면 도대체 어떤 놈들이야?'

수라도제는 너무나도 궁금했다. 이토록 큰 대사를 엉망진창으로 망쳐 놓은 놈들이 과연 어떤 놈들인지 말이다. 하지만 수라도제의 그 궁금증은 오래지 않아 풀렸다.

《잠깐!》

수라도제가 어기전성을 발하자 모두들 멈춰선 후 이곳저곳을 향해 날카로운 시선을 던졌지만 그 어떤 이상한 점도 감지되지 않았다. 하지만 수라도제의 귀에는 뚜렷하게 들려오고 있었다. 아련히 들려오는 병장기 부딪치는 소리가 말이다. 아마도 누군가가 격전을 벌이고 있는 모양이다.

《저쪽이다!》

수라도제 일행이 도착했을 때, 그곳에는 피투성이가 된 네 명의 무사들이 금군들을 상대로 격전을 벌이고 있는 중이었다. 온몸이 피투성이라 언뜻 봐서는 누가 누군지 알아보기 힘들었지만, 그들이 사용하는 무공을 보고 수라도제는 이들이 누군지 어느 정도 짐작할 수 있었다.

'황보세가, 사천당문, 공동파인가? 이들이 왜 이곳에?'

하지만 수라도제로시는 한가하게 생각이나 하고 있을 틈이 없다. 그가 도착하기 직전에 황보세가의 무공을 사용하던 복면인이 허리에서 피를 내뿜으며 쓰러졌기 때문이다.

"이런 제기랄!"

욕설을 내뱉으며 수라도제가 도착했을 때, 꿈틀거리고 있는 복면인의 몸에서는 아직까지도 시뻘건 선혈이 뿜어져 나오고 있는 중이었다. 자신이 조금만 빨랐었다면 그가 죽지 않았을 것이라는 생각이 수라도제를 더욱 화나게 만들었다.

"멈춰랏!"

수라도제는 공력을 잔뜩 돋워 노성을 터뜨렸지만 금군 장병들이 수라도제의 명령을 들을 이유가 없었다.

황보세가의 진산절기라고 할 수 있는 뇌진검법을 극성까지 익힌 자를 없애는 데 성공했지 않은가. 만약 상대가 조금 빨리 도착하여 이 둘이 연합을 했다면 매우 까다로웠을지 모르지만, 저놈 또한 짝

잃은 기러기 신세. 지금은 제법 번듯한 신위를 과시하고 있지만 숫자로 밀어붙인다면 저놈 또한 시체로 만들 수 있을 것이 분명했다. 그렇기에 금군 장수는 그 여세를 몰아 곧바로 수라도제를 향해 달려들었다.

"흥! 어리석은 것!"

순간, 수라도제의 등에서 거대한 도가 뽑혀 나왔다.

쿠쿵!

검과 도가 부딪쳤을 뿐인데 거대한 폭발음이 들려오며 사방으로 먼지가 뿜어져 나왔다. 단 한 번의 격돌이었을 뿐인데, 호기롭게 달려들었던 금군 장수는 검이 부서져 나간 채 뒤로 튕겨 나가서 땅바닥에 처박힌 후 잠시 부들부들 떨다가 축 늘어져 버렸다. 아마도 절명한 듯했다. 이 한 번의 격돌만으로도 서로 간의 실력이 어느 정도로 차이가 있는지 단번에 알 수 있는 장면이었다.

그 한 수를 보자마자 엄청난 마기를 뿜고 있는 금군 장수 한 명의 안색이 파랗게 질렸다. 아마도 그가 이 무리의 지휘자인 듯 병사들을 향해 명령했다.

"처, 철수해랏!"

금군 장수는 더 이상 생각할 것도 없다는 듯 뒤도 돌아보지 않고 달아나기 시작했다. 방금 전의 일격으로 상대가 사용한 도법을 못 알아볼 리 없었다. 뇌전도법. 뇌전도법은 서문세가의 고수들이라면 누구나 다 익힐 수 있었다. 하지만 천마혈검대의 고수를 한 방에 걸레로 만들 정도의 인물은 단 한 명밖에 없었다. 상대가 수라도제임을 알면서도 이곳에 남아 있는다는 것은 자살 행위나 다름없는 것이다.

하지만 그의 선택은 늦은 감이 있었다. 수라도제가 이곳에 도착하기 전에 그는 도망쳤어야만 했다. 황보세가의 고수를 죽인다고 시간을 허비하고 있을 것이 아니라.

도망치는 적들을 쫓아 수하들이 움직이려는 것을 손짓으로 막은 수라도제는 재빨리 자신의 도를 날렸다. 수라도제의 손을 떠난 애도는 엄청난 파공성을 흘리며 금군 장수를 뒤쫓기 시작했다. 그 고수는 그것을 눈치 채고 재빨리 방향을 틀었지만, 애도는 그것을 이미 알고 있다는 듯 뒤따르며 더욱 거리를 좁혔다.

"크아악!"

금군 장수를 선두로 그를 뒤쫓던 금군 병사들의 허리가 양단되며 피보라가 뿜어져 나오기 시작했다. 순식간에 초목은 그들이 뿜어낸 핏물에 붉게 물들었다.

휘리리릭!

20여 명의 금군 장졸들을 양단해 버린 자신의 애도가 돌아오자 수라도제는 무표정한 안색으로 그것을 잡아들었다. 그런 다음 그는 천천히 몸을 뒤로 돌려 탈진한 채 여기저기에 앉아 있는 세 명의 젊은이들을 노려봤다.

그제서야 젊은이들 중의 하나가 간신히 몸을 일으켜 세우며 인사를 건넸다.

"목숨을 살려 주셔서 감사드립니다, 수라도제 대협."

수라도제가 보니 얼굴에 긴 검상과 함께 핏물에 뒤덮여 있어 알아보기 힘들었지만 옥대진이 분명했다. 그를 알아본 수라도제는 한숨을 내쉬며 중얼거렸다. 이 젊은이의 앞날이 어찌 될지 잘 알고 있었던 탓이다.

"목숨을 살려 줬다? 허…, 과연 이것이 살려 준 것인지 노부로서는 알 수가 없구나."

잠시 탄식한 수라도제는 수하들을 향해 명령했다.

"부상자들을 수습하여 양양성으로 돌아가자."

"옛."

수라도제의 수하들에게 둘러싸여 양양성으로 향하는 옥대진의 안색은 새하얗게 질려 있었다. 처음에는 금군으로부터 살아남기에 바빠서 미처 생각하지 못했지만, 수라도제의 탄식을 듣는 순간 그는 자신의 운명을 깨달았다. 하지만 그는 아직까지 절망감까지는 느끼지 않고 있었다. 무림맹 장로인 할아버지의 존재를 굳게 믿고 있었기 때문이다.

며칠이 지나자 남양에서 벌어진 사건의 전모가 서서히 파악되기 시작했다. 물론 그것을 제일 먼저 파악한 쪽은 정파 무림의 정보통이라고 할 수 있는 개방이었다.

"무림맹의 허락을 얻어 살아남은 자들을 면담해 본 결과 그들의 단독 범행이라고 합니다."

"단독 범행이라고요? 그럴 리가…, 절파검 같은 절정고수가 죽었소이다. 이건 각 문파에서 후기지수들을 키워 주기 위해……."

"아아, 그건 아닌 것 같소. 노부가 관련된 각 파에 사람을 보내어 직접 확인해 봤소. 이건 문파 차원에서 벌인 일이 아니고, 그 어린 것들이 만약을 대비하여 몇몇 고수들에게 호신을 부탁한 정도인 모양이오."

"허어, 그렇다면 일이 아주 고약하게 꼬이겠소이다. 무림맹은 물론이고 마교 교주마저도 본방을 가만히 놔두지 않을 텐데, 이 일을 어찌하면 좋겠소이까?"

"마교 교주야 그렇다고 치고, 왜 무림맹이 가만히 있지 않을 거라는 말이오?"

"그걸 말씀이라고 하시오? 이번 일을 입안한 것이 본방이 아니오? 그리고 그 어린 것들에게 정보가 새 나간 곳도 본방이고 말이오."

"허, 그럴 수도 있겠구려."

"그래, 그놈들에게 정보를 흘린 멍청한 놈들에 대한 처리는 어떻게 하셨소?"

"아직까지도 조사 중이외다. 혐의가 입증된 놈들을 모두 다 잡아들여서 신문하고 있소이다. 하지만 옥대진 그 영악한 놈이 옥진호 장로의 이름을 팔면서 은근히 협박을 했다고 하니······. 그 녀석들로서도 협조를 할 수밖에 없었을 거라고 생각하오."

"그런 일이 있었다면 분타주에게 보고를 했어야지 슬쩍 정보를 넘기다니 그게 말이나 되오? 그런 놈들은 몽땅 다 잡아들여서 박살을 내놔야 하오."

"어쩔 수 없지 않소? 다 힘없는 자의 서러움인 것을······. 그건 그렇고 모두들 이 사태를 타개해 나갈 좋은 방법이나 생각해 보시구려. 언제까지 이미 지나간 일을 잡고 씨름할 수는 없는 일이잖소?"

이때, 지금까지 아무 말 없이 가만히 앉아 있던 취선개 장로가 신중한 어조로 입을 열었다.

"한 가지 방법은 있소."

"취선개 장로는 뭔가 고견이 있으시오?"

"그걸 모두 다 옥대진의 단독 범행으로 몰아붙이는 거요. 그러면서 무림맹 장로인 옥진호까지 물고 늘어지는 것 외에는 방법이 없소이다."

"옥진호 장로는 맹 내에서 우호 세력을 많이 거느린 거물이오. 그렇게 손쉽게 건드릴 수 있는 인물이 아니외다."

"물론 그렇소. 하지만 그의 뒤를 떠받치고 있던 공동파가 무너져 버린 지금, 그것도 많이 약화되었다고 봐야 할 것이오."

"취선개 장로의 말이 맞소이다. 사실 옥진호 장로는 맹 내에서 너무 큰 세력을 지니고 있소. 맹주 쪽에서 봤을 때도 그는 눈엣가시 같은 존재일 것이 틀림없소이다. 넌지시 빌미만 안겨주면 그쪽이 알아서 처리해 주지 않겠소?"

## 네가 죽어야 내가 산다

　양양성 내에 위치한 객잔의 넓은 객실에서는 옥대진에 대한 신문이 진행되고 있었다. 취조관과 옥대진이 나눈 말은 옆에 앉아 있는 서기(書記)가 기록하여 증거로 남기고 있었다. 나중에 그 모든 자료는 무림맹으로 보내질 예정이었다.
　그런데 옥대진에 대한 신문은 말이 신문이지, 맹에서 파견되어 온 취조관에게 오히려 옥대진이 당당하게 외치고 있었고, 그런 그를 향해 취조관이 오히려 쩔쩔 매는 기괴한 형식으로 진행되고 있었다. 어떻게 보면 옥대진이 그 취조관을 신문하고 있는 것이 아닌가 하는 착각마저 불러일으키고 있었다.
　"저는 황실과 무림을 위해서 남양을 공격했을 뿐입니다. 운이 없어 실패했지만, 남양을 친 것을 후회하지는 않습니다."
　취조관은 염소수염을 쓰다듬으며 난처하다는 듯 말했다.

"어허, 자네는 뭔가 오해하고 있구먼. 노부는 결코 자네의 행동이 잘못되었다고 말하지 않았네. 다만 그 결과가 안 좋았다고 하는 거야. 이번 사건으로 인해서 여러 고수들이 희생되었다네. 그리고 그중에는 자네의 약혼녀인 능비화 소저도 포함되어 있지 않은가? 그런데도 자네는 그런 말을 할 수 있는가?"

순간 옥대진의 뇌리에는 금군 고수들의 공격을 받고 피를 뿜으며 죽어 가던 능비화의 모습이 떠올랐다. 하지만 그것뿐이었다. 사실 그는 그녀가 지닌 화산파라는 배경과 전 중원을 통틀어 네 명뿐인 4봉이라는 희소성을 사랑했을 뿐이니까. 이용가치가 거의 없어져 버린 그녀를 향한 옥대진의 사랑 또한 싸늘하게 식어 있었다. 그렇기에 그녀의 죽음은 오히려 앓던 이를 뽑은 것 같은 느낌이었던 것이다. 하지만 옥대진은 얼굴 가득 슬픈 표정을 지으며 발악하듯 외쳤다.

"그만 하십시오! 그녀의 죽음을 이 두 눈으로 지켜봐야만 했던 제 심정은 편했는 줄 아십니까? 두고 보십시오. 그녀를 그렇게 만든 금나라 놈들 씨를 말려 버릴 겁니다."

취조관은 괜히 약혼자의 말을 꺼냈다고 후회하며 한숨을 푹 내쉰 후 말했다.

"휴…, 자네는 아직까지도 자네 처지를 잘 모르는 모양이군. 맹에서 정예를 투입하여 남양을 치기 직전에 자네들이 들어가서 난장판을 만들었다 그 말일세. 그 덕분에 지금 남양의 방비는 철옹성처럼 튼튼하게 되었지. 잘못하면 이적 행위를 한 자로 처벌될 수도 있음을 왜 모르는가?"

그 말에 옥대진은 핏대를 올리며 외쳤다.

"이적 행위라니요! 지금 그게 말이 된다고 하시는 말씀이십니까? 제가 왜 금에 이로운 행동을 한다는 말씀이십니까? 남양의 수비가 허술하다는 것을 알고 그곳을 공격한 것이 어찌 죄가 된다는 말씀이십니까? 오랑캐가 국토를 유린하는 상황에서 선배님이시라면 그런 정보를 얻었는데 가만히 계셨겠습니까?"

얘기가 계속 겉돌고 있었다. 옥대진은 결코 자신의 잘못을 시인하지 않고 있었다. 사실 그가 크게 잘못한 것도 없었다. 다만 그 시기가 안 좋았을 뿐이었고, 또 실패했다는 것이 문제였으니까 말이다. 만약 이 일을 성공했다면 그는 영웅이 되었을 것이 아닌가?

한동안 옥대진을 상대로 입씨름을 하던 취조관은 떨떠름한 얼굴로 옥대진의 방을 나섰다. 사실 죄를 고백받는 것쯤이야 오랜 세월 이 직책을 맡아 왔던 그에게 있어서 그리 어려운 것이 아니었다. 주리를 틀어 대면 열에 아홉은 없는 죄도 시인했다.

물론 끝까지 죄를 시인하지 않는 자도 있지만, 그들은 대부분의 경우 고문의 후유증으로 죽어 버렸다. 죽어 버린 자를 비호하는 자가 있을 리 없었으므로 대충 죄를 뒤집어씌워 결과를 발표하면 모든 게 끝나는 일이었다.

그런 직책에 오랜 세월 종사한 그인 만큼 이렇게 큰소리를 쳐 대는 죄인을 상대하는 것이 결코 쉬운 일이 아니었다. 우선 배알이 뒤틀리는 것을 억지로 참자니 미칠 것만 같았다. 하지만 그렇다고 상대를 다그치자니 이번 사건에 연루된 자들의 배경이 마음에 걸렸다. 까딱 잘못하면 되려 자신의 목이 날아갈 우려가 있는 것이다.

네가 죽어야 내가 산다

취조관은 밖으로 나온 후 욕지거리를 내뱉지 않을 수 없었다. 도저히 그러지 않고서는 참을 수가 없었던 것이다.

"이런 빌어먹을! 이래서 내가 여기에 오지 않으려고 별짓을 다 했거늘……. 개새끼들! 도저히 어떻게 해 볼 방법이 있어야 조사를 하든지 신문을 하든지 할 거 아냐!"

그는 밖으로 나가려다가 객잔을 경비하고 있는 책임자가 눈에 띄자 서둘러 그곳으로 다가갔다.

"자네 잘 만났군. 안 그래도 찾아가려던 참이었는데."

"무슨 하명하실 거라도 있으십니까?"

"모두들 명문의 자제들인 만큼, 감시에도 소홀함이 있어서는 안 되겠지만 결코 그들이 불편해하지 않도록 만전을 기해 주게."

"물론입니다. 이미 수하들에게 대접에 소홀함이 없도록 최선을 다하라고 당부해 뒀습니다."

"잘했군. 빌어먹을! 저런 세도가의 자제들을 상대로 뭘 어떻게 하라는 건지 원……."

경비 책임자는 동감한다는 듯 고개를 끄덕이며 말했다.

"어쩔 수 없는 일 아니겠습니까?"

"아마 조만간 위쪽에서 가부간에 결정을 내리시겠지. 사실 맹에서도 그 명문들과 척을 질 결심이 아닌 바에야 어찌 징죄를 할 수 있겠나? 그냥 대충 조사하는 척하다가 모두 방면될 게 분명하지 않겠나?"

"지당하신 말씀이십니다."

"그런 만큼 저들의 대접에 한 치의 소홀함도 있어서는 안 된다는 게야. 저놈들이 나중에 문파에 돌아가서 우리들의 험담이라도 늘어놓으면 자네는 물론이고 나까지도 박살이 나는 수가 있으니까."
그 말에 동감한다는 듯 경비 책임자는 고개를 주억거렸다.

사내는 길게 자란 턱수염을 부드러운 손짓으로 쓰다듬으며 맹주에게 말을 건넸다.
"금으로부터 밀서가 도착했습니다."
도사들이나 입는 도복을 입고 있는 이 선풍도골형의 사내를 향해 맹주는 따뜻한 눈길을 보내며 대답했다.
"밀서라……. 무슨 일인데 그들이 노부에게 밀서를 보냈다는 말인고?"
"예, 혹시 무슨 사단을 부려 놨을 가능성도 있기에 밀서를 개봉한 후 철저하게 조사했습니다. 조사 결과 아무런 문제점도 찾을 수는 없었습니다. 그런데 다만 그 내용이……."
독이라든지 기타 이물질 등을 발라서 밀서를 보냈을 수도 있기에 그렇게 조사했다는 말일 것이다. 그런데 그가 왜 이런 밀을 맹주에게 한 것일까? 그 이유는 그가 바로 맹주 직속에 있는 감찰부(監察部)의 수장이었기 때문이었다. 그리고 그는 맹주의 사질이었다. 사실 맹 내의 모든 정보를 총괄하는 그런 중요한 직책을 다른 인물에게 맡길 수 없었던 것이다.
"도대체 무슨 내용이길래 그러는고?"
"그들에 대한 적대 행동을 즉각 중지하라는 내용입니다. 그렇지 않는다면 이번에 그들이 포로로 잡은 무림인들을 처형하겠답니다."
그러면서 감찰부주는 두툼한 서신을 맹주에게 전했다. 금제국이 포로로 잡은 인질들을 출신 문파별로 정리해 놓은 목록이 포함되어 있기 때문이었다. 협박문을 냉철한 표정으로 끝까지 다 읽은 맹주는 깊은 한숨을 내쉬지 않을 수 없었다. 만약 이 내용이 발표된다면 무림맹은 크나큰 혼란에 휩싸일 것이 분명하기에.

"그래, 사질의 생각은 어떤가?"

"예, 빈도의 의견을 물으신다면…, 이것을 그냥 밝히는 편이 실보다는 득이 많을 것입니다. 이 사실을 대외에 공포하면서 대 금제국의 만행을 규탄하는 식으로 여론을 몰아간다면 오히려 본맹으로서는 더욱 이익이지 않겠습니까?"

그 말에 맹주는 두 눈을 지그시 감으며 생각에 잠겼다.

"숨기지 말고 그냥 드러내자……."

"예, 사실 맹에서 그들이 보내온 서신을 비밀에 붙인다고 해도 한순간을 넘기기 위한 미봉책이 될 수밖에 없습니다. 그들이 본맹에 서신을 보낸 이상, 여기 관련되어 있는 많은 문파들에 개별적으로 서신을 보내지 않는다는 보장이 없기 때문입니다. 오히려 그들이 각 문파들을 뒤에서 협박한다면 더욱 큰 혼란이 발생할 수도 있습니다."

맹주는 눈을 번쩍 뜨면서 말했다.

"사질의 말이 옳은 듯하구먼. 하지만, 그렇다고 해서 그 파장이 줄어드는 것은 아닐진대, 그에 대한 대책을 생각한 것이 있는가?"

"이번 인질 사건에 관련이 있는 문파와 연관이 있는 맹의 높은 직위를 지닌 자들을 모두 추려 낸 후 한직으로 돌리는 것이 급선무라고 생각됩니다. 혹시 그들이 금에 굴복하여 협조할 가능성도 무시할 수 없기 때문입니다."

"공개적으로 한다면 반발이 클 텐데……."

"밀서를 공개하여 금에 대한 공분을 유도하는 한편, 모든 이들의 이목이 그쪽으로 쏠려 있을 때 이 일을 비밀리에 처리하면 될 것입니다."

"호, 그렇겠구먼."

이때, 가볍게 문 두드리는 소리가 들린 후, 경비 책임자가 들어왔다. 그는 예를 갖춘 후 맹주에게 조심스럽게 말했다.

"공수개 장로께서 독대를 청하고 계십니다. 어떻게 해야 하올지 하명해 주십시오."

"공수개 장로가? 그가 무슨 일로 독대를 청한다는 말인가? 혹시 요즘 곳곳에서 일어나고 있는 혈겁 때문인가?"

맹주의 추측도 일리가 있었다. 요즘 들어 여기저기에서 마교도의 소행으로 보이는 살인 사건이 줄을 잇고 있었기 때문이다. 하지만 감찰부주는 피식 미소를 지으며 대답했다.

"그 일 때문이라면 굳이 맹주님께 독대를 청할 이유가 없습니다. 그게 아니라 이번에 양양성에서 일어난 사건에 대해 개방에 그 죄가 돌아오는 것을 막기 위해 온 것이겠지요. 사실 개방에서 젊은 것들에게 정보가 새 나가지 않았다면 이번 일은 일어나지도 않았을 테니 말입니다."

"그 일로 공수개 장로가 찾아왔을 수도 있겠지. 하지만 그가 만약 그런 일로 찾아온 것이 맞다면 노부는 실망할 걸세. 죄를 지었다면 마땅히 그에 상응하는 벌을 받아야 하지 않겠는가?"

사숙의 성격을 잘 알고 있는 감찰부주는 고개를 살짝 숙인 후 조언했다.

"맹주님의 말씀이 백번 지당하십니다. 하지만 상대에 따라 적당히 넘어가시는 지혜도 필요하지 않겠습니까? 개방과 사이가 틀어져 봐야 본맹만 손해가 아니겠습니까? 감찰부의 정보력에는 한계가 있습니다. 그 점을 유념해 주십시오."

씁쓸한 표정으로 한동안 아무 말 없이 앉아 있던 맹주는 한숨을 내쉬며 말했다.

"사질의 말이 옳은 듯하구먼."

"그럼 저는 이만 물러가겠습니다."

"아닐세, 그럴 필요 없네. 그냥 앉아 있게."

그렇게 말한 후 맹주는 밖에 대고 외쳤다.

"공수개 장로에게 들어오라 이르게."

"옛."

곧이어 공수개 장로가 들어왔다. 그는 맹주가 혼자가 아니고, 그 옆에 감찰부주가 앉아 있는 것을 보고 흠칫한 듯했다. 하지만 그는 곧이어 표정을 바로잡으며 맹주에게 인사했다.

"맹주님을 뵙습니다."

"자, 자리에 앉으시게. 노부와 독대를 요청했는데, 무슨 일이오? 공수개 장로."

맹주의 태도는 독대를 하지 않겠다는 뜻이었다. 감찰부주가 있는 이 자리에서 밝히라는 말이었기에 공수개 장로는 잠시 곤혹스런 표정을 지었지만, 곧이어 생각을 바꿨다. 사실 조금 지나면 맹주는 감찰부주나 몇몇 측근들과 대화를 나눌 것이 분명한데 독대는 사실상 의미가 없는 행동이라는 생각이 들었던 것이다.

마음을 정한 공수개 장로는 고개를 조아리며 말했다.

"예, 남양에서 벌어진 일련의 사건에 대해 맹주님께 아뢸 말씀이 있어서 감히 독대를 청했습니다."

"그래, 무슨 말씀이시오?"

"이번 사건을 맹주님께서는 어떻게 처리하실 요량이신지 여쭤봐도 실례가 되지 않겠습니까?"

맹주는 슬쩍 감찰부주를 바라본 후 난감한지 수염을 쓰다듬으며 대꾸했다.

"허~ 그것 참. 난처한 질문이구려."

물론 맹주가 그에 대한 답을 자신에게 해 줄 리가 없음을 공수개장로도 예측하고 있었다. 그렇기에 그는 개방의 잘못은 아예 거론하지 않고 옥대진을 물고 늘어졌다.

"이번 사건의 생존자들 중에서 옥진호 장로의 손자인 옥대진이 끼어 있지 않습니까?"

"보고서는 받아 봤소."

"예, 본방에서는 이번 사건의 핵심 인물인 옥대진을 어떻게 처리하느냐에 따라 무림맹의 사활이 걸려 있지 않을까 추측하고 있습니다."

무림맹의 사활이 걸려 있다는 말에 맹주는 의아한 듯 질문을 던졌다.

"그건 무슨 말이오?"

"본방에서는 모든 생존자들과 면담을 했고, 또 이번 사건에 가담한 자들이 소속된 문파들도 조사했습니다. 그 결과 모두들 한결같이 옥대진의 꼬드김에 넘어가서 일을 저질렀다고 주장하고 있습니다. 물론 맹주님께서는 옥진호 장로의 얼굴을 봐서 그를 용서해 주실 수도 있을 겁니다."

이렇게 말하며 공수개 장로는 맹주의 표정을 힐끗 훔쳐봤다. 사실 맹주로서야 옥진호가 사라져 주는 것을 바랄 것이다. 그런 상황에서 맹주가 옥대진을 봐줄 이유가 있겠는가. 하지만 설혹 맹주가 그런 생각을 하고 있다손 치더라도 그렇게 노골적으로 말하는 것은 실례였다.

"노부가 인정에 치우쳐서 그를 용서해 줄 수는 없는 노릇이겠지. 하지만 노부는 이번 사건을 통해 개방의 정보망에도 약간의 문제가 있다고 생각했는데……."

그 말에 공수개 장로는 펄쩍 뛰듯 놀라며 말했다.

"예? 그건 무슨 말씀이십니까? 문제가 있다니요."

"젊은 것들만 가서 일을 망쳐 놨다면 그들을 치죄하는 것이 옳겠지. 하지만 노부가 받은 보고로는 절파검 같은 절정고수도 거기에 참여하고 있었다고 들었는데, 그가 죽음을 당했을 정도라면 저쪽도 만반의 대비를 하고 있었다는 것이 아니겠나? 오히려 그 아이들 덕분에 더욱 큰 화를 모면했을 수도 있다고 생각할 수도 있겠지."

맹주의 말에도 일리는 있었다. 맹주가 남양을 치라고 명령한 상대는 수라도제였다. 만약 이번에 금군의 촉각에 걸려든 자가 수라도제였다면, 무림맹으로서는 씻을 수 없는 타격을 받았을 수도 있었다.

하지만 공수개 장로는 완강하게 고개를 가로저으며 항변했다.

"그건 맹주님께서 잘못 생각하고 계신 겁니다. 물론 절파검이 뛰어난 고수라는 것에는 반론의 여지가 없습니다. 하지만 맹주님께서 남양을 치라고 명령한 사람은 절파검이 아닌 수라도제 대협이 아닙니까? 또, 절파검이 처음부터 침투를 목적으로 그곳에 갔다면 모르겠습니다만, 그는 침투가 아닌 황보세가의 어린 것을 보호하기 위해 따라갔을 뿐입니다. 그 망할 철부지 녀석들이 금군 병사들에게 들키자 어쩔 수 없이 모습을 드러낸 것이 아니겠습니까? 본방에서는 이 계획을 맹주님께 말씀드리며 신신당부 드렸었습니다. 정면 공격을 해서는 가능성이 없다고 말입니다. 우수한 고수가 인기척을 숨기고 몰래 침투하여 불만 지른 후 재빨리 후퇴해야 한다. 이것이 이번 작전의 가장 중요한 점이었습니다. 제 말에 틀린 점이 있습니까?"

사실 몰래 침투해도 성공했을지 의문이 들기는 했지만, 그렇게 시도해 본 적이 있는 것도 아니었기에 맹주는 공수개 장로의 말을 반박할 수 없었다.

"과연! 공수개 장로의 말이 옳은 듯하구려."

"이번 사건을 젊은 것들의 객기 정도로 너그럽게 넘어가시겠다는 맹주님의 넓은 마음은 십분 이해할 수 있습니다. 하지만 그렇게 하신다면 마교 쪽에서 가만히 있지 않을 겁니다."

갑자기 공수개 장로가 마교를 들고 나오자 맹주는 의외라는 듯 반문했다.

"마교가 말이오?"

"예, 남양을 칠 계책은 마교에서 먼저 흘러나온 것입니다. 교주가 본방에 정보 요청을 했는데, 본방에서 철저하게 조사를 해본 결과 충분한 승산이 있다고 생각되어져서 그것을 우리 쪽에서 가로채자고 맹주께 청을 드린 것이 아니겠습니까? 만약 그것이 성공했다면 이쪽에서도 마교 쪽에 대고 할 말은 있었을 겁니다. 그쪽에서

하는 것보다는 이쪽에서 처리하는 것이 성공확률이 높을 것 같아서 그렇게 했다고 둘러 대면서 마교 쪽 정보망이라든지 그쪽이 취약한 부분들을 물고 늘어지면 어느 정도 그들을 무마시킬 수 있었겠지요. 하지만 일이 실패한 이상 마교에서 수긍할 만큼 뒤처리를 해 줘야만 합니다."

공수개 장로는 맹주와 감찰부주의 눈치를 힐끗 살펴본 후 말을 이었다.

"양양성에서 온 정보에 따르면 교주는 이번 일이 실패하자마자 수라도제 대협의 숙소에까지 쳐들어가서 난동을 부린 모양이더군요."

교주는 그날 수라도제의 숙소는 물론이고 양양성에 있는 개방도들까지 묵사발을 만들어 놨다. 하지만 공수개 장로는 개방에서 있었던 일은 쏙 빼놓고 수라도제의 일만을 말하는 것이다.

맹주는 그런 말은 처음 들어봤다는 듯 혀를 끌끌 찬 후 감찰부주에게 말했다.

"쯧쯧, 그런 일이 있었나?"

그 말은 감찰부주도 처음 듣는지 난감한 표정으로 고개를 조아리며 말했다.

"저도 그런 말은 처음 듣는지라……."

"아아, 모두들 모르고 계셨던 모양이군요. 하기야 수라도제 대협처럼 속이 깊으신 분이 그런 사소한 일을 가지고 맹주님의 심기를 어지럽게 하는 연락을 했을 리 없겠지요. 하여튼 부상자가 30여 명에 이른다는 것을 보면 교주가 얼마나 분노했는지 알 수 있지 않겠습니까?"

말은 속이 깊다고 했지만 수라도제의 성질이 개 같다는 사실을 이 자리에서 모르는 사람은 없었다. 오죽하면 신경질 난다고 소림사 정문을 박살 냈겠는가. 그런 인물이 그걸 쉬쉬하며 감춘 이유는 따로 있었다. 아마도 마교 교주에게 쥐 터진 것이 쪽팔려서 입을 다물었겠지. 모두 그 사실을 잘 알고 있었지만 서로 모르는 척 넘어갔다.

"그것 큰일이구려."

"어쩌면 이번 일로 인해 마교와의 연합이 파기될 가능성까지 있다고 본방에서는 추측하고 있습니다."

그것까지는 맹주도 예측하지 못했는지 불신 어린 어조로 물었다.

"흑살마왕이 금에 있는데 설마 그럴 리가……?"

"아닙니다. 그럴 가능성은 충분히 있습니다. 그들이 정파와 손을 잡은 이유는 흑살마왕을 잡는 데 그편이 훨씬 유리하다고 판단했기 때문입니다. 그런데 이번 사건으로 연합 작전이 전혀 도움이 되지 않는다고 생각할 수도 있지 않겠습니까? 사실, 지금까지 마교에서 거둔 전과는 엄청난 것이 아닙니까? 3만에 달하는 정파의 고수들에 비해 겨우 1만 남짓한 마교도들이 세운 전과가 더 크다고 생각될 정도입니다. 거기에다가 아직까지도 마교는 주력을 투입하지 않은 상태입니다."

맹주는 감찰부주를 향해 시선을 돌렸다.

감찰부주의 안색은 약간 상기되어 있었다. 무림맹 내 정보 조직의 수장을 맡고 있으면서도 그쪽으로는 상상도 해 보지 못했기 때문이었다. 이때, 문득 감찰부주의 뇌리를 스치는 문서가 하나 있었다. 바로 마교에서 공식적으로 보내온 항의문이었다. 처음에는 그러려니 하고 넘겼었는데 공수개 장로의 말을 들으니 마교의 행동을 충분히 이해할 수 있었다.

"맹주님, 공수개 장로님의 말씀이 옳은 듯합니다."

감찰부주까지 찬성해 주자 공수개 장로는 더욱 힘을 얻어 맹주에게 말했다.

"맹주님께서는 이번 사건의 사후 처리를 마교 쪽에서 예의 주시하고 있음을 잊지 않으셔야만 합니다. 인정에 치우쳐 이번 일을 그냥 넘어가신다면 마교와의 동맹이 파기될 수도 있으니 말입니다."

"동맹을 파기한다고 했는가? 허어, 그렇다면 요 근래 몇몇 문파에서 일어난 마교도 소행으로 보이는 혈겁도 그들이 본맹에 압력을 가하기 위해 한 짓거리라는 말인가?"

"그건 아닌 듯합니다, 맹주님. 교주는 지금 양양성에 와 있습니다. 그리고 흑풍대도 현재까지는 대단히 협조적이고 말입니다. 아무래도 그것은 천마혈검대의 고수들이 저질러 놓은 소행이 아닐까 본방에서는 추측하고 있습니다."

공수개 장로의 말에 감찰부주도 찬성했다.

"저희 쪽도 그럴 것이라는 결론에 도달했습니다. 사실 마교 쪽의 첫 번째 목표는 흑살마왕입니다. 흑살마왕이 제거되지 않은 상황에서 마교가 본맹과 전면전을 벌일 이유가 있겠습니까? 이건 아마도 흑살마왕이 꾸민 짓거리임에 분명하다고 판단됩니다."

맹주는 고개를 주억거리며 말했다. 사실 자신도 그것이 마교 쪽의 소행일 것이라고는 생각하지 않았었으니 말이다.

"그럴 수도 있겠구려."

그 외에도 공수개 장로는 이런저런 말을 나눈 후 인사를 하고 물러갔다. 공수개 장로가 물러가고 난 후 맹주는 깊은 한숨을 내쉬며 중얼거렸다.

"사질, 과연 이런 일로 마교가 동맹을 파기할까?"

"개방의 추측은 상당히 신빙성이 있는 것 같습니다. 얼마 전에 마교에서 항의문이 도착했었는데, 혹시 기억하고 계십니까?"

"노부도 그걸 읽어 봤네. 자신들이 계획한 일을 무림맹이 가로채어 엉망진창으로 만들어 놓은 것을 점잖은 어조로 질책하고, 더불어 이 일에 관련된 자들의 조속한 처리와 그 처리 과정을 자신들에게 상세하게 보고해 달라고 쓰여 있지 않은가? 사실 그쪽에서 충분히 그런 말이 나올 수 있기에 그러려니 하고 넘어갔는데……."

"저도 처음에는 그렇게 생각했었습니다. 그런데 공수개 장로의 지적을 받은 후에 곰곰이 생각해 보니 뭔가 이상한 점이 있더군요."

"뭐가 말인가?"

"예, 공수개 장로는 마교 교주가 그 사실을 알자마자 수라도제 대협을 찾아가서 행패를 부렸다고 했습니다. 그토록 성질이 급한 인물이 공식적인 통로를 밟아 항의서를 보내다니요. 너무나도 이성적인 행동이 아닙니까? 양양성에서 직접 항의문을 작성하여 수라도제를 통해 무림맹에 보내도 되었을 텐데, 왜 굳이 마교 총타로 연락을 보내고 또 그곳에서 무림맹으로 공식 서한을 보냈겠습니까? 이런 식으로까지 치밀한 처리를 한 것을 보면 교주는 만약 자신의 요구가 받아들여지지 않았을 때 동맹 파기도 불사하겠다는 생각인지도 모릅니다."

"허어…, 하지만 그는 흑살마왕을 없애기 위해 본맹의 힘이 필요할 텐데……."

"어쩌면 그는 이번 사건을 통해서 본맹이 별 필요 없다고 느꼈는지도 모릅니다."

의아한 시선으로 자신을 바라보는 맹주를 향해 감찰부주는 자신이 생각한 바를 조목조목 말했다.

"먼저 지금껏 금과 전쟁을 벌이면서 마교에서 투입한 흑풍대의 전과는 너무나도 엄청난 것이었습니다. 사실, 마교의 정예들을 몽땅 투입한다면 본맹이 필요 없다는 생각을 할 법도 한 일입니다. 거기에다가 이번에 남양 사건이 터졌습니다. 그 일을 계기로 마교는 본맹이 오히려 도움이 되기는커녕 자신들이 하고자 하는 일을 훼방 놓는 훼방꾼으로 보였을지도 모릅니다. 믿지 못할 동료는 없는 편이 더욱 편하다는 사실을 맹주님께서도 잘 아시지 않습니까?"

"허어, 그럴 수도 있겠구먼."

"지금까지 맹주님께서는 옥진호 장로의 처결을 미뤄 오셨지만, 아무래도 이번에는 결단을 내리셔야 할 듯합니다."

여태껏 맹주는 옥진호 장로를 제거해야겠다는 생각은 해 본 적이 없었다. 물론 맹주파로 꼽히는 몇몇 장로들이 그의 제거를 비밀리에 거론해 온 적이 있었지만, 맹주는 일언지하에 거절했었다. 무당산에서 심신을 청결하게 닦아오던 그에게 있어서 권력욕에 물든 그러한 행동들이 다 헛되게만 느껴졌었던 것이다.

하지만 오늘 거론된 옥진호 장로의 제거 안은 조금 다른 면모를 띠고 있었다. 옥대진을 처리하려면 후환을 남기지 않기 위해 옥진호 장로도 없애야만 하는 것이다.

"무량수불…, 이런 식으로 그를 보내게 될 줄은 생각도 못했었는데……. 이것도 다 원시천존님의 뜻인 게지."

장로회의 소집을 명받은 옥진호 장로는 여섯 명의 수하들을 거느리고 그곳으로 향했다. 회의장으로 향하는 옥진호 장로의 두 눈은 언제나 그러하듯 주의 깊게 주위를 살피고 있었다. 경비 무사들의 수와 질에서 평상시와 다를 바가 없었다. 그리고 주위에 낯선 인물들이 눈에 띄지도 않았다. 안면이 있는 문사복 차림의 사내 몇이 두툼한 문서 뭉치를 들고 바쁘게 움직이고 있을 뿐이었다.

옥진호 장로는 허리에 찬 검을 끌러 호위 무사에게 건네주며 말했다. 회의장 안에까지 호위 무사를 거느리고 들어갈 수는 없는 노릇이었으니 말이다.

"자네들은 여기서 기다리게."

"옛."

옥진호 장로는 여러 장로들에게 인사하며 자신의 자리에 가 앉았다. 모든 장로들이 다 모인 후, 맹주는 근엄한 어조로 입을 열었다.

"여러 장로님들을 이곳에 부른 이유는 남양에서 일어난 일련의 사건 때문이외다."

이렇게 서두를 꺼낸 맹주는 옥진호 장로를 바라보며 말했다.

"옥진호 장로도 그 사건에 대한 보고서는 받아 봤을 줄로 알고 있네. 자네 생각은 어떤가? 자네의 손자가 연루되어 있는 만큼 자네의 의견을 들어 보고 싶군."

이미 맹주가 그 말을 할 줄 예상이라도 한 듯 옥진호 장로는 열기 띤 어조로 옥대진을 변호했다.

"남양에서의 사건에 대한 보고는 저도 받았습니다. 결과적으로 그 아이들이 맹의 일을 망쳐 놓기는 했지만, 그들이 그 일을 추진한 것이 결코 나쁜 뜻이 있어서 그런 것이 아님을 잘 아시지 않습니까? 다 황실과 무림을 위해 한 일이니 이번 한 번만 관용을 베푸시는 것은 어떻겠습니까?"

맹주는 고개를 끄덕인 후 대답했다.

"물론 그렇게 생각할 수도 있겠지. 하지만 결정적으로 그 아이들은 중대한 범죄를 행했네."

옥진호 장로는 아연한 표정으로 되물었다.

"예? 범죄라니요? 무슨 범죄 말씀이십니까?"

"자네의 이름을 이용하여 개방에 압력을 가해 정보를 빼냈네. 새파란 젊은 것들이 무림맹의 이름을 이용하여 못된 짓을 했다는 말일세. 그것에 대해서는 어떻게 생각하는가?"

그 말에 옥진호 장로의 안색이 새하얗게 질렸다. 물론 그것이 큰 죄임을 알기는 안다. 하지만 그냥 넘어가 줄 수도 있는 문제가 아닌가. 그럼에도 불구하고 그 부분을 끄집어낸 것을 보면 맹주는 이 일을 결코 대충 넘어가 줄 생각이 없는 듯했다.

"손자 교육을 잘못시킨 점 진심으로 사죄드립니다."

"그것을 아니 다행이로구먼."

빈정거리는 맹주의 말에 옥진호 장로의 안색이 노기로 붉게 물들기 시작했지만 감히 발작하지는 못했다. 이곳은 회의장인 데다가, 맹주는 여기 모인 그 누구보다도 막강한 권력과 무공을 지니고 있었다. 그런 그에게 대들어 봐야 자신만 손해인 것이다.

"감찰부에서는 이것이 각 문파의 후배 밀어 주기가 아닌가 하고 조심스런 의견을 내놓았다네. 각 문파의 고수 여럿이 그 아이들을 호위해 준 것이 그 증거라고 말일세."

"제가 알기로는 그 아이들끼리."

옥진호 장로는 재빨리 맹주의 말을 반박했다. 하지만 맹주는 냉정한 어조로 옥진호 장로의 말을 끊었다.

"노부의 말을 다 들어 보고 자네의 의견을 말해 주게."

맹주의 말에 옥진호 장로는 어쩔 수 없이 입을 다물지 않을 수 없었다.

"예."

"그러니까 감찰부에서는 자네의 손자가 자네의 이름과 맹의 권위를 사칭하여 이 일을 추진한 것이 아니라, 자네가 직접 주도하여 손자를 움직여 이 일을 추진한 것은 아닌가 보고 있네."

그 말에 옥진호 장로는 경악해서 외쳤다. 그것은 손자는 물론이고 자신까지 파멸시키고자 하는 소리가 아닌가.

"그런 말도 안 되는!"

옥진호 장로야 경악하건 말건 맹주는 냉정한 어조로 대꾸했다.

"노부로서는 그걸 말도 안 되는 소리로 치부하기 어려웠다네. 그 아이들이 움직인 것은 맹에서 남양을 잿더미로 만드는 것이 과연 가능한 것인지 뒷조사를 한창 하던 시점이었네. 그 아이들이 맹에서 비밀리에 추진하던 그 일을 어떻게 알았겠는가?"

사실 손자 녀석이 일을 어떻게 꾸민 것인지 옥진호 장로는 알지 못했다. 그 사건에 대해 손자 녀석으로부터 그 어떤 언질도 받은 적이 없었고, 또 그 사건 이후로도 손자를 만난 적이 없었으니 말이다.

"……."

"양양성으로 파견한 취조관이 보내온 보고서에 따르면 그들은 그 정보를 마교 교주로부터 직접 들었다고 말했다고 하네. 매우 그럴듯하지. 하지만 남양을 치는 비밀 작전을 전개함에 있어서 새파란 젊은 것에게 왜 그런 말을 교주가 했겠는가? 또 그 말을 들었다는 팽대성이 마교 교주와 어떤 관계가 있지? 아무런 관계도 없는 팽대성에게 그런 비밀 정보를 말했다는 것 자체가 말이 안 되지 않는가?"

맹주의 질책에 옥진호 장로는 마지못해 대꾸했다. 스스로도 자신의 대꾸가 가능성이 희박함을 알면서도.

"교주가 일부러 흘렸을 수도 있지 않겠습니까?"

그 말에 무림맹주는 언성을 높이며 질책했다.

"무슨 말을 그렇게 하는가! 수라도제 쪽에 사람을 보내어 알아봤네. 마교 교주는 개방으로부터 남양에 대한 정보를 받자마자 무공이 뛰어난 수하들을 골라 은밀하게 남양으로 보냈네. 만약 자네 말대로 그게 일부러 흘린 것이라면, 그는 처음부터 남양을 칠 생각이 없어야 하지 않겠는가? 또 그 시점에서 조사한 개방의 정보로는 남양을 잿더미로 만드는 것이 충분히 가능했었다고 하네. 마교로서는 성공만 한다면 엄청난 명성을 드높일 수 있었을 게야. 그런데 그런 식으로 일처리를 해서 교주가 얻는 게 뭔가?"

설마 교주의 목표가 처음부터 옥대진이었을 거라고는 예상도 할 수 없었기에 옥진호 장로는 꿀 먹은 벙어리마냥 아무런 대꾸도 할 수 없었다.

"……"

"그런 만큼 그 정보를 마교 교주로부터 들었다는 것은 새빨간 거짓말이라고 봐야 할 것일세. 그렇다면 그 아이들에게 마교가 남양을 치려한다는 정보를 누가 전해 줬겠는가? 맹에서도 1급 기밀로 처리되고 있었던 그 정보를 말일세. 그 작전을 진두지휘할 수라도 제조차도 그 명령을 받기 직전까지 그 사실을 몰랐다네. 안 그런가?"

"맹주께서는 저를 모함하고 계시는 겁니다. 저는 결단코 그런 짓은 한 적이 없습니다."

"그건 조사해 보면 알게 될 일."

퉁명스런 어조로 옥진호 장로에게 대답한 맹주는 여러 장로들을 향해서 말했다.

"장로들의 생각은 어떻소? 그대들도 옥진호 장로처럼 노부의 의심이 잘못된 것이라고 생각하는가? 물론 노부도 처음 감찰부에서 보고를 받았을 때, 보고서를 집어던지고 싶은 충동을 억누르기 힘들었다네. 그만큼 그 보고서가 노부에게 안겨 준 충격은 컸으니 말이야. 하지만 그렇다고 사실을 사실이 아니라고 우길 수도 없는 노릇. 그렇기에 노부는 감찰부의 청을 받아들여 옥진호 장로에 대한 치밀한 조사를 명령하고자 하네. 물론 그의 신분이 현직 장로인 만큼, 노부 독단으로 그를 구속하라고 명할 수는 없는 노릇이지. 그렇기에 그대들을 소집한 것이니 선택은 그대들이 하게."

맹주의 말을 가만히 들어 보니 매우 그럴듯해서 옥진호를 지지하던 장로들로서도 뭐라고 나서기가 곤란했다. 더군다나 맹주는 옥진호 장로가 결백하기를 원하는 듯했다. 그렇기에 모두들 결정을 내리지 못하고 서로 쑥군거리며 머뭇거리고 있을 때, 공수개 장로가 선뜻 앞으로 나서며 입을 열었다. 공수개 장로는 옥진호 장로가 잡혀 들어가기를 간절히 원하고 있었으니 말이다.

"맹주님의 설명을 듣고 보니 과연 감찰부에서 옥진호 장로를 의심하실 만하군요. 저는 맹주님의 뜻에 따르겠습니다."

공수개 장로가 앞장서서 바람을 잡자 다른 장로들도 그 의견에 따라갈 수밖에 없었다. 조사한 후 잘못이 밝혀지면 치죄하자는데 뭐라고 반론을 제기할 것인가.

"저희들도 같은 생각입니다."

그것을 옆에서 지켜보고 있던 옥진호 장로는 맹주의 눈치를 살피며 암암리에 공력을 돋우기 시작했다. 이곳에서 탈출할 가능성이 조금이라도 보인다면 탈출할 결심이었던 것이다. 사실 맹주의 말처럼 일이 공정하게 이뤄질 것이라면 그가 구태여 탈출을 생각할 이유가 없었다. 하지만 그는 무림맹의 높은 직위에 오래 있으면서 모든 일이 그렇게 공평하게만 처리되지 않음을 누구보다 잘 알고 있었다. 일단 상대를 정해 일을 시작했으면 그 후환이 두려워서라도 철저히 짓밟는 것이 정석이었다. 옥진호 장로도 지금껏 몇 번인가 해 왔듯, 털어서 먼지 안 나는 놈은 없으니까.

하지만 그런 옥진호 장로를 맹주는 가소롭다는 듯 슬며시 노려보고 있었다. 화경급에 이른 그가 옥진호 장로가 일격을 준비하고 있는 것을 눈치 채지 못할 리가 없는 것이다. 서로의 눈과 눈이 마주치는 순간, 옥진호 장로는 공력을 풀면서 중얼거렸다. 이미 탈출은 불가능하다는 것을 깨달았기에.

"물론 저에게 죄가 있다면 달게 받겠습니다. 하지만 맹세코 저는 손자에게 그런 일을 지시한 적이 없습니다."

맹주는 냉엄한 표정으로 말했다.

"그것은 감찰부에서 공정하게 조사해 본 후 결론을 내릴 것이니 그대에게 죄가 없다면 염려하지 말게."

이렇게 해서 막강한 권력을 자랑하던 옥진호 장로는 투옥되었다. 그리고 바로 그날 연금 중인 옥대진 등을 무림맹으로 이송하라는 지시가 양양성으로 날아갔다.

옥대진이 무림맹에 도착했을 때, 그에 대한 대접은 지금까지와는 완전히 달라져 있었다. 며칠 전까지만 해도 옥대진 앞에서 쩔쩔매던 취조관은 서릿발을 휘날리며 옥대진을 추궁하고 있었다. 사람이 달라져도 이렇게 달라질 수 있을까?

"야, 이 새끼야. 빨리 안 불어? 네놈은 옥진호 장로의 지시를 받고 남앙에 침투했지?"

모진 고문을 당한 옥대진의 몰골은 말이 아니었다. 하지만 아직까지도 그의 눈빛은 살아 있었다. 왜냐하면 믿는 사람이 있었기에.

"크흐윽, 네, 네놈이 나에게 이런 짓을 하고도 무사할 수 있을 줄 아느냐? 두고 보거라. 할아버지께서 이 일을 아신다면."

하지만 취조관은 더 이상 옥대진의 협박을 들을 마음이 없었는지 콧방귀를 뀌더니 싸늘한 어조로 빈정거렸다.

"흥! 아직까지도 자신의 처지를 모르는군. 내가 너를 이렇게 족칠 수 있다는 것은 네놈의 할아비가 끝장났기 때문이야. 무슨 뜻인지 알겠냐?"

하지만 옥대진은 고개를 가로저으며 완강하게 외쳤다.

"헛소리 지껄이지 마라. 할아버지를 뵙게 해 다오. 그렇게만 해 준다면 지금까지 있었던 일은 모두 잊어 주마."

"이제 그만 버티고 순순히 시인하는 것이 서로를 위해 좋지 않겠나? 자, 말해 봐. 네놈은 옥영진 장로의 명을 받고 남양에 침투했지?"

"결단코 그런 일은 없었다. 내가 한 일이다."

취조관은 이를 갈며 외쳤다.

"독한 새끼! 하지만 네놈이 개겨 봤자야. 이봐."

취조관의 부름에 옆에 서 있던 사내가 고개를 조아리며 대답했다.

"옛."

"좀 더 조져. 내일까지 불지 않으면 네놈도 저 꼴이 될 줄 알아. 알겠어?"

"명심하겠습니다."

잠시 후, 그 사내는 몇 가지 새로운 고문 기구들을 더 꺼내더니 옥대진을 고문하기 시작했다.

"크아아아악!"

길고 긴 옥대진의 비명이 울려 퍼지는 가운데, 취조관은 점점 더 처참한 몰골로 변해 가는 옥대진을 냉소 띈 표정으로 바라보고 있었다.

옥대진에 대한 대접이 이렇게 바뀐 것은 위쪽으로부터 새로운 지시가 하달되었기 때문이다. 그의 상관은 옥대진의 행동이 옥진호 장로의 지시에 의한 것이라는 증거를 내놓으라고 지시했다. 수

단과 방법을 가리지 말고. 그리고 그것은 지금까지 취조관이 너무나도 원하고 있었던 명령이었다.

 며칠 전까지만 해도 권력을 등에 업고 자신에게 큰소리를 치던 놈이 역으로 자신의 손아귀에 떨어졌으니 이 어찌 기분이 좋지 않겠는가. 고문하는 재미가 쏠쏠하지 않을 리 없었다. 그렇기에 취조관은 이 새파란 애송이에게 당했었던 갖은 수모를 떠올리며 더욱 그를 닦달하는 중이었다.

 며칠 후, 전 무림맹주 옥청학의 아들이자, 무림맹 장로였던 옥진호 장로에 대한 재판이 열렸다. 공정성을 기한다는 명목 하에 진행된 공개 재판이었기에 많은 무림의 고수들이 재판을 참관할 수 있었다. 물론 죄인의 신분이 무림맹의 현직 장로인 만큼 명망 있는 고수들에게만 참관할 자격이 주어졌다.

 피고석에 앉아 있는 옥진호 장로는 현직 장로인 점을 고려하여 산공분이 든 차만을 마셨을 뿐, 그 어떤 제제도 받지 않은 상대였다. 그렇기에 재판석에 앉아 있는 그의 신색은 수감되기 며칠 전과 다를 바가 없었다.

 재판이 진행되자 옥진호 장로의 죄상에 대한 가지각색의 증거들이 쏟아져 나오기 시작했다. 하지만 그 대부분이 어느 정도 심증은 줄 수 있는 것이었지만, 정확히 그가 범인이라는 증거는 될 수 없었다. 만약 이런 식으로 재판이 계속 진행된다면 그는 무혐의로 풀려날 가능성이 매우 커지고 있었다.

 하지만 마지막으로 감찰부에서 꺼낸 증거품은 장내의 분위기를 완전히 뒤바꾸어 버렸다.

"바로 이것이 옥대진의 친필 자술서입니다. 여기에는 그가 옥진호 장로에게서 언제, 어떤 식으로 지시를 받았는지 모두 다 기록되어 있습니다."

물론 그 자술서는 옥대진이 고문에 못 이겨 기록한 것이었다. 자술서의 뼈대는 감찰부에서 직접 만들었고, 그것을 불러 주는 대로 옥대진이 직접 쓴 것이었기에 모든 내용은 한 치의 빈틈도 없었다.

자술서가 튀어나오자 지금까지 냉정함을 유지하고 있었던 옥진호 장로는 노성을 터뜨렸다.

"이건 말도 안 되는 짓거리! 네놈들이 손자를 고문해서 그것을 쓰게 한 모양인데… 하늘이 무섭지 않느냐? 이런 못된 놈들!"

"그런 망발로 자신의 죄를 은폐하려 하지 마십시오. 아무리 가문의 영광도 중요하지만, 구태여 이런 추태까지 부릴 필요가 있었습니까?"

"추태를 부리기는 누가 부렸다는 것이냐? 그따위로 증거를 날조하다니……."

이때 지금까지 조용히 재판을 참관하고 있던 하북팽가의 가주가 드디어 분노를 터뜨렸다. 지금까지 살펴본 결과 옥진호 장로가 범인임에 틀림없었다. 모든 증거가 명명백백한데도 아직까지도 자신의 잘못을 뉘우치지 않고 뻔뻔스럽게 오리발을 내밀다니……. 그것을 보면서 그는 도저히 이성을 유지할 수가 없었던 것이다.

"이런 망할 녀석! 네놈 때문에 노부의 아들이 죽었거늘, 아직까지도 잘못을 뉘우치지 않는다는 말이냐?"

그와 동시에 하북팽가주의 손에서는 매서운 권풍이 쏟아져 나갔다. 누가 봐도 일격에 옥진호 장로를 없애 버리겠다는 뜻임을 알았지만, 너무나도 강맹한 위력을 지니고 있었기에 주위에 있는 고수들은 감히 그것을 막을 생각도 하지 못했다.

하지만 이때 무표정하게 장로석에 앉아 있던 맹호검군(猛虎劍君) 백량(白諒)이 재빨리 몸을 움직였다. 지금 그는 재판에 참석한다고 무기도 지니지 않은 상태였기에 감히 하북팽가주와 접전을 벌일 수는 없었지만, 그의 한 수 정도는 막을 자신이 있었던 것이다.

펑!

백량 장로는 강맹한 권풍의 반동을 줄이기 위해 재빨리 뒤로 서너 걸음이나 물러서야만 했다. 자신의 일격을 백량 장로가 막아 버리자 하북팽가주는 더욱 분기탱천하여 자리에서 벌떡 일어섰다. 지금까지 백량 장로는 옥진호 장로파로 분류되던 인물이었다. 계속 자신이 하고자 하는 일을 방해한다면 백량 장로를 해치우는 한이 있더라도 아들의 복수를 할 생각이었던 것이다.

이때, 백량 장로는 몸을 빙 돌려 피고석에 앉아 있는 옥진호 장로를 바라보며 싸늘한 어조로 질문을 던지고 있었다.

"매화문검 장로, 감찰부에서 제시한 증거가 참이오?"

믿고 있던 백량 장로마저 이런 식으로 묻자 옥진호 장로는 벌컥 화를 내며 외쳤다.

"자네까지 그런 걸 묻다니……. 저것들 모두가 다 새빨간 거짓임을 자네는 모르겠는가? 정말 답답하구먼. 증거 따위야 얼마든지 조작해서 만들 수 있음을 자네도 잘 알지 않는가?"

옥진호 장로의 대답에 백량 장로는 공허한 웃음을 터뜨리며 말했다.

"허허헛, 아직까지도 자신의 죄를 뉘우치지 않다니……. 노부가 저런 소인배를 믿고 함께 일했다는 것이 너무나도 허탈하구나."

　백량 장로는 그대로 자신의 숙소를 향해 걸음을 옮기기 시작했고, 백량 장로라는 걸림돌을 공격하려던 하북팽가주만 우스운 꼴로 그 자리에 서 있게 되어 버렸다.

　이때, 하북팽가주 옆에 앉아 있던 황보세가주가 그의 손을 슬쩍 잡아끌어 자리에 앉히며 말했다.

　"지금 저놈을 죽인다는 것은 안락한 죽음을 선물하는 것과 같소이다. 저런 놈에게 그런 호사를 안겨 줄 필요가 있소이까?"

　황보세가주는 아들의 목숨은 건졌는지 몰라도 가문에서 손가락에 꼽히는 고수들 중의 한 명이었던 절파검 황보청을 잃었다. 그것이 대의를 위한 희생이었다면 모르겠지만, 지금 가만히 되어 가는 꼴을 보니 완전히 개죽음을 당한 것이 아닌가? 황보세가주가 이빨을 갈 수밖에 없었다.

　"젠장, 그, 그렇구려. 저런 놈에게는 안락한 죽음도 사치지."

　이번 일로 가장 큰 피해를 당한 황보세가주와 하북팽가주가 옥진호 장로의 유죄를 인정한 것만으로도 장내의 분위기는 그쪽으로 흘러가 버렸다. 그만큼 그 두 가문의 위세는 엄청난 것이었기 때문이다.


　"어떻게 되었는가?"
　무림맹주의 물음에 감찰부주는 고개를 조아리며 대답했다.
　"예상대로 재판은 순조롭게 끝났습니다."
　그 말에 맹주는 안타깝다는 듯 중얼거렸다.
　"크흠, 그런 거목을 이런 식으로 보내야 한다는 현실이 너무나도 쓸쓸하구먼."

"어쩔 수 없는 일이 아니겠습니까? 그의 능력이 출중하다는 것은 사실이었지만, 그는 너무 자숙할 줄 몰랐습니다."

"그럴지도 모르지. 참, 사질은 그를 언제 처형하는 것이 좋다고 생각하는가?"

"빠르면 빠를수록 좋겠지요. 참, 황보세가주나 하북팽가주가 가장 지독한 고통을 수반하는 죽음을 내리라는 요청을 해 왔습니다. 그렇기에 가능한 한 지독한 통증을 유발시키면서 차츰차츰 죽여 나가는……."

하지만 맹주는 살짝 미간을 찌푸리며 감찰부주의 말을 끊었다.

"잠깐! 그건 너무 잔혹한 듯하구먼. 그보다는…, 결론적으로 그는 이적 행위를 한 셈이니 오마분시(五馬分屍)를 하기로 하세."

오마분시는 살아 있는 사람의 목과 양손, 양발을 각기 말 한 필씩에 연결한 후, 일시에 말들을 출발시켜 토막 내어 죽이는 것을 말한다. 이것은 황실에서 반역도를 처형하는 데 애용되고 있는 무시무시한 처형 방법이었다.

하지만 감찰부주는 난감하다는 듯 대꾸했다.

"보기에는 끔찍할지 모르지만 순간적인 죽음입니다. 황보세가나 하북팽가에서 이의를 제기해 오지 않겠습니까?"

"그건 노부가 무마시키지. 오마분시로 하게."

맹주의 명령에 감찰부주는 어쩔 수 없이 고개를 조아리며 대답했다.

"옛, 맹주님."

## 북쪽이 심상치 않다

묵향은 자신이 깔아 놓은 미끼를 옥대진이 덥석 물었음을 알고는 능청스럽게도 무림맹에 공식 항의서까지 보내어 옥씨 일족의 몰락을 부채질해 놓은 상태였다. 물론 자신의 간접적인 위협이 무림맹에 먹혀들지 않을 수도 있었다. 하지만 그때는 그때대로 생각해 둔 것이 있었다.

"관지 장로."

묵향의 부름에 관지는 고개를 조아리며 대답했다.

"예."

"아마 며칠 내로 양양성에서 철수해야 할지도 모르니 미리 준비를 해 두도록 하게."

아닌 밤중에 홍두깨 같은 갑작스러운 명령이었기에 관지는 잠시 어리둥절한 듯했다.

"철수라니…, 갑자기 그게 무슨 말씀이십니까?"

"어쩌면 무림맹과 동맹을 파기해야 하는 사태가 벌어질지도 몰라."

놀란 관지 장로가 뭐라고 이의를 제기하기도 전에 묵향의 말이 이어졌다. 물론 그가 이번에 하는 말은 어기전성을 통한 것이었다.

《그리 놀랄 필요는 없네. 사실 이건 무림맹에 대한 위협용일 뿐이야. 금에 대한 전쟁을 계속 유지한다는 기본 계획에는 변함이 없으니 달라질 것은 하나도 없어. 다만 동맹 파기를 한 상태에서 흑풍대를 계속 양양성에 주둔시킬 수는 없지 않겠나? 그렇기에 자네에게 미리 언질을 주는 거야.》

상관의 뜻을 파악한 관지 장로는 고개를 조아리며 대답했다.

"옛, 수하들에게 지시해 두겠습니다."

"흠… 문제는 동맹 파기 선언을 언제 하는 것이 가장 효과적이냐 하는 것인데……. 지금쯤 무림맹에서 뭔가 회답이 올 때도 되었는데, 안 오고 있다는 말씀이야?"

이러고 있을 때 밖에서 경비 무사의 목소리가 들려왔다.

"교주님을 뵙기를 청하는 자가 있사옵니다."

"호오, 호랑이도 제 말하면 온다더니…, 들라고 해라."

"옛."

곧 문이 열리고 청수한 인상의 도인이 실내로 들어왔다. 그는 교주를 오늘 처음 만났기에, 자신의 예상과는 전혀 다른 모습을 하고 있는 교주를 보고 약간 의외인 듯했다. 사실 교주의 모습은 그가 지금까지 상대해 왔던 마교도들과는 달리 전혀 마교도같이 생기지 않았으니 말이다. 하지만 그는 재빨리 표정을 정리하여 공손하게 묵향에게 인사를 건넸다.

"빈도는 무림맹 장로인 만수(滿水)라고 하외다."

무림맹에서 공식적으로 마교 교주에게 보내는 사신이다. 그런 만큼 무림맹 장로급은 되어야 하기에 이번에 옥진호를 대신하여 새로이 장로가 된 만수진인이 이곳으로 파견되어 온 것이다.

"맹에서 이곳까지 오느라 수고했군. 자, 이리로 앉지."

만수진인은 묵향이 권하는 자리에 앉으며 말했다.

"그럼 실례하겠소이다."

"그래, 무슨 일로 본좌를 만나러 왔나?"

만수진인은 단단하게 봉인된 제법 두툼한 봉투를 건네며 말했다.

"이것을 전해 드리라는 맹주님의 지시를 받고 왔소이다."

묵향이 봉인을 뜯어 보니 그 안에는 문서 뭉치가 잔뜩 들어 있었다.

"이게 뭐지?"

"남양 사건에 대한 조사와 그에 연관된 자들에 대한 처리 결과를 기록해 놓은 문서외다."

묵향은 최종 처리가 어떻게 끝났는지 궁금했기에 재빨리 문서를 집어 들어 뒷부분을 읽기 시작했다. 그것을 읽으며 묵향은 하마터면 광소를 터뜨릴 뻔했다. 하지만 무림맹 장로가 앞에 앉아 있기에 차마 그렇게 할 수는 없었다. 그렇기에 묵향은 일부러 표정을 더욱 딱딱하게 굳히며 읽고 있었다.

무림맹은 교활하게도 이 기록에서 자신들이 수라도제 등을 투입하여 마교의 공적을 가로채려 했다는 부분은 빼 버렸다. 개방에서 들어온 보고서를 옥진호 장로가 빼돌려 자신의 손자에게 일을 맡긴 것으로만 되어 있었다. 그 때문에 마교가 행하려 했던 일이 완전히 틀어진 것에 대해 사과한다는 내용과 함께 말이다.

모든 죄를 옥진호 장로 개인에게만 뒤집어씌운 것에 묵향은 내심 기가 막혔지만 그걸 내색할 수는 없는 노릇이었다. 그렇기에 그는 혀를 끌끌 차며 말했다.

"허어, 이런 나쁜 녀석들을 봤나. 본교에서 세운 계책을 자신들의 명성을 드높이는 데 이용하려 들다니……. 그야말로 인두겁을 쓴 놈들이로구먼."

"읽어 보시면 아시겠지만 이 일에 연루된 자들은 모두 다 그에 상응하는 처벌을 받았소이다."

"옥대진이라는 젊은이도 말인가?"

"물론이오. 단 한 명도 예외는 없었소이다."

그 말을 들은 묵향은 내심 아쉬울 수밖에 없었다. 아직까지도 감옥에 수감해 뒀다고 했다면 이쪽에서 처리할 테니 넘겨 날라고 할 수 있었을 텐데. 일단 일을 시작하자마자 옥씨 일족을 몰살시켜 버린 것을 보면 현 맹주도 참 냉정하기 그지없는 인물인 모양이다.

하지만 한편으로 생각해 보면 맹주의 행동이 이해가 가기도 했다. 전 무림맹주 옥청학으로부터 시작된 옥씨 일족의 권력은 엄청난 것이었다. 조금이라도 인정을 봐줬다가는 되려 큰 우환이 될 수도 있었다. 그렇기에 한 번 시작을 했으면 아예 끝장을 봐야만 하는 것이다.

묵향은 슬쩍 한숨을 내쉬며 말했다. 만족감이 깃든 한숨을 말이다.

"아무리 그렇다고 해도 현직 장로를 단죄하다니, 무림맹주의 과단성 있는 결단과 그 공명정대함에 경의를 표하고 싶구먼."

"과찬이시오."

"하지만… 이런 종잇조각만으로는 믿기가 힘들지. 최소한 딴 건 몰라도 주모자인 옥진호 장로의 목이라도 소금에 절여 보내 주는 것이 서로 간의 신뢰 구축을 위해 필요한 절차가 아닐까?"

묵향의 제안에 만수진인의 표정은 조금 더 딱딱하게 굳어졌다.

"물론 그렇기는 하겠지만 그것은 문제가 있소이다. 귀교와 본맹은 오랜 세월 반목과 투쟁을 벌여온 역사를 지니고 있지 않소이까? 그런 만큼 아무리 잘못이 있는 자라고 해도 그가 무림맹의 장로였던 이상 그 목을 잘라서 귀교에 보낼 수는 없는 노릇이외다. 이 점 교주께서 너그러이 이해해 주셨으면 좋겠소이다."

"딴은 그럴 수도 있겠구먼."

묵향은 일을 공정하게 처리해 준 것에 대해 칭찬을 늘어놓은 후, 앞으로도 금나라를 박살 내는 데 서로가 최대한 협력하자고 다짐한 다음 만수진인을 돌려보냈다. 그런 다음에야 묵향은 혼자서 낄낄거리기 시작했다. 마치 누군가가 옆에서 듣기라도 할까 봐 조심하는 악동처럼 말이다.

묵향이 한참 신이 나 있을 때, 장인걸의 심정은 그야말로 죽을 맛이었다. 무림맹과 마교를 이간시켰는데도 도무지 그 결과가 나오지 않고 있는 것이다.

"양양성에서 이탈하는 무림인들은 아직도 없느냐?"

편복대주는 더욱 깊이 부복하며 기어 들어가는 목소리로 대답했다.

"수하들의 보고로는 양양성에서의 인원 변동은 아직도 없다고 하옵니다."

"허, 참, 이상한 일이로다. 지금쯤 뭔가 결론이 날 때도 되었는데 말이다."

"실패한 것이 아니겠사옵니까?"

아직까지도 아무런 반응이 없는 것을 보면 실패했을 가능성이 컸다. 하지만 장인걸로서는 작금의 사태를 이해할 수가 없었다. 마교와 정파는 이토록 서로를 신뢰하는 사이가 아니었다. 그렇다면 도대체 어떻게 그들이 이것을 눈치 챌 수 있었을까?

이때, 편복대주가 장인걸의 눈치를 살피며 조심스럽게 입을 열었다.

"지금 양양성에서 무한에 이르는 방어선을 책임지고 있는 송군 장수는 악비라는 대장군이옵니다."

"그런데?"

"그자가 이번에 30만에 달하는 방대한 병력을 훈련시키고 있사옵니다."

"그건 전에 자네가 본좌에게 보고했지 않은가? 그들이 모병하는 것을 기회로 첩자들을 그 속에 침투시켰다고 말이야."

편복대주는 고개를 더욱 조아리며 대답했다.

"그렇사옵니다, 교주님. 그들로부터 전해진 정보를 종합해 본 결과 아마도 그들의 훈련이 대충 끝마쳐지는 내년쯤이면 송군 쪽에서 대대적인 공세를 가해 오지 않을까 하는 추측을 해 볼 수 있었사옵니다."

그 보고에 장인걸은 콧방귀를 뀌며 이죽거렸다.
"헛, 그놈들이 미치지 않고서야 겨우 그 정도 병력으로 공세를 가해 올 리가 없지 않은가. 현재 송군이 보유한 병력이라고 해 봐야 10만 남짓인데, 거기에 오합지졸 30만을 보태 봤자 섶을 지고 불속으로 뛰어들겠다는 꼴이 아닌가? 증원병은 자기들만 준비하고 있는 줄 알다니 한심한 놈들이로고."
장인걸의 말에도 일리가 있었다. 송군이 30만의 신병을 모집한 것을 알고, 자신도 황제에게 주청을 드려 여진족과 거란족의 병사 30만을 모집하고 있는 중이었다. 내년이 되면 양쪽 다 30만씩이 준비되는 것이겠지만, 그 질에서는 엄청난 차이가 있었다. 장인걸이 모집하는 것은 척박한 대지에서 사냥과 전쟁으로 단련된 용사들이었으니 말이다.
장인걸의 지적에 편복대주는 깊이 고개를 조아리며 대답했다.
"물론 송군의 전력만이라면 그렇사옵니다. 그렇지만 거기에 무림맹의 고수들이 가세한다면 상당한 위협이 될 수도 있지 않겠사옵니까?"
그 말에 장인걸은 고개를 끄덕이며 수긍했다.
"그럴 수도 있겠군. 허긴, 필요 이상으로 모험을 감수할 필요는 없겠지. 그래 자네가 생각해 둔 것이라도 있는가?"
"악비라는 자를 제거하는 것이 좋겠사옵니다. 송군의 중추인 그자만 없애 버린다면 송군은 더 이상 상대할 가치도 없는 오합지졸로 전락할 테니 말이옵니다."
그 말에 장인걸은 고개를 갸웃하며 중얼거렸다.
"제거한다? 그자가 있는 양양성은 지금 첩자 한 명 침투시키기가 힘들 정도인데, 어떻게 제거하자는 말인가?"

이것이 지금껏 무인으로 살아왔던 장인걸이 생각할 수 있는 한계였던 것이다. 하지만 편복대주는 그렇지 않았다. 그는 교활하게 미소 지으며 자신 있게 말했다.

"그건 의외로 간단하옵니다, 교주님. 몇몇 중요한 관직에 있는 신하들을 매수하거나 협박하여 우리 쪽으로 끌어들이는 것이옵니다. 멍청한 황제만 설득하면 되는데 무엇이 힘들겠사옵니까?"

"호오, 그런 기발한 계책을 생각해 내다니……. 좋은 계획이로다. 빨리 시행하라."

"옛, 교주님. 곧장 시행하도록 하겠사옵니다. 그런데 들려오는 보고로는 아무래도 북쪽이 심상치 않사옵니다."

"북쪽이 심상치 않다? 그건 무슨 말인가?"

"몽고족들의 움직임이 심상치 않다는 말이옵니다."

"북쪽에는 양지에 장군의 10만이 있지 않은가? 아무리 몽고 놈들의 세력이 커졌다고 해도 충분히 막아 낼 수 있을 게야."

"아무리 양지에 장군이 뛰어난 용장이라고 하지만 10만으로는 역부족인 듯하옵니다. 몽고족들은 정면 공격을 가하는 것이 아니라 순식간에 들이닥쳐 병사들을 살해한 후 노략질을 하옵니다. 그러다가 병사들이 출동하면 순식간에 도망쳐 버리는지라……."

"젠장, 그런 식이라면 어려울 수도 있겠구먼. 저 망할 놈의 무림맹 놈들만 아니라면 본좌가 정예를 이끌고 가서 싹 쓸어버렸을 텐데……."

잠시 고민하던 장인걸은 이윽고 결단을 내릴 수밖에 없었다. 장인걸은 이빨을 뿌드득 갈며 외쳤다.

"어쩔 수 없구나. 후방에 대기 중인 병력을 돌리는 수밖에……. 편복대주!"

"옛."

"지금까지 모병한 병력은 얼마나 되는가?"

"예, 현재까지 모병한 것은 20만 남짓이옵니다만, 내년 봄이면 교주님께서 명하신 대로 30만을 다 모을 수 있을 것이옵니다."

"좋다. 그렇다면 우선, 그 20만을 북쪽으로 돌려라. 그 정도 병력을 준다면 아무리 바보 멍청이라도 송을 끝장낼 때까지는 버틸 수 있겠지."

장인걸은 송을 멸한 후, 자신이 직접 대군을 이끌고 북상하여 자신의 일을 훼방 놓은 몽고 놈들의 씨를 말려 버리겠다고 속으로 결심하고 있었다.

그해 겨울이 끝날 때까지 양쪽은 별다른 움직임 없이 서로 먼 거리를 사이에 두고 대치하고만 있을 뿐이었다. 하지만 그것은 겉으로 드러난 모습이었을 뿐, 그 내면은 결코 조용하지 않았다.

송군은 30만의 신병 훈련에 국운을 걸고 있었다. 수라도제와 약조한 대로 봄에 공세를 취하기 위해서는 그 정도 전력을 보유하는 것은 필수 사항이었으니 말이다.

금군은 금군대로 바쁘게 움직이고 있었다. 장인걸이 봄이 되면 사용하기 위해 새로이 모병해 놨던 20만은 몽고족을 치기 위해 북쪽으로 이동했고, 60만의 정예들은 현 위치를 고수하며 봄이 오기만을 기다리고 있었다. 그리고 편복대주는 송군과 무림맹의 동태도 살피랴, 조정의 중신들도 포섭하랴 바쁘게 움직이고 있었다.

그리고 무림 연합의 고수들은 봄이 오기를 조용히 기다리고 있었다. 물론 겉모습은 그랬지만 가급적이면 고수들의 피해를 줄이기 위해 실력 있는 고수들은 문파로 불러들이고, 급수가 떨어지는 자들로 대체하고 있었다. 장인걸의 밀명을 받은 다섯 명의 고수들이 여기저기 헤집고 다니고 있었기에 아무래도 집안을 튼튼히 해 놓을 필요성이 있었기 때문이다.

그리고 그 모든 상황을 묵향은 조용히 지켜보며 기다리고 있었다. 장인걸이 언젠가는 허점을 보여 주기를 기다리며. 하지만 묵향이 전혀 짐작하지 못했던 작은 이변이 십만대산에서 벌어지고 있었다.

"어엇? 이게 무슨 조화지?"

수석장로는 불안한 듯 탁자 위를 바라봤다. 탁자 위에 놓인 술잔은 마치 약한 지진이라도 난 듯 미세하게 떨리고 있었다.

수석장로와 탁자를 마주하고 앉아 있던 군사는 조심스럽게 자신의 의견을 밝혔다.

"염려 놓으십시오, 수석장로님. 혹시나 해서 본교의 모든 기록을 이미 조사해 봤습니다만, 지금껏 십만대산에서 화산 활동이 있었다는 기록은 없었습니다. 아마 며칠 지나지 않아 언제 그랬냐는 듯 조용해질 겁니다."

하지만 군사의 목소리에는 자신감이 없었다. 사실 그도 이런 일은 처음이었기에 미래를 확신할 수 없었던 것이다.

"허어, 이러다가 그치면 좋으련만. 그런데 요즘 들어 점차 주기적으로 바뀌는 것 같아 아주 불안하단 말씀이야. 혹시 이러다가 쾅 하고 터지는 거 아냐?"

북쪽이 심상치 않다

혹시 부하들이 들었을까 봐 군사는 주위를 두리번거리며 수석장로에게 사정했다.

"제발, 불길한 말씀 좀 하지 마십시오."

하지만 군사의 예상과 달리 불안에 떠는 것은 수뇌부만이 아니었다. 마교 내의 모든 하급 고수들까지도 이 알 수 없는 지진 현상 때문에 불안에 떨고 있었던 것이다. 삼삼오오 모여서 여기저기서 쑤군거리고 있었지만, 그 누구도 왜 이런 현상이 일어나는 것인지 알지 못했다. 왜냐하면 이것은 자연 현상이 아니라 인위적인 현상이었기 때문이다.

바로 서서히 잠에서 깨어나고 있는 아르티어스의 움직임 때문에 일어나고 있는 현상이었던 것이다.

『〈묵향〉 21권에서 계속』